S&S探偵事務所
最終兵器は女王様

福田和代

祥伝社文庫

目次

スマートフォンの安全性が、ご心配ですか？　近ごろ、パソコンの中身を誰かに見られているような気がする？　そんな時には、迷わず！「S&S　IT探偵事務所」にお電話ください。親切で優しい美人探偵が、あなたの不安を解消します。任せて安心、「S&S　IT探偵事務所」へ、ぜひどうぞ！

電話番号（03-XXXX-XXXX）

（「S&S　IT探偵事務所」のWebサイトより）

第一話　お姉さんたちにまかせなさい！

「ああもう、とことんついてなーい！」

出原しのぶは両手を上げて叫んだ。

青山霊園を通って帰ろうと言いだしたのは、相棒のスモモだった。

こちらの返事を待たず、彼女は青山霊園の石段を上がり、通路に消えていく。

――たしかに墓地を突っ切れば早いけどね。

両手の指で包みこめそうなくらい細いウエストを、しのぶは見上げた。

身体の線に沿った黒いパンツと、丈の短い黒のニット。スモモは女性には珍しく、バッグを持たない。鍵とクレジットカードを一枚、ポケットに忍ばせて出かけたりする。

「スモモ、ちょっと待ってよぉ」

――いま、午前二時なんだけど。

しのぶはスモモ――東條桃花の後を追いかけた。桃花なんて愛らしい名前は似合わない。昔から彼女はスモモと呼ばれている。

いわゆる丑三つ時とは、午前二時から二時半ごろのこと。何が出てもおかしくない時間に、墓地を抜けて帰ろうとはいい度胸だ。

「ねえ！　私は大久保利通（おおくぼとしみち）にも乃木希典（のぎまれすけ）にも会いたくないからね！」

ストライプの紺（こん）色スーツにピンヒールで石段を上がり、しのぶはスモモに駆け寄った。放っておくと、彼女はどんどんひとりで先に行ってしまう。

明治の元勲（げんくん）や政治家、著名人の墓が点在する墓地の通路は、きれいに整えられている。

七月の下旬、蒸し暑い東京の夜だ。

輝く街灯のせいで、月の光は目立たない。両脇に由緒のありそうな墓石が並ぶ通路を、ふたりは西に向かっていた。

「せっかく、美味（おい）しいお酒飲んでさ。いい感じに酔っぱらってるのに～」

今夜は六本木（ろっぽんぎ）から乃木坂（のぎざか）に流れて、しのぶの行きつけのバーで飲んだ。

――今日みたいな一日の締めくくりが、墓地とはね！

おまけに雨まで降りだした。ぽつりぽつりと顔にかかるほどだったのが、今ではスーツの肩をしっとり濡（ぬ）らすほどになっている。

「んもう、このスーツ、高かったのに！」

赤いセルロイド縁（ぶち）の眼鏡（めがね）を指で押し上げ、しのぶは鼻の上に皺（しわ）を寄せた。

「ああもう、やだやだ、浮気調査なんてさ。本当だったら、ぜったいやりたくないんだけど。今月はもう半分過ぎたのに、一件もお仕事が来ないんだもん。しかたがないよね」

スモモが急に立ち止まったので、しのぶは彼女の背中にぶつかった。

「何よ、どうしたの？」

スモモが何かをじっと見つめている。

強力なアイライナーとマスカラの威力で、スモモは二次元の世界から飛び出してきたようなアニメ顔だ。

スモモの視線の先を追う。雨風にさらされて、彫りつけた文字も読み取れなくなった墓石の陰に、白いものがいる。それは、じりじりと墓石の後ろに回りこんで、ふたりの視線から逃れようとしていた。

「そこに隠れてるのは誰？　出てきなさい。痴漢や泥棒なら、相手が悪かったわね！」

両手を腰に当てて決めつけると、白い影がもじもじとした。

しのぶは、ショルダーバッグから小型の懐中電灯を出して、墓石の陰を照らした。丸い光のなかに、眩しそうに両手を上げて顔を隠している男が浮かぶ。白い半袖シャツから覗く腕はほっそりしているが、若い男のものだった。いや、若い男というか――。

「なんだ、子ども？」

「僕、子どもじゃないです！」

間髪をいれず、うわずる声が返ってきた。

「こんなところで何やってるの？」

午前二時に、十代の少年が青山霊園でかくれんぼをやってるわけはない。しのぶの追及に、相手は懐中電灯の光から顔をそむけて黙りこんだ。

「ははん、家出ね？」

ほろ酔い気分のまま、しのぶは軽く口にした。新宿や渋谷を歩けば、家出少年や少女にあたる。それが依頼人の関係者でもない限り、放っておく。東京は、人も街も懐が深い。事情は知らないが、どうしても帰りたくないのなら、家出少年のひとりやふたり、生きていく余地はあるだろう。いつの間にか街の暗闇に飲みこまれるかもしれないが、それも本人の選択だ。いちいち関わり合いになっていては、こちらの身がもたない。

「——雨」

スモモの声を聞いて、しのぶは振り向いた。めったに喋らないスモモが、珍しく口をきいた。彼女は雨が嫌いだ。霊園を突っ切って帰ろうと言いだしたのも、それが一番の近道だからだった。バッグも持たないのに、傘なんか持つはずがない。

「なによ、スモモ？」

声が尖った。

「得体のしれない子どもなんか、事務所に置けないんだからね」

スモモが体重のない猫のように歩きだした。そのまま黙って行ってしまう。——すべての決定権をしのぶにゆだねて、自分は責任を負わずに去っていく。

ふと、少年が、スモモの後ろ姿に見とれていることに気がついた。特に、ぴたりと皮膚に貼りつくような、スキニーな黒いパンツに包まれた、長い脚に。

「ちょっと！　何見てンの！」

「ご、ごめんなさい！」

少年がびくついて慌てて視線を逸らす。ませガキめ。だが、このまま墓地に置き去りにすることもできない。

「出てきなさい。ひと晩だけ、泊めてあげる」

墓石の陰で、カッターシャツの少年が驚いて、その申し出を受けるべきかどうか迷っている。見知らぬ酔っ払い女に声をかけられて、ほいほいついてくるような男の子なら願い下げだ。スモモがなんと言おうと見捨てる。

しかし、この子は迷っていた。そぼふる雨に濡れて、長めの髪が額に貼りついている。夏場だから風邪をひく心配はないが、このまま朝まで墓地に隠れているのは、さぞかし心細いに違いない。

しのぶは舌打ちをした。

「早くしなさい。来るの、来ないの？」

「い、行きます！」

追い打ちをかけると、少年は意を決したように立ち上がった。予想したほど幼くはない。高校生にはなっているようだ。カッターシャツと黒のパンツは、制服らしい。

「さあ、行くよ」

しのぶは胸を張って歩きだした。少年がおとなしくついてくる。青山霊園を突き抜けて、根津美術館の近くにある事務所兼住居までは、五分とかからない。

「ほら、ここ」

少年が、六階建てのハイツ青山の建物を見上げた。普通のマンションに見えるが、よく見れば、一階から三階にかけて、窓に店の名前や看板が出ているのがわかる。当初は、一階を除いてすべて住居用だったが、何年か前に規約が変わり、三階まで店舗やオフィスとして利用できるようになった。しのぶたちは、前の仕事を辞めたあと、三階の一室を借りて事務所にした。

「本当に、入っていいんですか……？」

しのぶは少年の反応にかまわず、さっさとエントランスをくぐった。エレベーターはあるが、たかが三階なのでなるべく階段を上がるようにしている。

三階の廊下で、鍵を出そうともせず、両手をパンツのポケットに突っこんだまま、スモモがぼんやり立っていた。しのぶが開けてくれるのを待っているのだ。

「スモモ。お姫様じゃないんだから、自分で鍵を開けなさいって」

——まったく、いつまでも捨てられた猫みたいな顔をして。

鍵を開けると、当たり前のように真っ先に入るのもスモモだ。少年は、廊下に貼り出されている事務所のプレートに目を奪われていた。近視ぎみなのか、目を細めて文字を読んでいる。

「エスアンド──シット探偵事務所？」

「『S&S　IT探偵事務所』。ITの前に空白が見えるでしょ？」

「IT探偵？」

「ちゃんと、公安委員会に届け出てるから」

事務所に入るとすぐ、額に入れた探偵業届出証明書を指さした。日本では、探偵事務所を開くのに免許や資格は必要ない。公安委員会に届け出て、交付された証明書を掲示するだけだ。

「S&Sは、しのぶとスモモの頭文字ね」

どっちがしのぶ？と聞きたそうな顔をしたので、もういちど、指で差しながら「しのぶとスモモ」と言い直した。

「お姉さんたちが、探偵？」

「どうしてそこで、不審そうになるわけ？」

しのぶは不機嫌になり、唇の端を下げた。

いわゆる2LDKだ。玄関を入ってすぐ短い廊下があり、トイレとバスルームに面している。奥にLDKがあって、八畳間ほどのリビング部分を、事務所に使っていた。ダイニングやキッチンは、事務所から見えないようにパーティションで隠してある。ふたつの部屋は、それぞれの私室だ。

「応接のソファで寝てもいいよ。ほら、バスタオル。びしょ濡れだよ」

しのぶはおごそかに宣言し、新品のバスタオルを少年に投げた。彼は、物珍しそうに事務所のデスクやキャビネット、ふたり掛けのソファが向かい合う応接セットなどを眺めまわしている。明るい場所で見ると、髪もカッターシャツもずぶ濡れだ。スモモはキッチンでごそごそしている。

「あんた、名前は？　年はいくつ？」

少年は、困ったような顔をして黙りこんだ。しのぶは、ずいと顔を近づけた。

「あのね。名前も言えないようなガキは、今すぐ警察に突き出すからね」

こちらは親切のつもりでも、親にも知らせず未成年を自宅に泊めたりすると、誘拐犯に間違われる恐れだってあるのだ。

「笹塚――笹塚透。十六歳」

「ふん――それじゃ、突き出すのは明日の朝まで待ってあげる。朝になったら、あんたの姿が消えてるのが一番だけどね」

しのぶはつんと顎を上げた。

「ご、ごめんなさい」

透は、どぎまぎしたように俯いた。

甘い匂いがした。振り返ると、スモモがマグカップをふたつ持ってくるところだった。温めたミルクがカップの中で揺れている。

「私はミルクなんか——」

辞退する間もなく、彼女は黙ってひとつを応接のテーブルに置いた。透に飲めと言っているらしい。

透はおとなしくミルクに口をつけた。

「トイレは廊下の左、シャワーの利用は禁止。朝になったらさっさと出ていって。私はもう寝る。スモモも、早く寝なさいよ。明日も仕事なんだから」

「仕事？」

スモモが軽く眉をひそめた。

「次の依頼、ない」

「ほーう。たまに口を開いたと思えば、痛いところを突いてくるじゃないのよ」

ここ三日間の浮気調査は、都内ではちょっと知られた居酒屋チェーンの社長夫人から依頼されたものだ。

「だいたいさ。どうして、私たちの事業内容とまったく関係ない仕事ばかり来るわけ？浮気調査なんか飽きた！　私たち、ＩＴ探偵なのよね。ただの探偵じゃなく！」

「──見分け、つかない」

「どうして見分けがつかないの？　世間では、ハッキング被害なんて、見てられないくらいたくさん発生してるくせにさ。どうせ私たちなんか、得体のしれないＩＴ探偵ですよ。名前の通ったセキュリティ会社やコンサルタントでもなきゃ、お仕事なんか頼まないよね！」

「──よしよし」

スモモがしのぶの頭を撫でる。しのぶはムッと黙った。

「浮気調査だったんですか？」

透が尋ねる。

「そう。社長のスマートフォンをＧＰＳで追跡して、浮気相手の女性のマンションにしけこむのを確認して──いやいやいや、それはあんたに言う話じゃない」

子どもに聞かせる話ではない。

居酒屋の社長のスマートフォンには、盗聴アプリを仕込んであった。浮気相手のマンションでの会話などは、ぜんぶ録音済だ。

「スマートフォンってのは、正しく使わないと、盗聴や盗撮に使われるの。パソコンと一緒なんだからね」

興味深そうに透は聞いている。

ともかく、浮気調査はそれで完了、依頼は成功した。ところが、成功報酬を受け取りに行ったところ、なんとその居酒屋チェーンは倒産寸前だった。

「奥さま」が亭主から絞り取るつもりだった慰謝料も、支払ってもらえるかどうかさえわからないことが判明したのだ。

金切り声を上げて社長に皿や茶碗を投げつける「奥さま」に見切りをつけ、しのぶたちは尻尾を巻いて逃げ出したというわけだ。

――どんな小さな案件でも、次から絶対、着手金をもらうことにしよう。

次の仕事なんて、ひとつもない。それだけじゃなかった。事務所の家賃や電気代、携帯電話料金、ガスに上下水道代――。引き落とし日が順番に来るが、事務所の銀行口座の残高は限りなくゼロに近づいている。

「――明日はきっと、仕事が入る。おやすみ」

しのぶは自分に言い聞かせ、部屋に向かった。徒労に終わった仕事のせいでくたびれているが、雨に濡れたスーツを、きちんとハンガーに掛けて肩の形を整えておかねば。化粧を落としてスーツの手入れを終えると、倒れこむようにベッドに入った。シャワーを浴びる気力もない。

――部屋の鍵、閉めたっけ。

曲がりなりにも男の子が家にいるんだから、と考えたのが最後だった。坂道にダイビングする勢いで、眠りについた。

しのぶの寝起きはいいほうだ。

目覚まし時計は、鳴りだす前に起きて止める。スモモとは正反対だった。どうしても起きなければいけない時、スモモは目覚まし時計を五つ並べて寝る。そして起きなければいけないと思うと、眠れなくなる。一睡もせずに起きてくる。

この日、しのぶの目を覚ましたのは、コーヒーとこんがり焼いたベーコンの香りだった。それから、たっぷり乗った脂（あぶら）が、フライパンにジューッと音をたてて落ちる音。いっきに口中に唾（つば）が出て、おなかがすいてきた。

まだ午前六時半だ。五時間も寝ていない。急いでナイトガウンを身体に巻きつけ、何が起きているのか見に行った。この家で、料理をする人間はいない。だから冷蔵庫には、ミルクと野菜ジュースとビールくらいしか入っていない。

誰かが事務所に侵入したのだろうか。護身用に置いてあるバットを握り、そろそろとキッチンに向かった。

「何してるの？」

カッターシャツ姿で、フライパンから皿に何かを盛りつけていた透が、顔だけ振り向いた。

「あ、おはようございます」

——この子の存在を忘れていた！

「おはようございます、じゃないでしょ！」

ドン、とバットの先で床を突く。

「起こしてしまったら、すみません。泊めてもらったお礼に、朝ごはんをつくろうと思って」

透はひょろりとして痩(や)せている。

身長は、ハイヒールを履(は)いたしのぶとそう変わらないが、贅肉(ぜいにく)がないし筋肉もない。顔色は良くないが、起きてすぐ顔を洗ったらしく、さっぱりしている。

「材料が何もなかったので、近くのコンビニで買い物してきました。といっても、ベーコン、卵、野菜サラダに、イングリッシュマフィン、ドリップコーヒーくらいですけど」

はいどうぞ、と差し出された皿を見て、不覚にもごくりと喉(のど)が鳴った。

「なにこの、完璧なエッグ・ベネディクトは——！」

半分に切ったマフィンの上に、カリッと焼いた厚切りベーコンとスライスしたたまねぎ、ぷるぷる震えるポーチドエッグが載っている。ホテルの朝食に出てきそうだ。

卵の白身には、オランデーズソースがとろりとかかっていて、彩(いろど)りも美しい。隣に、白いカップに淹(い)れた、香りのいいコーヒーが並ぶと、いそいそとバットを置いて手を洗い、歯を磨くしかない。

事務所を立ち上げた時に、前の職場の同僚が、いろんな食器をくれた。探偵事務所には灰皿がつきものだと、大きなクリスタルの灰皿を持ってきた愚か者もいた。あんなものは、人を殴る時くらいしか使わない。

しかし、今ようやく、その食器類が役に立っている。ダイニングテーブルについて、ため息をつきながら味わった。美味しいものは、身体の細胞をひとつずつ活性化させる。

――やばい、美味しすぎる――！

高校生のころ、思春期の体重増加に悩まされ、それから長いあいだ、適正な体重に抑えるために苦労を重ねてきたというのに。

「美味しいものって、罪つくりよね――」

しのぶがひとつめのマフィンを平らげるころ、スモモが自室から猫のように慎重に顔を覗かせた。匂いをかぐと、静かにバスルームに消え、忍び足でテーブルにつく。

今朝の彼女は、ピンクのスウェットを着ていた。自分で買ったとは思えないから、誰かにもらったのだろう。こういうものが好きそうな女だと勘違いした男から。

透は、スモモが顔を見せるとすぐ、次の皿を準備した。

「材料費、払うから。高校生のお小遣いで朝ごはんを食べさせてもらうなんて、いくらなんでもね」

ぺろりと朝食をおなかにおさめ、コーヒーをすすりながら言うと、透は首を振った。

「いえ、それはいいんです。本当に助かりました。高校生が、ひとりでホテルに泊まるわけにもいかないし、六本木にいたら男の人に声をかけられたから、怖くなって」

「それで青山霊園に逃げこんだのか。なんで家に帰らないの？　どうせ、いい学校に通ってるんでしょ」

頭のてっぺんからつま先まで見つめると、透が居心地悪そうにもじもじした。

白シャツと黒い制服のズボンは特徴らしい特徴もなく、学校は特定できない。校章は、夜の街では目立つので外したのかもしれない。しかし少なくとも、うす汚れた感じはしないし、ズボンは泥で汚れた痕があるが不潔ではない。どこかで転んだのだろう。

「親」

スモモが、エッグ・ベネディクトに豪快に吸いつきながら呟いた。とろとろのポーチドエッグを、黄身をつぶしたくないから丸呑みするのだ。子どものようだ。コーヒーは飲まないので押しやり、冷たいミルクをなみなみとグラスに注いで、持ってきている。しのぶは、彼女のコーヒーをさりげなく奪った。

「そうだよ。ご両親は？　心配してるでしょ」

この歳になれば音信不通でも平気だが、高校生のころに、しのぶがひと晩自宅に戻らなければ、母親は半狂乱になって警察に駆けこんだだろう。

「昨日の夜、電話しました。友達の家に泊めてもらうからって」

　透が困ったように言って、ポケットから取り出したスマートフォンをちらりと見せた。

　正直、拍子抜けした。この子にはちゃんと、帰るべき家があるのだ。泊めてもらったお礼をしようなんて、しつけが行き届いている。きっと、いいうちの子なんだろう。

「それじゃ、さっさと家に帰りなさいよ。学校もあるんでしょ。朝ごはんは美味しかった。ごちそうさま」

「高校は、夏休みで——」

　あっという間に皿を空っぽにし、まだものほしそうにしていたスモモが、何か言いかける透の手首を指さした。彼は真っ赤になり、さっと両手を背中に回してしまったが、その前にしのぶもしっかり目撃した。透の両手首には、ロープで縛られたような傷がある。

「——見過ごせないわね」

「いえ、これは」

「何か問題があるのなら、悪いことは言わないから、警察に行きなさい。あるいは、親か学校の先生に相談したらいい。親や教師は、そのためにいるんだから」

「いえ——」

　透が困惑を隠さずに俯いた。

「親も先生も、理解できないんです。僕が、キツネとして狩られてるってこと」

「はあ？」

――いま何と言った。

透が意を決したように面を上げた。

「わかってくれないと思いますけど――僕はいま、地元の中・高校生に、狩りの対象として追われているんです」

笹塚透が通っているのは、品川区にある名前の通った私立高校だった。透は、目立たない平凡な生徒だったと自分で言った。

「なぜ過去形？」

「もうそれほど平凡じゃないから」

「あのね。非凡を目指すほど、平凡なことはないからね」

「そうなんでしょうか」

「そうよ」

「平凡すぎて、先生たちの記憶にも残らないんです。ずっと、そんな生徒でした。それに嫌気がさして、自分を変えたいと思って」

初めて入ったゲームセンターで、その少年に出会ったのだという。

「メダルゲームとか、クレーンゲームとか、めちゃくちゃうまいんです。ゲームの天才？

ってくらい」

「何て子なの？」

「村田瑠維です。区内の、公立中学の三年生なんです」

「だって、中学生は夜間のゲームセンターへの出入りを禁じられてるでしょう」

「瑠維は体格が良くて、高校生に見えるし。大人っぽいっていうか、遅くまで遊んでいても補導されたこともないんです」

「その子とつるんでたの？」

「はい。向こうから話しかけてきて、ゲームの遊び方と、基本的なテクニックを教えてくれたんです。年上なのに、僕のほうが初心者だから、面白かったのかも」

「それで？」

「最初はすごく親切だったから、一緒に遊んでるうちに、自分のこともいろいろ話すようになったんです。自分を平凡だと感じて落ちこむのは、スリルを味わったことがないからだって瑠維が言うんですよ。手軽にスリルを味わう方法があるって」

——ああ、嫌な予感がする。

しのぶは眉をひそめた。

「意味がわからなかったけど、瑠維が何をするのか興味があって、ついていったんです。彼はスーパーに入っていって、誰も見てないところで缶詰を三つ、ダウンジャケットのポケットに入れて出てきました。それを見た瞬間、血液が頭のほうにさっと上ってきて、耳鳴りがした。同じことを僕にもやれって」

「で、やっちゃったの？」

「断ったんですけど、しつこく迫ってきて。やらないのなら、もう友達じゃないって言われて、一度だけ、コンビニの棚からお菓子を万引きしました。誰にも見つからなかったけど、そのシーンを瑠維はスマホで写真に撮ってたんです」

「それさ、言っちゃ悪いけど、ありがちなんだよね。悪い友達だね、そいつ」

非凡になりたくて、いちばん平凡なパターンのワルに引っかかったのか。

「今なら、僕もそう思います」

透がしょげている。

瑠維は透の冒険を誉めて、しばらくは楽しく遊んでいた。瑠維と仲間たちにちやほやされる気分は悪くなかった。瑠維には中・高校生の仲間がいて、いちばん年下なのは瑠維なのに、みんなが彼の言うことを聞いた。年齢に関係なく言葉はため口で、肩が凝らなくて楽しい。学校が終わると、彼らと遊んだ。小学生のころから塾通いにピアノに水泳にと、親が決めたスケジュールに沿って毎日を過ごしていた透には新鮮だった。高校生になると、両親の関心は息子より仕事に向かったのだ。大学までエスカレーター式に上がれる私立高校だから、受験の心配もない。

「夏休みに入る直前、瑠維が、たいくつだからゲームをしようと言いだしたんです」

彼らが溜まり場にしているゲームセンターに、中学一年生の男子が来るようになった。いつものように瑠維がちょっかいを出したが、相手はひどく内向的で、瑠維とはひとことも口をきかない。その子をいじめて遊ぼうということだった。

「関わり合いにならないほうがいいとは思ったんですけど、その中学生だって、居場所がほしくてゲーセンに来てるんだろうなと思ったら、可哀(かわい)そうになって。瑠維に、やめようよって、つい言ってしまって」

「あんた、馬鹿なの？」

しのぶの言葉に透が傷ついたような顔をした。

もうここに来るなと、こっそり教えてやればいいだけの話じゃないか。

スモモが応接のソファに移動し、ほっそりと長い素足を椅子(いす)の上に伸ばすと、猫のように伸びをした。話に飽きたらしい。

「――それで、瑠維はその子の代わりに、僕をキツネにするって」

「だからその、キツネって何なの」

「狩りの標的です」

「意味わかんない」

どこに逃げても必ず見つけて捕まえる。隠れても無駄。見つかれば、瑠維の考えたお仕置きが待っていて、それがすむとキッネはまた解放されて、追われる。

「何それ、中坊の考えそうなことね！　断ればいいじゃない、そんなゲーム」

「断って逃げれば、僕が万引きした証拠写真を、親と学校と警察に送るって」

親はともかく、透が通う高校は名門で、万引きが明るみに出れば退学させられるかもしれない。

「瑠維が決めたルールがあるんです。まず、一日に二回、決まった時刻にスマホの電源を入れて、瑠維に電話をかけること」

しのぶはため息をついた。

「ゲームの期間は一週間。逃げきれればＯＫです。これまでの三日間に、二回捕まって、瑠維の前に連れていかれました」

「え——どうなったの」

「夜中に、中学校に忍び込んで、プールで潜水させられたんです。瑠維がいいと言うまで、潜らなければいけなくて。息ができなくなって顔を出すと、デッキブラシで殴られました」

「なんなの、それ。いじめにしても、ひどすぎるじゃない」

「二度めは両手を縛られて。三度めは足も縛ると言われたので、もう捕まるわけにはいかないんです」

さすがにそれは、死ぬだろう。

「あと四日、逃げきればいいんです」

思い詰めた表情で言う透を、しのぶは睨んだ。自宅に隠れても、電話でスマホの位置がばれる。自宅に押しかけて、近所迷惑になるまで暴れてやると脅されたそうだ。どこに隠れても同じだ。だから移動し続けている。

「警察に相談するべきだと思う。スモモは以前、警察官だったの。あの子を見て、元警察官だと思う人はいないけど」

ソファに寝転んで、高く掲げた足の爪にペディキュアを塗っているスモモに顎をしゃくると、透が目を丸くした。

「ちなみに、私は以前、防衛省にいたから」

透の目が、さらにこぼれそうなほど真ん丸になる。これ以上驚かせると、ショックでどうなるかわからないので、自分たちが以前、世間を騒がせたハクティビスト集団「アノニマス」の一員でもあったことは、とりあえず黙っておくことにした。

「それで瑠維は、どうやってあんたのスマホの位置をチェックしてるの」

「位置情報検索サービスを使ってるんです。こっちが位置情報の提供を拒否することはできますけど、それやると、やっぱり写真を学校に送るって」

「電話した後、すぐ長距離移動して隠れたらいいのよ」

「そうしたいけど、移動は徒歩か電車やバスだし。そんなに早くは動けません。高校生が出入りできる場所にも限界があるし、友達の家に転がりこんだら迷惑だし」

「うちだって迷惑だけどね」

しのぶのひとことに、透は恐縮したように身体を縮めた。

「――こっちの位置がわかると、近くにいる連中がスマホを持って追いかけてくるんです。LINEで流すから、あっという間に居場所が広まって」

透が壁の時計を見上げた。モダンなモノトーンの掛け時計だ。こういうものを選んでくるのは、趣味の良いスモモだった。

「あ、もう出なくちゃ。午前八時と、午後八時に電話するんです」

午前七時すぎだった。

「品川からここまで、電車で二十分はかかるけど？」

「表参道(おもてさんどう)にだって、あいつの仲間がいるかもしれません。夏休みだから、誰がどこにいてもおかしくないんです」

「いっそ北海道にでも逃げちゃえば？　そいつらがついていけないくらい遠くに」

「そしたら、瑠維はきっとルールを変更しますよ。品川区から出ちゃいけないとかね」

透は立ち上がり、食器を片づけ始めた。しのぶは、ソファに転がったままのスモモを見た。彼女は知らん顔して、ペディキュアを乾かしている。

――むかつく。

しのぶは黙って唇を尖らせた。

自分には何の関係もない話だ。高校生にもなって、中学生の脅迫に屈している情けない坊主なんか、ほっとけばいい。

とはいうものの、瑠維は、透よりもだいぶ頭の回転は速そうだ。透が逃げきれなければ、次はもっと危ない目にあうだろう。

一番いいのは、親と警察に事情を話すことだ。学校にバレると退学の恐れがあるそうだし、警察にもたっぷり油を絞られるだろうが、瑠維に握られた弱みを解消できる。

だが、透がまだ何か隠しているような気がした。万引きの現場写真を撮られただけで、命懸けのゲームを続けたりするだろうか。

「それじゃ、僕もう行きます。いろいろありがとうございました」

透がぺこりと頭を下げて、事務所の玄関から出ていった。キッチンを覗くと、きれいに洗った皿やフォークが並んでいる。

「もっと食べたい。料理」

スモモの声に、しのぶは振り返って眉間（みけん）に皺を寄せた。本人は、自分が何を言ったか気づいていないような無表情で、ペディキュアを塗り終えた爪を観察している。

――ああ、もう！

しのぶは玄関に走った。自分のナイトガウン姿を見下ろし、扉を開けて、廊下に響く大声で叫んだ。

「透、戻ってらっしゃい！　私、ハダカなのよ！　こんなかっこうで表に出られないでしょ！」

一分後、真っ赤になった透が、階段から戻ってきた。

スモモの運転は、本人のキャラクターとは正反対で無個性だ。教習所の教官みたいな、手がたい運転をする。教習所に通った経験はないらしい。車どころか大型バイクまで、あの細い身体で乗りまわしている。

アニメキャラみたいなメイクのスモモが運転席に座るのを見て、一瞬、二次元の世界に迷い込んだような顔になった透が、今度はこちらを見て目を瞠（みは）った。

「――なに見てんの」

ドスをきかせて凄（すご）むと、びくびくしながら目を逸らす。

「い――いえ、すみません。パジャマにガウンの時と、ぜんぜん雰囲気が違うなあと思って――」

当たり前だ。スーツは戦闘服。おまけに今朝は、濃い色のサングラスもかけてきた。

イエローのアクアの助手席に座ると、しのぶは透にスマホの電源を入れさせた。

「瑠維に電話する前に、ＬＩＮＥを見せて」

瑠維と仲間のやりとりを確認したかった。臆病な透が怯えているだけで、実際にはそれほど深刻な事態ではない可能性もある。

しかし、透が差し出した端末を見て、その見方が楽観的すぎたとわかった。

『そろそろ八時前だぴょん』（ウサギの絵）

『瑠維ちゃん、電話スタンバイ！』

『カモーン！　透ちゃん』（セクシーなポーズをとるパンツ一枚の中年男性の絵）

『プールが待ってるよーん。涼しくて気持ちいいよーん』

履歴を遡ると、透が定時に連絡するたびに、写真つきの投稿がいくつも入っている。透を追いかけ、写真を撮って場所を特定し、全力で透という獲物を「狩って」いるのだ。

交差点の向こうを走る透、絶望的な表情でこちらを振り向く透。見ただけで、生理的な嫌悪感が湧いた。

「全部で何人くらいいるの」

「三十人くらいいかな。だけど、あいつら、面白がって仲間以外の友達にも声をかけてるから、今はもっといると思う」

それだけ人数が多ければ、放っておいても自滅するだろう。危険なゲームだと悟った誰かが、警察や学校、親などにその「遊び」を報告するかもしれない。しかし、それを期待してぼんやり待つわけにもいかない。

　ざっと履歴を見るかぎり、熱心に発言するのは十五人くらいで、ほぼ沈黙を守っている者もいるようだ。本当はやりたくないが、瑠維が怖いので従っているのかもしれない。

「メールアドレスを知ってる子はいないの？」

「メールはほとんど使わないから」

「直接、ＬＩＮＥで連絡できる子はいる？　困ってるから助けてほしいとか言ってさ。連絡したらあんたを速攻で裏切って、晒し者にしてくれそうな子がいいんだけど」

　車内でモバイルパソコンを立ち上げながら尋ねると、透が顔をしかめた。

「それって、僕の味方みたいな顔をしてるけど、ほんとは裏切ってるってことですか」

「そう」

　さすがに答えはないかと思ったら、「ワタルかなあ」と言いだしたので内心驚いた。

「あいつ、仲直りさせてやるとか言いながら、陰で瑠維に僕のことチクってるから」

「その子にしましょう」

　八時まで二分しかない。

「ワタルにメッセージを送って、このページにアクセスさせて」

「何ですか、それ」

泣き顔の絵を載せただけの、シンプルなウェブページを見て、透が顔をひきつらせた。

「何でもいいから」

透の手からスマホを取り上げ、勝手にワタルという少年宛てにメッセージを打ちこんでいく。本人からでないことがばれないように、文面は短いほどいい。

『もうコレなんだけど（ページのアドレス）』

すぐさま、反応があった。

『超ウケル。透から』

透が言うとおりの性格だ。ワタルがすぐさま、透が送ったメッセージの内容をグループトークに流すと、続々と面白がる声が届き始めた。みんな、リンク先のページを開いて、泣き顔の画像を見たらしい。透が降参を申し入れてきたのだと思って、喜んでいる。

「この子たち、ホント簡単に釣れるわね」

車は、山手線の目黒駅に近づいていた。近くで車を停め、八時ちょうどに透に電話をかけさせる。

「スピーカーホンにして。会話が私たちにも聞こえるように」

品川から目黒まで電車で七、八分だ。ここなら瑠維も、文句を言う筋合いはない。

透がスマホの電源を入れた瞬間から、瑠維は位置情報を調べているはずだ。既に誰かがこの場所に向かっているかもしれない。

「瑠維？　ちゃんと電話したからね」

『おはよう、透ちゃん。よく眠れた？』

瑠維はもう、大人の男の声をしていた。

『あと四日だね。頑張って。それから、ルールどおり、今から三分はスマホの電源を切っちゃダメだよ。昨日は三秒早く電源を切ったよね。ルール違反にはペナルティだからね』

「わかった」

透が通話を切り、スマホで時間を計っている。残り三分が勝負だ。誰かが透の居場所にたどりつくかもしれない。

「スモモ、エンジンかけて。透はシートに身体を伏せて、カウントダウンして。電源切ったらすぐ車を出すよ」

後部座席に身をかがめた透に、あらかじめ用意しておいたタオルケットを掛けた。外から覗いても、見えないようにだ。

目黒駅の方向から、周囲を見まわしながら、高校生くらいの女子生徒三人組が私服姿で歩いてくる。ショートヘアひとり、お団子ヘアひとり、サラサラロングひとり。

透のカウントダウンは十秒を切った。

「電源切る準備して」

透が車に乗っているとは思っていないので、彼女らは周辺を捜しまわっている。車のそばを通りすぎ、ひとりがスマホの画面を操作し始めた。透のスマホに電話がかかってきた。着信音が鳴り響くことを期待したのだろうが、そこは抜け目なくマナーモードにしている。

「電源、切りました！」

透が囁く（ささや）と同時に、スモモが車を出した。女子高生のひとりが、怪しんだのか車を振り返って見ているようだ。

「まだ、頭を出しちゃだめ。これから高速に乗って、しばらく都内を走り回るから。尾行がないと確信できたら、事務所に戻る」

しのぶはモバイルパソコンを操作しながら、透に厳しい声で指示した。午後八時になれば、場所を変えて同じ手順を繰り返せばいい。子どもには絶対捕まえられない。

できれば自宅に帰らせたいが、きっと自宅は見張られている。

「もう普通に座っていいよ。ちゃんとシートベルト締めてね」

首都高速に乗る前に、座り直させた。

「連中、あんたを見失った。夜まで大丈夫」

ほっとした様子で、透がパソコンを見る。

「ありがとうございます。——さっきの泣き顔のアイコン、何をしたんですか？」

「これよ」

しのぶは画面の向きを変えて、透から見えるようにしてやった。二十台前後のスマホから送られてきた位置情報が、地図上に点滅している。現在のところ、車の周辺に点滅はない。

「さっきの画像と同時に、ちょっとしたプログラムがダウンロードされる仕掛けになっていたんだ。そのプログラムは、スマホの位置情報をこちらに知らせてくれるし、他にも仕事をしてくれるわけ。もちろん、経路を迂回(うかい)するから、情報を受け取る私たちのことは隠してくれるけどね」

「それって、ウ――ウイルスですか?」

透がびっくりしたように叫んだ。

「そうとも言う」

もちろんこれは、違法行為だ。

「これだけ、コンピュータを利用した犯罪が蔓延(まんえん)しているわけだからね。こっちも、それなりの手段に訴えないと、手も足も出ないってこと」

透のケースでは、より多くの仲間に素早くアドレスを広めてくれる「裏切り者」が必要だった。ワタルは完璧なゲス野郎だ。

「――残念だけど、瑠維は引っかからなかった。位置情報が入ってこないわ」

「瑠維は慎重だから」

「私たち、IT探偵だって言ったでしょ? 瑠維たちが文明の利器を使ってキツネを狩るつもりなら、私たちが助けてあげる。もちろん、料金は後払いでいいよ」

しのぶはにっこり笑った。透から料金を取る気はないが、親がいるだろう、親が。

今ごろ透が見つからず、瑠維たちはさぞかし苛立ちを募らせているだろう。

スモモは気ままにドライブし、一時間後に表参道の事務所に戻った。

「いい？　四日間だけ、事務所に置いてあげる。ただし、親にはちゃんと連絡して、友達の家に泊まると説明して、心配かけないで。それから、その四日間は食事をつくってね。もちろん材料費は出すから。エッグ・ベネディクト以外のレパートリーはある？」

透は顔を輝かせた。

「たくさんあります！　何でも好きなものを言ってください！」

「――OK。とりあえず頑張って」

母親の教育が良かったのだろうか。人間、誰にでもとりえはあるものだ。

その夜、午後八時の定時連絡は、恵比寿周辺から電話をかけた。なるべく品川からつかず離れずの距離を保つつもりだ。

『つまらないな。つまらないよ、透ちゃん』

午後八時、瑠維がふてくされたように言った。声は男くさいが、甘やかされて育った子どものようだ。

『絶対、大人に助けてもらってるよね』

『目黒の駅前で、透ちゃんがいるはずの場所に、黄色い車が停まってたんだって。透ちゃんちの車じゃないよね。誰の？』

「そんなの知らないって」

『ふうん』

「僕はルールを守ってる。そっちも約束を守ってよ」

透が気を取り直し、厳しい声で言った。

「電話、切れました！」

「ＯＫ。カウントダウン開始！」

恵比寿駅前にも高校生が何人かいたが、こちらを見つけることはできなかった。朝、アクアを見られたので、白い軽自動車を借りてきたのだ。白い車は夕闇に溶けこんで目立たず、高校生たちはこちらを見もしなかった。

これなら、四日間逃げきるくらい楽勝だ。その後は、どんな事情があるにせよ、親と学校に相談させて、必要なら警察にも行かせて、瑠維たちと手を切らせるしかない。約束の一週間を逃げきっても、それで瑠維が諦めるとは思えない。いつまでも彼の気まぐれにつきあわされる透がたいへんだし、嫌がらせはエスカレートするだろう。

「そんなことないよ」

――完璧。

まさかその完璧さが、とんでもない事件を引き起こすとは思わなかった。

「ちょっと。中学校のプールで、子どもの遺体が見つかったって」

次の日の朝、テレビのニュースは、その事件でもちきりだった。しのぶたちは、事務所の薄型テレビをテレビとして使うことはめったにない。動画の配信を観るか、パソコンにつないで大画面で資料を観察する必要にかられた時に使用するくらいだ。

この日は、透がニュースを見たいと言うので、テレビをつけてやった。ニュースキャスターの背景に校舎が映り、新聞社のヘリがやかましい音をたてて飛びまわっている。

「──あの子だ」

画面の中で、斜めに顔を振り向けて、内気そうな笑みを浮かべている少年を見て、透がソファでガタガタ震え始めた。

「どうしよう──あの子だ」

「あの子って?」

「瑠維が、最初に狩ると言った子です」

『亡くなったのは、都内の公立中学に通う一年生、日置優太(ひおきゆうた)君です』

ニュースキャスターが解説している。

『昨日の夕方、友達と遊びに行くと告げて自宅を出たが、夜になっても戻らなかった。親戚や、小学校時代に仲の良かった友達に電話をかけたが、行方を知る者はいなかったと、両親は話しています。優太君は、中学校で友達ができず、孤立していたという情報があり、警察では、なんらかのトラブルに巻き込まれた可能性があるとして、捜査を進めています』

今朝、プールの清掃に入った中学校の校務員が、仰向けに水に浮かんでいる優太少年を発見したのだった。死因は溺死。衣類は身に着けたままで、身体に大きな怪我はないが、顔や両手に小さなすり傷があったという。

ニュースは、警視庁の鑑識チームが現場で証拠を集める様子を映していた。

「――瑠維がやったわけね」

しのぶたちの介入で、思うように透をいじめることができなくなって、標的を切り替えたのだ。

「現場は、透が潜水させられたのと同じ学校？」

返事がないので透を見ると、震えている。自分が逃げたために、別の子どもに最悪の事態を招いた。その責任を感じているのだ。

「――こら。透」

しのぶは、彼の頭を容赦なく小突いた。

「答えなさい。同じ学校なの？」

「――違います。僕が潜水させられたのは、僕の出身校だったから。でも、手口は同じです。たぶんこの子も、無理やりプールに潜らされて、上がってこられないように邪魔をされたんです。手首に傷が残ってるのが証拠です。背も低かったし、あまり泳ぎが得意でなかったのかも」

「警察」

食卓につき、無関心そうに冷たいミルクを飲んでいたスモモが、ひとことだけ言った。

「――そうね、警察に行かなくちゃ。でも、その前に」

午前八時の定時連絡に備えて、出かける準備は整っていた。すぐ事務所を出て車に乗り込んだ。今日はレンタカーだ。事務所から充分に離れたところで、透にスマホの電源を入れさせ、ＬＩＮＥで何が話し合われているか確認させた。

「変わりありません。いつもと同じです」

信じられなくて、しのぶは画面を覗いた。ふざけた口調の「透ちゃん」という呼びかけや、イラストのアイコンも変わらない。人がひとり死んだのに、彼らは態度を変えていない。まだ「狩り」を続けるつもりだろうか。

「瑠維は？　何か書きこんでる？」

「いえ。瑠維はめったに書きこまないので」

おそらく、別のグループを持っているからだ。もっと口の堅い、少数の仲間だけで運用するグループだ。でなければ、口の軽い連中から自分の存在が警察や学校などに洩(も)れてしまう。

「――僕のせいだ」

透が呟いた。

「こら、バカ透、こっちを見なさい」

しのぶは無理やり透の顔をこちらに向けさせた。

「いいわね、これはあんたのせいじゃない。あんたには何の責任もない」

「いいえ、僕のせいです。瑠維は、僕が約束を守って狩りにつきあっているかぎり、あの子には手を出さないと言っていたのに。僕が逃げたから」

理不尽なゲームにつきあわされても透が警察に駆けこまなかった理由が、これでやっとわかった。退学をネタに脅されたからだけではなかったのだ。あの子を守っているつもりだった。人がいいにもほどがある。

「馬鹿なこと言わないで。透が、あの子の代わりに死んでたかもしれない。瑠維は、どうしてここまでするの。何か理由がある？」

仲間を集めてお山の大将になりたがるのはわかる。なぜ、殺すまでいじめるのだろう。他の子どもたちも、どうして瑠維に唯々諾々(いいだくだく)と従っているのか。

「――面白いんだと思います」

「面白い？」

「瑠維にとっては、ゲームなんです。暇つぶしだから、相手に対する想像力なんか働かないし、どうでもいい」

――呆れてものも言えない。

「僕、これから警察に行きます」

透が青い顔をして宣言した。それがいい。放っておいても警察は瑠維たちを見つけるだろうが、なぜすぐ通報しなかったのかと、後で透がまずい立場に立たされる。

「ああ、その件だけど、透。私たちは――」

とっさに言いよどむと、透が頷いた。

「わかってます。そこまでご迷惑をおかけするわけにはいきません。警察には、僕ひとりで行きますから」

透と一緒に警察に行くわけにはいかない。死人が出てしまった。透はともかく、しのぶたちは、事件が起きる前になぜ警察に届け出なかったのかと責められる。

ＩＴ探偵事務所の看板を掲げているが、いろいろと《過去》もあるし、警察とは必ずしも良好な関係を築いているともいえない。

「いろいろ、ありがとうございました。落ち着いたら、親に話して、あらためてお礼に来ます。レンタカー代とか高速代とか食費とか、たくさんお金も使わせてしまったし」

「――いつでもいいわよ」

しのぶはけだるく手を振った。透は寂しげに「そうですね」と呟くと、ぺこりと頭を下げて車を降りた。

「いちばん近くの警察署は、大通りを右に曲がったところだからね」

「ありがとうございます」

道を行く透を見送った。角を曲がる前に、彼はこちらを振り返り、また頭を下げた。年下の子どもに、いいように遊ばれている情けない奴だが、礼儀はしっかりしている。

しばらく、しのぶは黙って透が消えた方向を睨んでいた。

「警察が捜査してくれるよね」

透の証言で、瑠維が仲間と一緒になって、透を「狩って」いたことが警察にも明らかになる。優太少年を「狩ろう」と誘っていたことも。

「もう事務所に戻ろうか」

スモモは逆らわなかったが、一瞬だけ、バックミラーでこちらを見た。彼女が何を考えているのか、いつまでたってもよくわからない。しのぶが一日に百喋るとすれば、スモモは一――いや、〇・一くらいしか口を開かない。理解できるはずがない。

――腐れ縁だから、しかたがないけど。

しのぶはスモモが十代の少女だったころに出会った。当時から無口で、感情を入れ忘れたロボットみたいな表情をしていた。

「──あの子、十三歳って言ってた」

プールで溺死した少年の年齢を思い、唇を噛む。

腹立たしかった。自分が事件に関わっていながら、何の助けにもならなかったなんて。

「──透は生きてる」

運転席から声がかかり、ハッとした。スモモが、バックミラーでこちらを見ている。

「ちょっとスモモ、それって私を慰めてるつもりなわけ？」

苦笑いを隠し、慎重に口元を引き締めた。

「まあいいか。──ありがとう」

表参道駅の近くでレンタカーを返却し、ふたりでぶらぶらと歩いて事務所に戻る。駅から根津美術館に向かう道は、七月の半ばから、エンジュの並木に白い花が群れて咲いている。ブランドショップのショーウィンドウの前を、おしゃれに装った人たちが行き交う街路を眺めても、少しも心は晴れなかった。

「あーっ、もう、どうしよう！　明日は家賃の引き落としなのに！」

仕事がない。──お金がない。

「スモモに頼めばいいだろ」

カウンターの中で、マスターのデラさんが短くなった煙草を潰しながら煙に目を細める。しのぶはカウンターを抱えこむ姿勢から、がばっと身を起こした。

今日もウエスト部分をぎゅっと絞ったスーツだ。仕事があろうがなかろうが、スーツにハイヒールがしのぶの戦闘服だ。

「いやよ、そんなの。あたしの事務所なんだから！　スモモに頼ってばかりなんて――」

「出原とスモモの事務所だろ、正確には」

小寺恒夫、通称デラさん。ハイツ青山の一階にある、純喫茶「バルミ」のマスターだ。年齢は不詳。たぶん、五十代にはなっていない。真冬でも半袖かタンクトップ姿で筋肉質の腕と胸を見せびらかしているという、ひとことで言えば、ちょっと暑苦しいおじさんだった。「バルミ」というのは、ある挿し絵入りの本に描かれた、架空のヨーロッパの都市の名前なんだそうだ。

「呼び捨て、やめてよね」

しのぶが頬をふくらませると、デラさんがシュンシュンと音をたてているお湯を、サイフォンに注いだ。

「はいはい。出原君」

ふたりの共同事務所だという、デラさんの指摘は正しい。ある事件にからみ、スモモが警視庁を、しのぶが防衛省をクビになった時、ふたりで事務所を持った。出資は折半だ。

だが、その後がいけない。なかなか客がつかず、思ったように収入がない。最初は意地になって、しのぶも貯金を崩していたが、あっさり底をついた。今では、ほとんどスモモがポケットマネーで事務所の経費を支払っている。

──なにしろ、彼女は大金持ちだから。

「警察の連中が、うちの悪い噂を流してるのよ。だから顧客が集まらないの」

元同僚の中には、彼女らを「悪質なハッカー」と呼ぶ連中もいる。

やれやれとデラさんが首を振った。爽やかなモカベースのオリジナルブレンドの香りが、店内に満ちる。しのぶが鼻をうごめかした時、扉が開いてカウベルが鳴った。デラさんがコーヒーカップから目を離して顔を上げた。

「おう、スモモ」

「えっ、スモモ？」

硬い表情でスモモが近づいてきた。彼女は今日も、ピタピタの黒いスキニージーンズに黒のタンクトップだ。階上を指差した。事務所に戻れというのだろうか。

「あの子、来てる」

「──あの子？」

「透」

あれから三日、透からは音沙汰がなく、ニュースは新しい情報をほとんど伝えていない。進展がないのだ。

デラさんが、パンと両手を打ち合わせた。

「何だか知らんが、早いとこ行ってこい。注文は、あとで事務所に出前してやるから」

「サンキュ、デラさん。よろしくね。そうそう、子どもが来てるから、スモモと子どもに甘い飲み物もふたつ」

「毎度あり」

慌ただしく手を振り、スモモに続いて事務所まで階段を駆け上がる。

三日ぶりに見る透は、げっそり痩せて、しょげていた。今日は私服で、涼しげなチェックの半袖シャツに、ジーンズだ。

「何があったの？」

「――ちょっと、家を抜け出してきて。僕、警察に出頭して、知っていることを全部話したんです。万引きのことも」

透は瑠維のスマホの番号を知っていた。警察はスマホから瑠維の住所を割り出し、彼が入り浸っていたゲームセンター周辺で聞き込みをして、仲間も洗い出した。すぐに彼らの犯行が明らかになると思われた。

「でも、優太君が死んだ夜、瑠維は友達の家で遊んでたっていうんです。友達の家族が、たしかに瑠維が泊まったと証言しているそうです。しかも、優太君が、亡くなる直前に、小学校時代の友達に『これから死ぬ』ってメッセージを送ったらしくて」

「自殺だと見られてるわけ？」

しのぶは唖然とした。

「遺書だと警察は見ているみたいです。ＬＩＮＥのメッセージなんか、優太君のスマホを使えば誰でも送れるんですけど。優太君は中学校で孤立していて、本人はそうとう辛かったんじゃないかって。それであの日、プールに入って自殺したって」

「泳げなかったの？　中学校のプールなんて、それほどの深さじゃないでしょう」

「優太君の身長だと、ぎりぎり足がつかないくらいだったそうです」

「顔や手首に傷があったと報道されていたじゃない。抵抗したからじゃないの？」

「僕もそう言ったんですけど。特に手首は、縛られていたからじゃないかって」

そう言って、透が自分の手首を見せた。治りかけたすり傷が見える。

――まさか警察が、本気で自殺だと信じたなんて思えない。ＬＩＮＥを見れば、彼らの間で何が行われていたか一目瞭然なのに。

「それで、あんたはもう自宅に戻ったのね？」

「戻りました」

連絡が行ったので、両親が慌てて警察署に飛んできた。仕事は忙しいようだが、けっして息子に無関心でも無頓着でもないらしい。

両親は、息子が被害者になりかねなかったと知り、動転していたそうだ。ちょうど夏休みでもあり、この三日間、警察署に出向く以外は外出させてくれなかった。とにかく、この状況を知らせたくて、親たちが息子の監視を祖母にまかせて仕事に出た隙に、自宅を抜け出てきたのだと透は言った。

——これだから、ガキは困る。

しのぶはキリリと柳眉を逆立てた。

「この、バカもの！　すぐ、おうちにいるおばあさんに電話しなさい。心配してるから」

「もう電話しました。すぐに帰ると言ってあります。——瑠維のやつ、学校宛てに写真を送ったんです」

「例の、万引きの現場を撮影したやつ？」

頷いた。警察に通報した透への報復だ。

「昨日は学校に呼び出されて事情を聞かれました。夏休み中なので、新学期までに先生が相談して処分を決めると言われました」

名門校らしいから、退学の可能性もある。それについては、透も覚悟を決めたようだ。さばさばした表情だった。

「瑠維は直接には連絡してこないのね？」

「電話もメッセージもなしです。僕、ＬＩＮＥのグループから外されましたし。——だけど、昨日の夜、瑠維がうちの前に来ていたようなんです。ゲーセンのメダルが一枚だけ落ちていて」

「──気持ち悪いわね」

電話など、証拠が残るものは使わない。瑠維という少年は侮れない。自宅のそばまで来て、無言の圧力をかけるとは、嫌なガキだ。

つまり透は、いろんな形で追い詰められて、再びここに助けを求めてきたというわけだった。

鞄から取り出した招き猫を、透がテーブルに載せた。

「なにこれ」

「貯金箱です。金額は少ないけど、子どもの頃から貯めてたんです」

──嫌な予感がする。

「しのぶさん、スモモさん、探偵さんですよね。お願いします！　優太君の事件、真相を調査してもらえませんか。僕には、自殺だとは思えません。本当のことが知りたいんです。探偵さんの料金ってどのくらいかかるのか知らないんですけど、足りなかったら親に頼んでなんとかしてもらいますから──」

「じょ、冗談じゃない！」

親の金ならともかく、子どものお小遣いを受け取るほど、落ちぶれてはいない。だいたい、自分たちはIT探偵なのだ。依頼人のシステムに侵入してデータを破壊したり、盗んだりした奴らを突き止める。できればデータを取り返す。デジタル鑑識で証拠を特定し、警察に突き出して裁判を起こし、がっぽりと慰謝料をむしり取る。殺人事件の捜査なんか、警察にまかせるべきだ。しのぶが断ろうとした時、スモモが招き猫を抱き上げた。

「猫、好き」

——こいつは。

白い目を向けたが、スモモは意に介していない。透の依頼を引き受けろというのだ。

「お待ちどお。あれっ、どうした？」

コーヒーとミルクセーキを二杯、トレイに載せて出前してくれたデラさんが、事務所のドアから入るなり、険悪な雰囲気に気づいて顔をしかめた。スモモがいきなり、貯金箱の底を開き、小銭をわし摑み（づか）にして、デラさんの手に押し付けた。飲み物の代金を、透の金で払ったという意味らしい。

「——」

スモモは振り向いて、こぼれ落ちそうなほど大きな目を瞠り、子どものようにこくりと頷いた。

「わかったわよ。やればいいんでしょ！　どうせ、家賃も払わなきゃいけないし！」

「もう払った」

スモモのけろりとした言い草に、肩を落とした。どうして勝手な真似ばかりするのだろう。だが、その話は後回しだ。

「——わかったわよ。とりあえずやってみましょう。透、あんたも協力するのよ」

名指しされた透が、おどおどした表情で頷いた。

「いい？　人間関係を調査する方法は、いろいろあるわけ」

透が神妙に聞いている。

「誰でもスマートフォンやガラケーを持ってる現代なら、ＳＮＳなどのつながりと通信回数を調べると、手っ取り早いでしょう」

「これは何ですか？」

事務所の大型モニターに映し出された地図に、透が目を丸くしている。モスグリーンの背景に光点がいくつか輝き、それをさまざまな色の線が結んでいる。光点を結ぶ線の本数が多い場所もあれば、少ない場所もあった。

「私が作った人間関係の分析用ソフト、〈リンクアナリシス〉よ。ひとつの光点が、スマホやガラケー一台に対応しているわけ。カーソルを点に載せると、その電話番号やアカウントが出る。点を結ぶ線は、その間の通信。今回は、電話が赤、ＬＩＮＥは緑、その他の通信は黄色。線の太さは通信回数に比例してる」

「赤はほとんどないですね」

「だって、あなたたち、電話なんかかけないじゃない」

この秘密兵器を子どもに使ったのは初めてだった。

「この前、瑠維のとりまきの端末を、ウイルスに感染させたでしょ。あの二十台ほどの端末から、データを吸い上げてこの図を作ったの」

「それじゃ――」

「ほら見て。感染した端末は、自分自身の電話番号と、LINEやツイッターなどのユーザーIDを送ってくる。入力内容も、タッチパッドの入力のログなどを盗んでこちらに送る。瑠維の端末は感染していないけど、すべての端末から頻繁にメッセージが送られている端末があるでしょ。みんなの中心にいる存在――それが、瑠維ってわけ」

啞然として、透は画面を見つめた。

「さあ、この地図で、優太君が亡くなった夜の通信状況だけを取り出してみる」

日付と時間帯を絞ると、光点を結ぶ線の本数がいっきに減った。瑠維の端末を中心に、二台の端末が緊密に結ばれている。

「優太君の事件の前後に、この三台の端末の間で、何度もやりとりが交わされている。事件に関わったのは、瑠維とこのふたりね」

透が、しのぶの作業に圧倒されている。驚くのはまだ早い。

端末に送りこんだウイルスに信号を送った。画面に、小さなウィンドウがふたつ開く。ひとつは真っ暗だが、もうひとつには、ニキビ面の男の子の顔が映った。目線は下を向いているが、ほぼ正面からの顔だ。

「この子、知ってる？」

「本名は知らないけど、トウキって呼ばれてます。瑠維と同じ中学の子です」

「なら、特定できそうね。もうひとりにも、さっさとスマホを触ってもらいましょう」

電話番号はわかっている。発信者番号非通知にして、電話をかけてみた。呼び出し音が二回鳴るまで待って通話を切った。ディスプレイのふたつめの画面が明るくなり、真面目そうな細面の少年が現れた。着信に気づいて、スマホを鞄かポケットから取り出したらしい。非通知だとわかると顔をしかめたが、そのままスマホで何か作業を始めた。

その中身も、こちらには筒抜けだ。ＬＩＮＥを立ち上げ、グループにアクセスしている。向こうの画面を、こちらの端末にも表示させた。夏休みの旅行の相談のようだ。

「この子は？」

「長須さん。学校は違いますけど、高校二年です。瑠維とはそれほど仲良さげに見えなかったけど——」

長須とトウキの顔写真を保存した。瑠維の端末が、ウイルスに感染していないのが残念だった。もし感染していれば、もっと多くのことがわかったはずだ。

「それで――優太君の件に、瑠維が関係していると思いますか？」

透が期待を込めて尋ねた。

「これだけで判断は難しいね。証明できるのは、事件の前後に瑠維を含む三人が、連絡を取っていたってことだけだから」

「端末の位置情報は取れるけど、情報を蓄積していなかった。まさか、そんな事件が起きるとは思わなかったから」

しかしそれは、警察が携帯電話のキャリアに依頼して、過去の位置情報の履歴を提出させれば、手に入れられるはずだ。それなのに警察が瑠維を逮捕できなかったということは、瑠維が一枚上手で、事件の現場にスマホを持っていかなかったのかもしれない。

事件現場で指紋（しもん）や物証を捜したり、関係者の証言を地道に追ったりするのは、警察の仕事だ。しのぶたちは、警察がやらないこと、やりたくてもできないことをやって、真犯人逮捕に結びつけるしかない。

「優太君が亡くなった日の、瑠維のアリバイを証明したのは、友達の家族だったと言ったわね。その友達って誰？」

「ワタルです。瑠維が、ワタルのうちに泊まったそうです」

例の、透と瑠維の仲を取り持つと言いながら、反対に煽（あお）っていた少年だ。ワタルのＬＩ

NEのユーザーIDを、画面上に表示させた。

「時間帯を変えながら、ワタルから瑠維の端末に送られたメッセージの数を表示していくと、こうなる」

ワタルは一日に何度も瑠維にメッセージを送っているが、優太が死んだ日の夜は、ぴたりとやんでいる。

「え――どうしてだろう」

「ワタルの家に瑠維が泊まっていたのが本当なら、たしかにメッセージなんか送らない。あるいは、瑠維が端末を置いて出かけたと知っていても、メッセージなんか送るわけないよね」

「翌日からは、ワタルが瑠維に、倍くらいのメッセージを送ってますね。毎日、三十件以上？」

「しかも、昨日になるとぴたりとやんでる」

ワタルと瑠維の間に、何かあったのだ。

「――よし」

しのぶは、上着を取って立ち上がった。暑いので、できるだけ着たくないのだが、相手によっては威圧感を与える武器になる。

「透は私と来て。スモモはここに残って、やってほしいことがあるの」

スモモに指示を出すと、彼女は長いまつげを上げて、かすかに頷いた。人間とのコミュニケーションにはおおいに問題があるが、コンピュータにまつわる作業なら、彼女の右に出る者はそういない。

「行くわよ」

タブレット端末を一台抱えて、透を促した。まずは、ワタルからだ。

「知らないよ、そんなこと。瑠維はあの夜、うちに泊まってゲームやってたし」

スマホの位置情報から、ワタルが自宅近くのコンビニにいることがわかり、黄色のアクアで向かった。電車で移動することも考えたが、透を連れて歩いているところを、瑠維の仲間たちに見られたくない。

しのぶが探偵だと名乗って、優太が死んだ夜のことを聞くと、ワタルは不機嫌そうに口を尖らせた。

「なんだよ透、瑠維があの中学生を殺したとか、警察に嘘ばっかり言ったんだって」

「嘘なんか言ってない。僕が瑠維に何をされたか、話しただけだ」

透とワタルが睨みあうのを、しのぶはぐいと間に入って、分けた。

「それで、瑠維は本当に泊まった？」

「泊まったよ。うちの両親も知ってるし。警察で証言したから」

「ご両親は、あなたたちふたりは、夕食の後は部屋に入って、出てこなかったと証言しているそうね」

警察がそんな情報を外部に洩らすわけがない。カマをかけたのだが、ワタルは素直に頷いた。

「そうです」

「あなたのおうち、マンションの二階だよね。あなたの部屋は東南の角でしょ。窓は大きいし、外にも出られたんじゃないの」

「まさか！　そんなことしません」

ワタルがむきになって否定する。

ワタルのスマホがウイルスに感染しているので、カメラを使って部屋の様子を確かめたのだ。日照と時刻から、部屋の向きはすぐわかった。スマホの位置情報から、自宅マンションも判明している。現地に赴き、窓から脱出することができたかどうか確認した。窓から地面まで六メートル近くあるが、すぐそばのベランダに摑まったりして、身の軽い者なら降りることはできそうだ。室内に誰かが残り、ロープなどを垂らせば、もっと楽にできるだろう。それなら戻ってきた時に、入れてやることもできる。

「あなた、体重何キロ？」

いきなり聞くと、ワタルが嫌な顔をした。彼は高校生にしてはかなり太めだ。体格もがっちりしていて、力はありそうだ。

「なんですか、それ」

「七十キロはあるよね。瑠維は何キロ？」

「瑠維は、背は高いけど、痩せてるからそんなにないです。六十キロいかないと思う」

代わりに透が答えた。

「あんたが瑠維を、ロープで降ろしたり引っ張り上げたりして、犯行を手伝ったんじゃないの」

ワタルの前に顔を近づけて冷たく睨むと、鼻の上に皺を寄せて後ずさりした。

「これから私たちは、この近くの防犯カメラを捜すから。優太君が死んだ夜、防犯カメラに瑠維が映ってないかどうか。もし映っていたら、どうなるかわかるよね」

「――このへんに防犯カメラなんかないよ。このコンビニくらいしかお店がないからね」

ワタルがむっつりと答える。

――ああ、そうか。

だから瑠維は、ワタルの自宅を当日のアリバイ工作に利用したのだ。

「必ずどこかにある。防犯カメラの中には、他人に見えるところに置いてないのもあるから。あんたたちが知らない場所に、きっと隠して設置してるのがある」

初めてワタルがたじろぎ、目を泳がせた。

「どうして瑠維なんかかばうの？　正直に話しなさいよ。あんた、瑠維のこと、そんなに好きでもないんでしょ？」

これもあてずっぽうだったが、この二日、ワタルが瑠維に連絡をとっていないのは、彼らの間でいさかいが起きたからではないか。

「答えなさい。瑠維は今どこにいるの？」

「——さあね。まあ、たいていゲーセンに入り浸ってるけど」

「言っとくけど、早く本当のことを言わないと、あんたも同罪になるからね。殺人の共犯だよ。よく考えたほうがいい。何か思い出したら、ここに電話して」

青くなったワタルに名刺を押しつけ、さっさと車に乗りこんだ。透が遅れて助手席に乗りこむ。

「来てみて良かった」

しのぶは傲然と言った。

「マンションを見たり、あの子と話したりしてみて、よくわかった。あの夜、瑠維にアリバイはない」

そして、ないアリバイを無理やりこしらえたからには、事情がある。

「それじゃ——」

「瑠維は黒。それも真っ黒」

警察は、事情聴取するタイミングが早すぎた。ワタルと瑠維の関係が悪化する前だった。今のワタルなら、もうひと押しすれば本当のことを話すだろう。警察に知らせてもいいが、それでは腹の虫がおさまらない。

しのぶがスマホで電話をかけるのを、透はおとなしく待っている。

「——ああ、スモモ？　こっちの用は済んだから、例の件、やっちゃって」

『了解』

スモモはあいかわらず、ぶっきらぼうだ。

通話を終え、しのぶは車のハンドルを握り、透を振り向いた。

「——さてと。瑠維が入り浸ってるゲーセンって、どこにあるの？」

「すぐそこの駅前です」

「そう。それじゃ、この端末を見ていて」

タブレット端末をぽんと透の膝(ひざ)に投げる。画面は、ウイルスから送られてくる通信状況を表示していた。光点が二十以上、輝いている。中心にいるのは瑠維の端末だが、これはウイルスが送ってくる情報ではなく、他の端末がよくメッセージの送り先にしているので仮想端末として表示されるのだ。

中心の光点に向かって、無数の光の矢が、きらきらと輝きながら伸び始める。透は魅(み)せられたようにその光景を見つめている。スモモがさっそく始めたらしい。

「早く行かなくちゃ」

アクセルを踏んだ。

その少年は、クレーンゲームの前にいた。

村田瑠維だ。

百円玉を投入し、レバーを握る前に、ケースのなかのウサギのぬいぐるみを観察している。ひんやりしているくせに、奇妙に熱っぽい目つきで、中学生には見えない。背がひょろりと高く、頬にニキビが散っている。

唇の端にかすかな笑みを浮かべた。その一瞬だけ、子どもらしい表情になった。レバーを握り、ボタンを押してクレーンを操縦する。一度めは失敗だったが、二度めはウサギの首に巻いたストラップにうまく引っ掛けて動かし、三度めで取った。取り出し口からこぼれた灰色のウサギを摑み、周囲を見回している。

——仲間がひとりも来ない。

ジーンズのポケットに、ふと手をやった。スマホを摑み、顔をしかめる。ここからでは見えないが、何件も着信があったはずだ。

スマホを見て、だんだんけわしい顔つきになるのが、離れていてもよくわかった。しのぶは、野球帽で顔を隠した透と一緒に、他のアーケードゲームの陰に隠れて、瑠維の様子を窺(うかが)っていた。

瑠維は、LINEのグループでワタルの呼びかけを見たはずだ。

『瑠維が殺したんだろ？　なんでみんな黙ってるんだよ。はやく警察に言うべきだ』

残念ながら、それを書きこんだのはワタル本人ではない。ワタルのスマホを乗っ取ったスモモだ。ワタルは今ごろ度を失っているはずだ。自分の名前で、どんどんおかしな書き込みがされていく。しかも、これは自分が書いたものではないと言いたいのに、スマホからの入力はできなくなっている――。

書き込みをチェックするため、ワタルのスマホの画面をタブレットに表示させた。

『瑠維ちゃんが殺したなんて、まさかの展開』

『嘘でしょ。透ちゃんの狩りはしてたけど』

『長須さんとトウキも怪しい。あの三人はいっしょに何かやってた』

三つめの書き込みは、別の端末からのスモモによるものだ。

グループは、蜂の巣をつついたような騒ぎになっている。どんどん書き込みがされるので、文章や絵文字の流れるスピードが速すぎて、ついていけないくらいだ。

瑠維は、スマホに視線を落とし、眉根を寄せている。何か書きこもうとしては、ためらっているようだ。このスピードで流れる自分についての会話に、乗りこんでいくのは勇気がいるだろう。

事情を知るのは、長須という高校生と、トウキという中学生だろう。しのぶはふたりが現れて、何か書き始めるのを待っている。

『でもそういえば、長須さんはあれから一度もうちらと遊んでくれんね』

スモモの書いた誘い水かと思ったが、別の端末からだ。それをきっかけに、事件の真相に迫る言葉が飛び交い始めた。

『あの死んだ子、瑠維ちゃんが最初に狩るってご指名した子だよ』

『そうそう。生意気だったから』

『瑠維ちゃん、キレやすい』

『トウキは？　トウキはどこおるん？』

『ここ、ここ。オレんち。オレのとなり』

『やめてくださいよ、ほんとにもう』

トウキ本人がグループトークに乗りこんでくると、会話はさらに盛り上がった。トウキはさっそく、自分や瑠維は事件と何の関係もなく、あれは自殺だと言い訳を始めている。ところがそれに対して、長須とトウキが瑠維と三人だけで別のグループを作っていることを暴露したり、トウキが死んだ中学生を嫌っていたことや、瑠維が大工道具の店でロープを買うのを見たと明かしたりする書き込みが、次々に行われた。

瑠維のカリスマ性が崩壊した瞬間だった。瑠維が怖いとか、なんとなく惹（ひ）かれるといった理由で、彼らがこれまで胸のなかにしまいこんでいた情報が、どんどん洩れていく。瑠維が長須とトウキを特別扱いしていたことも、反感を招く一因になったようだ。嫉妬ほど強い動機はない。

『も、狩ればいいじゃんw』

これはスモモだった。しのぶは目を瞠った。

「ちょっと、あの子ったら！」

スモモが暴走したようだ。予定外の書き込みに、これはない。次の事件を煽る書き込みだ。しのぶは急いで自分のスマホを取り出し、スモモに電話をかけたが、応答はない。

『狩る？　だれを？』

『瑠維ちゃんに決まってんでしょw』

瑠維がぎくりとしている。彼は常に狩る立場で、狩られたことはない。体格は中学生離れしているし、透が天才だと感心するくらいゲームがうまい人気者で、口も達者なのだろう。他人を上手にこきつかうタイプだ。

『瑠維ちゃんを狩ってどうするの？』

『ほんとのことを言うまでしつもん』

『そうだ、プールで』

『プール！』

『瑠維ちゃん、どこ?』

『いつものゲーセンだよね』

『瑠維ちゃんって泳げた?』

『瑠維ちゃん、見てる?』

瑠維が青い顔をしてスマホの電源を切った。居場所を知られると感じたのかもしれない。あるいは、彼らの会話をこれ以上、見たくなかったのかも。誰かが彼を捜しに来るのも時間の問題だ。

子どもたちは、瑠維が彼らを煽ったように、仲間を煽って楽しんでいるだけだ。本気で瑠維をプールに沈めて、真実を聞き出そうとする子どもはいないだろうし、できる子どももいないだろう。空想と実行の間には飛躍が必要だ。しかし、瑠維はそれを信じた。自分がこれまで、同じことをやってきたからだ。

瑠維はゲームセンターを出て、裏の駐輪場に停めてあった自転車に乗った。しのぶたちは車に乗りこみ、瑠維を追った。

仲間たちの端末がいくつか、こちらに向かっている。瑠維を捜し、優太の事件について尋ねようとしているのかもしれない。

「あっ」

透の声に、赤信号で停まった隙に、タブレットを覗いた。

『なあ、警察に話したほうがよくね？』

スモモが最後の爆弾を投下した。一瞬、グループは静まりかえったが、ふたたび目が痛くなるようなスピードで文章が流れ、大騒ぎが始まった。スモモがうまく誘導するだろう。彼女の暴走でひやりとしたが、いい方向に事態は動いている。

これまで瑠維を守るために、あるいは、まさか瑠維が事件に関わっているとは思っていなかったために警察に黙っていたことを、洗いざらい明かす時が来たのだ。

瑠維は必死になってママチャリを漕いでいる。サドルの上に腰を浮かせ、猛烈に足を動かしている。自宅に向かっているのか、あるいはただ、仲間たちから遠ざかろうとしているのだろうか。

「――でも、これはやりすぎです」

ふいに、透が硬い表情をして呟いた。

「何が？　――なんですって？」

「僕が頼んだのに、今さらこんなことを言ってすみません。だけど、もし瑠維が犯人ではなかったら、冤罪を生みはしませんか。このまま、むやみに瑠維を追い詰めていったら」

しのぶは無言でハンドルを切り、瑠維を見失わないように、少し離れてついていく。唇を強く引き結んでいた。素直なお坊ちゃんはこれだから、という思いが、多少はある。しかし、透はこれでいい。自分たちとは違う。

「――あんたが言いたいことはわかる。だけど、べつに私たちが瑠維を逮捕するわけじゃない。私たちは、瑠維の仲間に口を開かせようとしているだけ。今まで瑠維を信じて、頑なに口をつぐんでいた子どもたちのね。彼らが警察に行って本当のことを話せば、事件はもう一度、警察が調べ直してくれる」

正直に言えば、瑠維が優太の死に関わっていないとは、これっぽっちも考えていない。いったん優太の死が自殺や事故として片づけられても、必ずそのうち誰かが瑠維の関与に気づくか、話しだす。しのぶたちは、そのタイミングを早めようとしているだけだ。

――ダーティなやりくちだけど。

間違いなく違法。それがどうした。

「――瑠維は、どこに向かってるんでしょう？」

透が不安そうに尋ねた。こちらは自転車を追い越してしまわないように、いろんな手でゆっくりゆっくり、跡をつけていくだけだ。

大きなマンションの前で瑠維が自転車を停め、階段を上がっていくのが見えた。

「ここ、どこ？　瑠維の自宅？」

「いえ――自宅はこのあたりじゃないはずだから、たぶん違うと思います」

車を停めるスペースを捜すのに手間どった。マンションの来客用の駐車スペースに、とりあえず置かせてもらうことにした。

瑠維が上がっていった階段に向かう。透は一階の郵便受けを覗き、指を差した。

「これだ。長須さんの家じゃないですか」

なるほど、郵便受けのひとつに長須とマジックで書かれている。三階だ。階段を上がり始めると、階上から罵声(ばせい)が聞こえてきた。しのぶは階段を二階まで駆け上がった。上の廊下で、背の高い少年ふたりが、もみあいながら相手を低い声で罵倒している。

「俺は何もやってないからな！　おまえが勝手にやったんだ！」

「透がだめならあいつって、あんたが言ったんだろ！　ひとりだけいい子ぶんな！」

——真っ黒確定。

三階のふたりに声をかけようとした瞬間、長須に突き飛ばされた瑠維の身体が、階段の上から宙に浮いた。スローモーションの映像を見ているようだった。

誰かが、しのぶの横を駆け抜けた。

二段飛ばしに階段を駆け上がる。透だ。あいつ、あんなに足が速かったのか。

気がつくと、瑠維と透がひとかたまりにもつれて、階段を転がり落ちていた。

「ちょっと、大丈夫？」

ふたりは階段の中ほどに倒れ、呻(うめ)いていた。瑠維が身体を起こし、頭を打ったのかふらふらと揺れている。

「透？」

階段に伸びた透が、目を開けた。

――良かった、生きてる。

右手をついて起き上がろうとしたが、顔をしかめて左手で右腕をかばった。右腕は動かせないらしい。

しのぶは透に駆け寄った。

「救急車呼んで！　早く！」

呆然（ぼうぜん）と立ち尽くしている瑠維と、長須に向かって叫ぶ。ふたりは動こうとしない。

しのぶが舌打ちしてスマホを取り出すと、瑠維が逃げようとした。突然、現実感が戻ったのかもしれない。

「待ちなさい！」

階段を駆け下りていく少年を追いかける。本気で逃げられると思っているのだろうか。ここを離れれば助かるとでも。

――そんなわけないでしょ。

スーツのポケットには、小さなスプレー缶が入っている。

「村田瑠維！　そこで止まれ！」

命令口調で言い、名前で呼ばれたことにぎょっとして振り向いた少年の鼻先に、スプレーを突きつけてシュッとひと吹きした。

「わあっ！」

痴漢防止用、トウガラシのスプレーだ。目に入ったり粘膜に付着したりすれば、しばらく猛烈な痛みに襲われ七転八倒する。階段の半ばから、瑠維は足を滑らせて転がり落ちた。階段下で目を押さえて喚いている少年の腕を取り、後ろ手に押さえつけた。

「ちきしょう！　なんで関係ないやつがでしゃばるんだよ！」

「うちの優秀な料理人に怪我させたからよ」

しのぶはつんと顎を上げた。

「美味しいものを作れなくなったら、どうしてくれるのよ」

近所の誰かが通報したのか、パトカーのサイレンが聞こえてきた。


七月の終わりになると、街路のエンジュが雪のように白い花びらを降らせ始める。今の事務所に決めたのも、ひとつはこの街路樹のためだった。この樹の緑があれば、夏が涼しげに見える。

スモモを連れて、近くのカフェで朝昼兼用の食事をとった後、エンジュの花びらを顔に受けながら、ぶらぶらと事務所に戻ってきた。

路面店のウィンドウに並ぶグレーのサマーニットに惹かれたが、今月はとても手が出せない。新しい依頼はまだない。先日の浮気調査は、社長夫人が調査費用を分割で支払うと約束してくれた。

「『バルミ』寄ってく?」

スモモから積極的な賛成も反対もないのはわかっている。彼女は、しのぶの行くところに、影法師か尻尾のようについてくる。

店に入ると、カウンターの中からデラさんが手を振った。指さす方向を見れば——。

「なんだ、透?」

ぺこりと頭を下げる。右腕には白いギプスをはめ、三角巾(さんかくきん)で首から吊(つ)っている。階段から落ちた瑠維を受け止めて、一緒に転がり落ちた時、透の右腕は橈骨(とうこつ)がきれいに折れていた。

救急車で病院に運ばれ、警察も来た。瑠維と長須が事情を聞かれ、また彼らのグループのメンバーが警察であれこれ話したらしく、優太君の事件は再捜査が決まったそうだ。瑠維と長須、トウキの三人は、争うように責任を押しつけあっているらしい。

結局、優太君は三人にいじめられていたのだった。あの夜、学校のプールに呼び出され、水に入って生意気な態度を謝れば許してやると言われて、つい水に入ってしまったようだ。そこで、水から上がろうとするのをデッキブラシの柄(え)などで押さえつけてからかっているうちに、足を滑らせて溺れたというのが、瑠維たちの言い分だった。手首を縛ったりはしなかったと言っているそうだが、瑠維が前日にロープを購入したこともわかっており、そのあたりの詳細は、今後の事情聴取でどこまで解明されるかにかかっている。

「優太君は、両親が離婚して、おじいさんとふたりで暮らしていたそうです。僕も知らなかったけど、警察署で涙を流しているおじいさんを見かけました」

四人掛けのテーブルでしのぶたちの向かいに座り、透はデラさんが出してくれた紅茶を前に、しょげた顔をしている。

「バルミ」は今日も暇そうで、他の客といえば、隅のテーブル席で中年の女性がひとりコーヒーを飲みながら文庫本を読んでいるくらいだ。

「まあ、とりあえず事件が解決して良かったじゃない」

しのぶはコーヒーのカップを顔に近づけ、香りを嗅いだ。いい香りだが、心は躍らない。孫を亡くした祖父の悲嘆を想像すると、こちらの気持ちも萎えてしまう。

警察の事情聴取を受け、瑠維は自分も被害者だと言った。自分だって追い詰められて狩られそうになったのだと。当然、警察がＬＩＮＥ仲間から事情を聞き、ワタルたちは、端末が勝手に投稿したのだと証言した。もちろん、警察は信じなかった。スモモが、彼らの端末からウイルスを削除した後だったからだ。

「本当に、ありがとうございました。ＩＴ探偵って、何をする人たちなのかと思ったけど、すっごくよくわかりました」

透が深々と頭を下げる。

「いや、違うから。私たち、ああいう仕事をするためにいるわけじゃないから」

「じつは僕、高校を退学になりまして」

話の腰を折られ、しのぶは声を詰まらせた。そういえば、瑠維が学校に写真を送りつけたので、退学になるかもしれないと話していた。

「公立高校に入り直すことも考えたんですけど、集団生活は苦手なんです。また瑠維みたいなやつにカモにされるかもしれないと思うと、学校に行く気がしなくなって。ひとりで勉強して、高卒認定試験に合格したほうがいいんじゃないかと思うんです」

たしかに、透の頼りない性格では、似たような事件に巻きこまれないとも限らない。おまけに今度は、周囲より一年遅れて入学するわけで、浮いてしまいそうだ。

「――まあ、いいんじゃないの。それも」

「それで、試験勉強はちゃんとしますけど、社会勉強にアルバイトもしたいんです。しのぶさんたちの事務所で、雇ってもらえませんか。時給は安くていいですから」

「冗談じゃない！」

しのぶは思わず立ち上がった。

「うちの財政、どれだけ大変だと思ってるのよ！　家賃を払うだけでもピンチなのに、アルバイトなんか雇う余裕、これっぽっちもないんだから――！」

袖を引っ張る力に気づいて振り返る。

「でも、美味しかった、料理」

珍しく、スモモが長いセンテンスで反論しながら、フランス人形みたいなまつげを上げて、こちらを見上げてくる。

——こいつ、こんな目で見れば私が言うことを聞くと思っているな。

もちろん、透の手料理は意外を超えて感動的なくらい美味だった。とくにあのエッグ・ベネディクトのとろとろの卵といったら——。

思い出して、唾を呑みこむ。

「だめよ。いい？　この子は未成年なの。勝手な真似をしたら親が心配するじゃないの」

「認めてくださって、ありがとうございます！」

透が目を輝かせ、立ち上がった。

「母がぜひご挨拶(あいさつ)したいと言って、一緒に来ていますので。——母さん！」

隅の席で文庫本を読んでいた中年女性が立ち上がり、こちらを向いてお辞儀をした。白いブラウスに藤色のスカートの、上品そうな、いかにも透の母親らしい雰囲気だった。

——ハメられた！

デラさんがカウンターを出てドアを開けると、すっかり夏の香りのする、爽やかな風が「バルミ」の店内を吹き抜けた。じき、八月がやってくる。

第二話　こんなの朝飯前でしょ！

まず気になるのは、横柄な態度だった。

「いいですか蒔田さん、いきなり他人のパソコンに侵入して、データを取ってくるわけにはいかないんです。まずは、あなたの会社のシステムを調査して、ハッキングされた痕跡を調べてみなくては」

出原しのぶは、正面のふたり掛けのソファでふんぞりかえる男に説明を繰りかえした。蒔田正夫と名乗った男は、体重、横幅ともにしのぶの倍はありそうな巨漢で、応接セットのソファが縮んだように見える。

蒔田はブルドッグみたいな顔をこれ見よがしにしかめ、首を横に振った。そのはずみに、肉付きが良すぎて垂れぎみな頬と、三重顎がプルンと揺れた。しのぶの目は、一瞬その贅肉に釘づけになった。

――ああもう、早く視界から消したい！

真夏に会いたい相手ではない。

「おい、ネエちゃん、冗談じゃない。保倉が盗ったんだ。間違いないって。俺が頼んでるのは、保倉から顧客データを取り返して、向こうのシステムを使えなくしてほしいってことだ。わかりやすく言えば、ぶっつぶしたい」

——ね、ネエちゃん？

しのぶはこめかみをひきつらせた。

蒔田が失言に気づいた様子はない。彼の認識では、初対面の女性に「おい、ネエちゃん」などと呼びかけるのは、失言のうちに入らないのだろう。

「保倉さんが盗んだと証明するのも大事なことです。証拠があれば、警察に届け出ることもできますし、蒔田さんから盗んだ情報で保倉さんが得た利益を計算し、賠償請求することもできるじゃないですか」

「何回言えばわかるかな。そんなはした金がほしいわけじゃない。俺は保倉のボケを叩き（たた）のめしてやりたいんだって」

しのぶは赤いセルロイド縁（ぶち）の眼鏡（めがね）を指の先で押し上げ、もう一度、蒔田をまじまじと見つめた。

ワイシャツに地味なグレーのスーツ姿だが、布地が今にもはちきれそうだ。もちろんスーツのボタンは留められない。ワイシャツのボタンですら、かなり危なっかしい。

太りすぎたブルドッグという印象だが、蒔田はこう見えても、インターネット通販企業「コージー」の創業社長なのだそうだ。そう聞いて、すぐさま相手に見えないところでスマホを操作し、コージー社のウェブサイトで社長の写真を確認した。何十年前の写真かは知らないが、そこに載っている人物は、目の前にいる蒔田から、男子高校生ひとり分の体重を引いたくらいの身体(からだ)つきをしていた。だがまあ、蒔田本人であることは間違いなさそうだ。

——社長というよりやくざみたい。

だいたい、「コージー」という言葉は、居心地がいいという意味ではなかったか。ネエちゃんなどと呼ばれた時点でオフィスから叩き出してもよかったのだが、「Ｓ＆ＳＩＴ探偵事務所」の経営状態は、毎度のことながら火の車だ。事務所の賃貸料は払ったばかりだが、じきに電気代とガス代の引き落としがある。今月の依頼といえば、迷子になった飼い犬を捜してほしいというものが一件のみ。蒔田が二件めだ。

迷子犬を捜すのは、ＩＴ探偵でなくともできる。依頼内容を聞いたとたん、相棒のスモモこと東条桃花(とうじょうももか)はやる気を失い、ごろんとソファに寝そべって眠ってしまったから、しのぶはスーツとハイヒールを泥だらけにしてひとりで公園を駆けまわり、どうにか迷子犬を捕まえた。

——やっと、ＩＴ探偵らしい仕事が来たと思ったら。

よりによって、傲慢(ごうまん)で無礼なブルドッグが依頼人ときた。スモモは、ひと目見ただけで、さっさと自室に隠れてしまい、しのぶひとりで我慢強く対応している。

「保倉さんがデータを盗んだ証拠もないのに、向こうのシステムに侵入したりできません。こちらが犯罪者になってしまいます。おまけに、向こうのシステムをつぶせとか、使えなくしてほしいって、どういう意味でしょうか。システムを破壊しろと言ってるんですか？　そんな犯罪には加担できませんよ」

蒔田の依頼内容はどうも怪しい。本当は、彼のほうが競争相手の顧客データを違法に手に入れて、システムどころか会社ごとつぶそうとしているのではないだろうか。

蒔田を紹介してくれたのは、以前に夫の浮気調査を依頼してきた、居酒屋チェーンの社長の奥方だった。

——紹介してくれるのは、嬉しいけどさ。

「蒔田さん、保倉さんにハッキングされた御社のシステムを、とにかく一度、調査させていただけませんか。詳しいお話はそれからご提案いたしますから」

しのぶは辛抱強く繰りかえした。我慢するのは得意なほうではないのだが。

蒔田が舌打ちして唇をへの字に曲げると、ソファから立ち上がった。

「なんだよ、硬いことばかり言いやがって。お前らやっぱり、たいしたことないな。若い女がふたりでやってる探偵だっていうから試しに来てやったが、時間の無駄だった」

しのぶは腹立ちをどうにか抑え、とげとげしい微笑みを浮かべた。こんな客を引きとめる気はない。蒔田のような男は、仕事を始めたら始めたで、当然のように無理難題を押しつけてくるにちがいない。

蒔田の巨体が事務所を出る直前に、スモモが現れた。身体の線にぴったり沿うピンクのタンクトップは、胸の部分に目玉焼きの絵がついていて、妙に卑猥だ。彼女の崇拝者は山のようにいるから、そのうちの誰かにもらったのだろう。黄色のホットパンツから、すらりとした素足が伸びている。

蒔田はしばし立ち止まり、よだれが垂れそうな顔つきで、スモモの頭のてっぺんからつま先まで舐めまわすように見つめた。たるんだ尻を蹴飛ばしたくなったが、後ろから睨むにとどめる。こういう手合いは、自分が被害に遭った時にはスピッツみたいにキャンキャン騒ぐのだ。

「なあ、良かったらここに電話しろよ。美味い肉でも食いに行こうぜ。お前ぜったい、商売を間違えてるって」

蒔田は、ぼんやり突っ立っているスモモの手に名刺を押しつけ、何度も振りかえって名残惜し気に手を振りながら、事務所の扉の向こうに消えた。

――塩を撒いてやりたい。

だが、そのためにわざわざ立ち上がって、塩の容器を探すのもかったるい。

時間を無駄にしたのは、こちらのほうだ。

しのぶは椅子の背に深くもたれた。スモモはもらったばかりの名刺をスマートフォンで撮影し、実物をシュレッダーにかけている。

「そんなの、写真に撮っておく値打ちあるの？」

しのぶは嫌味を言った。スモモはちらりとこちらを見ると、黙ってキッチンに入った。

あまり挑発的な服を着るなと言ってやりたいが、アニメの美少女みたいなメイクと派手な衣装は、彼女にとって鎧（よろい）の一種で、精神を守っているのかもしれないから黙っている。

スモモがあんなかっこうをするようになったのは、しのぶと出会った二年後くらいからだ。初めて会った時には、お嬢様学校として知られる女子高の、清楚（せいそ）な制服姿だった。

――ずぶ濡（ぬ）れだったけど。

「そういえば、透（とおる）は遅いね。自分からバイトさせてくれと頼みこんでおいて、遅刻？」

しのぶは壁の時計を見て、細い眉を上げた。アルバイトの笹塚（ささづか）透は、このところ週五日、午前十一時ごろにやってきて、昼食と夕食を作る。事務所のアルバイトといっても、掃除と炊事の担当みたいなものだ。電話の取り方くらいは教えたいが、電話そのものがほとんどかかってこないので機会がない。

インターフォンが鳴ったので、透かと思った。事務所と住宅兼用なので、在室していてもドアの鍵を閉めているのだ。

「宅配便です」

しのぶが開けると、大きな段ボール箱を抱えた男性がいた。送り主の名前を見て、思わず顔をしかめる。宅配便の男性に文句を言ってもしかたがないので、受け取りにサインして箱を玄関に入れてもらった。

「重いですね」

宅配便の制服を着た男性が、品名欄に「機械」としか書いていない送り状を見ながら、苦労しつつ玄関に持ちこみ、帰っていった。

「ねえスモモ、筏に何か送らせた？」

トマトジュースのグラスを握ったスモモが、ひょいと顔を覗かせる。興味津々で大きな箱に近づいてくる。送り主は、ラフト工学研究所所長、筏未來。スモモは首を横に振ると、いきなり段ボール箱をバリバリと開け始めた。

「――なにそれ」

箱から出てきたのは、目が痛くなるくらい鮮やかなレモンイエローのロボットだった。スカートを広げたような円錐形の上に、まんまるな顔がついている。こけしの胴体を円錐形にしたような形だ。しばらく唖然として見つめた。

――とっとと送りかえしてやる。

筏はＭＩＴでロボット工学を学び、日本に戻って半年ほどメーカー勤務をした後で、今のラフト工学研究所を設立した。筏だから、ラフトだ。会社勤めは、性格的に合わなかったらしい。スモモを介しての知人で、スモモがどうやって筏と知り合ったのかはしのぶにも謎だった。

無表情に観察していたスモモが、どこかに触ると、両目のまぶたが開き、円錐形の胸のあたり——このロボットに胸があるならだが——に、四角いモニターが現れた。

『ハッハッハハハハハ、わが同志諸君。今日も元気かな？』

妙な馬鹿笑いをしながらモニターに映っているのは、白衣に夜店で売っているウルトラマンのお面をかぶった筏だ。

『さて、ドクター・ジャスティス三号を紹介しよう』

白衣の腰に両手を当てて、筏が自慢を始めた。

『三号は、掃除機を取り除いたから自慢の静音設計。しかも、見たまえ！　安易な二足歩行をやめてキャタピラをつけたから、移動時には姿勢が安定している。邪魔くさい腕をつけなかったので、一号、二号より故障率がうんと下がった！　ハハハハハ！』

ちなみに、一号と二号は筏の研究所で見かけたことがある。二号は逃げ惑（まど）う研究所員をハタキで追いかけていた。

「掃除もしないし腕もないのなら、こいつ何のために作ったの」

眉間（みけん）に皺（しわ）を寄せて呟（つぶや）く。

『よくぞ聞いてくれた。ジャスティス三号は、自走式愛玩ロボットだ！　刺激に欠ける同志諸君の生活に潤（うるお）いを。見たまえ、この愛らしくも丸みをおびた頭とボディ。ぱっちりとした目。床をすべるように移動するキャタピラ』

「スモモ、この盗撮ロボットをどこかに捨ててきて」

わあああ、とウルトラマンの顔をした筏が喚いた。

『何を言うんだ出原君、探偵事務所などという危険かつ怪しげな商売を選んだ君たちを守るために、この私が知恵を絞ったというのに！　ジャスティス三号は君たちの救世主だぞ！』

「よけいなお世話よ。どうせうちの事務所を盗撮して、スモモやあたしの写真や動画をネットで売ろうって魂胆でしょ」

筏は『ギクリ』と口に出して言った。彼が続いて何かを言う前に、しのぶはロボットに近づいてスイッチを切った。スモモはロボットの頭部をじっと観察して、外殻を外しはじめた。

「ちょっと、そんなの捨てなさいよ」

「捨てない」

スモモはこういう時、子どものように頑固になる。数時間もあれば、ロボットはスモモの手で無害なゴミ、もとい、無害なおもちゃに作り変えられているだろう。

パソコンの画面の隅で、小さなポップアップウィンドウが開いた。チャットの画面だ。

『――やあ。シノブはいる？』

英文を見て、しのぶは目を細めた。叩きつけるようにキーボードに指を走らせる。

「あらまあ。どなたでしたっけ」

『ご挨拶だなあ。僕だよ、《暗黒卿》だよ』

「何が《暗黒卿》よ。どうしてあたしの周囲って、こういうおかしな人が集まるのよ」

『そりゃ、君がおかしな人だからだろ』

「なんですって！」

　相手がニヤニヤしている様子が目に浮かぶようだ。

　本名は知らないが、公式には《暗黒卿》と名乗り、仲間うちではジョンと呼ばれている米国人だ。しのぶが向こうで働いていた時に知り合った、アノニマスの仲間だ。

「何の用？」

『わかってるくせに。そろそろ戻ってこいよ。もう、公務員は辞めたんだろ』

「公務員は辞めたけど、仕事はしてるの」

『いいじゃないか。君らの腕を借りたがっている仲間がたくさんいるんだから。片手間でもちょっと』

「冗談でしょ。お・こ・と・わ・り。私たちのこと、売ったくせに」

　しばらく《暗黒卿》は黙っていた。

『なあ、怒ってる？　売ったわけじゃないし、君が怒ってる相手は、僕じゃないよね』

　しのぶは眉を上げた。

「売ったわけじゃない？　そんなこと言うなら、あんたも同罪ね」

『そんなつれないこと言うなよ。みんな本気で待ってるんだ。《女王》が戻ってくるのを』

「そんなやつはもういない。諦めて」

勢いよくチャットウィンドウを閉じてしまった。

――《女王》だってさ。

そんな呼び名は、ティーンエイジャーだったからつけられたのだ。今となっては、恥ずかしい黒歴史だ。

「もう、二度と戻ることなんか、ないんだから」

呟いた。

玄関から話し声が聞こえ、宅配便が帰った後で鍵を閉め忘れていたことに気づき、振り向いた。バイトの透が中年の男性に、ここが事務所だと説明しているところだった。

「しのぶさん、お客様ですよ」

――見ればわかる。

事務所を開設してから、こんなに仕立てのよいスーツを着た客が現れたのは初めてだ。この暑いのにネクタイまで締めている。スリッパに履き替えているが、きっと靴もいい革靴だろう。

「階段の下で偶然、事務所の場所を聞かれたので、ご案内しました」

透が言って、両手いっぱいにスーパーの袋を抱えてキッチンに消えた。初めてここに来た時は高校の制服姿だったが、今日はジーンズにTシャツだ。彼がアルバイトに来るようになってから、冷蔵庫にはミルクとビール以外の食材が入るようになった。

「――どうぞこちらに」

しのぶは冷静さを装い、応接セットに紳士を導いた。スモモは、事務所の床にぺたんと足を伸ばして座りこみ、無心にロボットを改造している。紳士はそんなスモモを興味深そうに見つめ、会釈してソファに移動した。キッチンでは、透が包丁でコトコトと何かを刻みはじめたようだ。フライパンで何かを炒める音と、いい香りもしてきた。

「アポイントメントも取らずに、突然伺って失礼いたしました。鷲田と申します」

丁寧に差し出された名刺を受け取る。和紙に黒一色で印刷された、シンプルで上品なものだ。

「パシフィック電装の営業企画部長さんでいらっしゃいますか」

しのぶは相手の肩書に視線を走らせた。社名に聞き覚えはないが、本社の住所は京橋だ。鷲田が控えめにうなずいた。真正面に腰かけて見ると、五十代らしい鷲田の表情には、疲労の色が濃い。

「お電話せずに伺ったのは、こちらに来るべきか迷っていたからなのです」

鷲田の口調は落ち着いていて、つい引き込まれる深みのあるバリトンだった。

「こちらのことは、丸の内警察署の遠野警部からご紹介いただきまして」

「遠野警部のご紹介でしたか」

しのぶはようやく合点がいき、深くうなずいた。ロボットの前で作業を続けるスモモも、こちらに耳を澄ましている。

遠野善次郎は、昔、スモモを警察に引っ張りこんだ張本人だ。彼女が投げやりで悪質なハッカーとしてすくすくと成長していた十歳から十六歳のころに、素質を見抜いて、自分を大事にしろといさめてくれた警察官だった。もし遠野と出会っていなければ、スモモは今ごろとんでもない犯罪に手を染めて、刑務所にいたかもしれない。

――まあ、遠野警部の紹介でもなきゃ、まともな紳士がうちの事務所にふらっと入ってくるとは思えないし。

「遠野と私は、高校の同級生なんです」

鷲田の言葉に、過去を懐かしむ響きがこもった。遠野がいま五十六歳、あと数年で定年だから、目の前にいる男も同い年だろう。

「少し困ったことが起きまして、会社に関係することなのですが、公にしたくない事情があり、遠野に相談したんです。彼は、こちらの事務所に相談するべきだと」

――警部、ありがとう。恩に着る！

しのぶは、心の中で丸の内署がある有楽町方面に手を合わせた。

「我々にできることでしたら、喜んでご相談に乗ります。遠野警部のご紹介ですから」

「ありがとうございます」

鷲田が愁眉（しゅうび）を開き、説明を始めた。

「実は昨日、私のスマートフォンや自宅にあるパソコンに、誰かが侵入した形跡が見つかったんです」

しのぶは目を瞠（みは）った。

――やっと来た。

これは、「ＩＴ探偵事務所」を名乗る自分たちに、ぴったりな仕事だ。今までの客はハズレが多すぎたのだ。

――そういえば、「バルミ」にコーヒーの出前を頼むのを忘れていた。

電話に手を伸ばしかけた時、キッチンからひょいと透が顔を出した。

「あの、お仕事中に失礼します。お昼のスパゲッティナポリタンができたんですけど、もし良かったら、お客様もご一緒に召し上がりながらいかがですか」

――おいおいおい、それはいくらなんでも失礼だし突拍子（とっぴょうし）もないだろう。

しのぶが叱（しか）る暇もなく、スモモのおなかがグゥと鳴った。鷲田の目にふっと笑みが浮かび、「喜んでごちそうになります」と透に応じた。みんなで食卓を囲みながら依頼人の話を聴くのは初めてだが、会話は妙に弾んだ。

「パシフィック電装さん――でしたね」

名刺を再確認しながら、しのぶは呟いた。

夢ではないだろうか。資本金四百億円の上場企業からの依頼とは。

「たぶん、うちの社名はお聞きになったことがないと思います」

鷲田が照れくさそうに微笑み、誰もが知る国産自動車メーカーの名前を挙げた。

「そういった、自動車の電装品を製造するメーカーなんです」

ぶんぶんと、スモモが首を縦に振る。

「エンジンスターター、バッテリー、セルモーター、ダイナモ、カーナビ、エアコン、ウインカー」

ロボットのような口調だったが、鷲田が目を丸くした。

「そうです、そうです。よくご存じですね。自動車についている、電気を使う部品なら、なんでも作っているんですよ」

スマホでこっそり検索したところ、鷲田は社長の懐刀(ふところがたな)で、パシフィック電装の次期社長と目されるほどの切れ者だという。

「一昨日のことです。帰宅後に自宅のパソコンを立ち上げたところ、動きが妙に遅いことに気がついたんです」

「ご自宅のパソコンでお仕事をされることは、よくあるんですか」

「いえいえ。近ごろは、情報の漏洩が怖いですから。自宅には資料なんて持ち帰りませんし、自宅のパソコンでは仕事をしないようにしているので、起動したのも久しぶりでした。一昨日は、ちょっと個人用のメールを覗こうとしただけで」

「なるほど。それで、どうなさいましたか」

「気になったので、昨日の夜、部下のひとりに頼んで、自宅に来てもらいましてね。パソコンに詳しいやつなので、状態を見てもらったんです。すると、ウイルスに感染していると言われまして」

「よく気づかれましたね」

「ウイルスチェックソフトが停止状態になっていて、データを勝手に外部に送った形跡があるというんですよ」

「ご自宅のパソコンには、大切なデータは入っていたんですか」

「いや、プライベートの旅行で撮影した写真くらいで、そちらは問題ないんですけどね。心配になって、同じ部下にスマートフォンも調べてもらったんです。そうすると、そちらのメールアドレスに、ウイルスに感染させようと誘導するメールが届いていたことがわかったんです。ジャンクメールだと見破ったので、私自身が削除していましたが」

鷲田はなかなか勘がいい。

「それで、今朝は出社するとすぐ、部下にアドバイスされた通りに、セキュリティソフトのウイルス定義を最新のものにして、ウイルスチェックをしました」

「結果は——？」

「会社のパソコンでは、特に問題は見つかりませんでした」

「良かったですね」

「ええ、まったく。しかし、自宅のパソコンと個人のスマートフォンの、ふたつとも狙われたのは気になります。今はまだ実質的な被害は出ていませんが、誰かが弊社の機密を盗むため、私をターゲットにしたのではないかと心配になったんです」

昔なつかしい喫茶店のナポリタンを思わせるスパゲッティを食べ終え、鷺田は満足げな吐息を漏らした。

「とても美味しいナポリタンでしたね。母の味を思い出しました」

透の顔がぱっと輝いた。透の料理の腕前は、母親仕込みだ。このご時世、男子も女性を感心させる料理のひとつくらいできなければ、結婚相手など見つからないというのが、彼の母親の口癖だとか。

透の腕前は、ふるまわれた者を感心させるのを通り越して、大人になれば店を開けるレベルだと思うが、そんなことは若者を増長させるだろうから言ってやらない。

「それで思い出したんですが、会社のメールアドレスにも、以前、不審なメールが届いたことがあったんです」

見知らぬメールアドレスからのメールなら、明らかに不審なので読まずに削除してしまうのだが、取引先の担当者のアドレスから届くと、読まないわけにはいかない。しかし、内容が相手の業務とは無関係な、妙にあたりさわりのない挨拶だったりして、ウェブページに誘導させようとしていたりすると、脳内に警戒信号が鳴り響く。

「なんでも、差出人は、どんなメールアドレスにでも簡単に成りすますことができるそうですね」

しのぶはうなずいた。

「御社のセキュリティ担当者には、相談されましたか」

「会社のパソコンに問題がないか、念のために確認してもらいました。他の役員たちにも注意喚起してもらいましたが、今のところ他の人たちには何も起きていないようです」

「具体的に、鷲田さんが情報洩(も)れを恐れる理由があるわけですか」

「ええ、あります。ですが、おふたりに依頼するにあたって、会社の事業に関することで、どうしてもお話しできないことがあるのはご承知おきください」

わざわざ鷲田がそう念を押したので、ぴんときた。おそらく、重要な新製品の発表や、他社が絡む合併、事業提携、合弁企業の設立といった、ニュース価値の高い案件が進行している最中なのだろう。近々、大々的に発表されるのかもしれない。遠野警部に紹介されたとはいえ、どこの馬の骨ともしれない探偵に、会社の機密をべらべら喋るはずもない。

「その情報は、御社では鷺田さんだけが握っておられるのですか」

「いや、数は限られますが、社内の関係者数名が知っています」

「鷺田さんのご自宅のパソコンや、スマホではうまくいかなかったので、今度は別な方が狙われる恐れもあるということですね？」

「さあ、それはどうかと――」

鷺田が言葉を濁し、複雑な表情になった。どう説明すればわかってもらえるかと迷っているようにも感じた。

「そういう状況でしたら、警察に相談されてはいかがでしょう？　公にしたくない事情があるとおっしゃいましたが、警察もそれは考慮してくれると思うんですが」

しのぶは心にもないことを言った。警察に、せっかくの仕事を横取りされてたまるものか。ただ、鷺田の真意を知りたいだけだ。

「ええ――それがここに来た理由です」

鷺田が静かにため息をついた。

「情報を盗もうとしたのは、まことにお恥ずかしいことですが、うちの息子ではないかと疑っておりまして」

――鷺田の悩みの種。

それは、ひとり息子の鷲田翔太だ。名前を見ると、親の期待の大きさがわかるようだが、現在のところ、翔太は両親が期待する方向には育っていなかった。逆に、期待を裏切り続けてきた。現在、二十七歳で職業は自宅警備員。絶賛、引きこもり中だ。

「具体的に、疑う理由もあるのですか」

「数日前に家内が買い物から戻った時、私の書斎から慌てて出てくる息子を見たそうです。ほぼ一日中、二階の部屋に閉じこもっている息子なんですよ。何のために私の書斎に入ったのか――」

「ふだん、そんなことはしないんですね」

「ええ。家内が声をかけても返事もせずに、そそくさと二階に戻ってしまったそうです」

「その後、書斎は調べてみられましたか」

「一応は調べてみましたが、なくなったものはありません。息子のことですから、パソコンしか思いあたることがなくて――」

なぜ書斎に入ったのか直接聞けばいいだけだが、もう何年も親子の会話がない。同じ家に住み、ご飯も差し入れているが、息子は二階に潜む異物のような存在だ。

「息子さんは、ハッキングの知識をお持ちなんですか？」

「それが、親の私にもよくわからないのです。息子がどのくらい詳しいのかすらわかりません。知らない間に私のパソコンのウイルスチェッカーを停止することぐらい、簡単にできるかもしれませんし」

「でも――息子さんが御社の情報を盗んで、どんなメリットがあるんでしょう」

「それは私にもわかりません。家族にも仕事上の秘密を話したりはしませんしね。ですが、何日も続いて家に帰るのが遅くなったり、お盆の時期に急な出張の予定が入ったりという、いつもと変わったことが続けば、会社で何か起きているらしいと察しても不思議ではありません。たとえば、スクープを欲しがる記者が、息子に接触して情報を得ようとした、という可能性も考えられます」

お盆の時期の急な出張、と鷲田が洩らしたのは、おそらくそんな事実があるからだろう。お盆といえば来週だ。世間はもうすぐお盆休みに入るが、「S&S　IT探偵事務所」は、のんびり夏休みに入れる気分ではない。

「親馬鹿と思われるでしょうが、もし犯人が息子なら、会社には黙っておくつもりです。息子が狙うのは私だけで、ほかの役員に迷惑をかけることもないでしょう。ですから、自宅のパソコンをウイルスに感染させたのが息子かどうか、知りたいのですよ」

――なるほど、そういうことか。

鷲田は、犯人が息子なら会社や警察に通報したくない。息子でなければ、通報したい。その切り分けを、しのぶたちに頼むというわけだ。

「ご自宅のパソコンに、起動時のパスワードはかけてありますか」

「かけています。ですが、家族なら簡単に類推できるようなものでした。妻の名前と息子の誕生日の組み合わせなので」

「できれば息子さんに知られずに、鷲田さんと息子さんのパソコンを調べたいですね。息子さんが外出される機会はありませんか」

「私のパソコンはいつでもお渡しできますが、息子のは難しいですね」

息子は、ここ十年近く、自宅から一歩も出ていないらしい。欲しいものはすべてネットで購入するし、日常生活に支障はない。

「毎食、自室でとりますし、その間もずっとパソコンを使っているようなんです」

「お風呂やトイレはどうされてます？」

「風呂は週に一度、トイレは二階にある自室の隣ですから――」

鷲田が消え入るような声で応じた。

だんだん、この実直な男性が気の毒になってきた。鷲田は、息子が引きこもっていることを、ひどく恥ずかしがっているようだ。

「立ち入ったことをお尋ねしますが、息子さんがそういう――引きこもり状態になられたのは、何かきっかけがあったのでしょうか」

息子との間に確執があった可能性もある。父親を困らせたかったのかもしれない。

鷲田は眉宇を曇らせて、組み合わせた両手の指先を見つめた。

「――正直、わからないんです。中学生のころまでは、活発な子どもでした。高校に入ってだんだん元気がなくなって、二年生のころには学校に行ったり行かなかったり――。事情を聞いても答えませんし、いじめや仲間はずれなど、学校で問題が起きているという話も聞かなかったんです。高校の担任にも相談しましたが、担任も困惑していたようで。気がつけば引きこもっていたという感じでしたね」

「失礼ですが、親子関係はいかがでしたか」

鷲田の目が苦しげに伏せられた。

「――良いと思っていました。あの年ごろの子どもと父親にしては。でも、今の状態から考えれば、実はそうでもなかったんでしょうね。息子に暴力をふるったりしたことはありませんし、望みはなるべくかなえてきたつもりなんですが」

親子の仲など、どちらにも言い分があって当然だ。母親の話も聞いてみたかったが、鷲田の妻は夫の味方につくような気もした。

「わかりました。それでは、まずは鷲田さんのパソコンを、ご自宅から持ち出せますか」

しのぶはスーツの上着を取った。スーツはしのぶの鎧だ。スモモに合図すると、いったん自室に消えて、戻った時には目玉焼きの妙なタンクトップの上に、薄いブルーのサマーカーディガンを羽織っていた。彼女にも、変な服を着ているという自覚はあるらしい。

「透は留守番よろしくね。何かあれば、私に電話して」

「了解です」

十六歳のアルバイト少年を、ひとりで留守番に残しておけるのも、事務所が流行っていないからだ。留守番している間、透は高校卒業認定試験の勉強もできる。

スモモの運転で、白金台にある鷲田の自宅に向かった。

しゃれたレストランやケーキ屋の並ぶあたりから、脇道に入っていく。威圧的ですらある高いコンクリート塀や、低層マンションみたいにも見える巨大な一戸建てや、どのくらいの価格になるのか見当もつかないような豪邸が周囲には点在しているが、鷲田の家は百坪ほどの土地にこぢんまりと建てられた、周囲と比較すれば普通の一戸建てで、ほっとした。

鷲田が自宅からノートパソコンを持ち出すのを車内で待ち、彼を後部座席に乗せて、近所のコインパーキングに移動する。

「息子さんに気づかれました？」

「パソコンを持ち出したことをですか？　――さあ、どうでしょう。たぶん気づかなかったと思いますが。私の書斎は、一階のリビングルームの隣にあるんです」

「このパソコン、最後に電源を入れたのはいつでしょうか。昨夜は、会社の方と一緒に起動して、ウイルスの駆除をされたのですよね」

「そうです。それ以来、私はまだ一度も電源を入れていません」

ノートパソコンを受け取った。

「このパソコン、しばらくお預かりしてもよろしいでしょうか。ここで、電源を入れて調べるわけにはいかないんです」

「そうなんですか」

「犯人が息子さんでなかった場合、警察に通報されますよね」

「ええ、そうですね。そうなるでしょう」

「その時、このパソコンは証拠として警察に提出しなければいけませんでしょう。そういう、電磁的記録を証拠として保全する技術を、デジタル・フォレンジックとか、コンピュータ・フォレンジックと呼びまして、いろいろと手順が決まっているんです。ディスクイメージを丸ごとコピーして、別のパソコンで使えるようにするとか。ようは、パソコンの電源を入れてしまうと、ＯＳが起動する時に一部のファイルを書き換えてしまうので——」

鷲田が苦笑いした。

「わかりました。すみませんが、私にはそのへん、ちんぷんかんぷんなので。パソコンはお持ちください。それで——急かすつもりはないのですが、その分析にはどのくらい時間がかかりますか」

しのぶは、スモモと顔を見合わせた。鷲田は言いにくそうだが、通報するかどうか決めるために、早く結果が知りたいのだろう。お盆休みの出張と、先ほど彼が口を滑らせたことを考え合わせれば、ひょっとするとそれまでに結論を出したいのかもしれない。

「――明日には、なんらかの報告をします」

「そんなに早くお願いできるんですか」

鷺田が顔をほころばせた。事務所が暇だと、たまに良いこともあるわけだ。

「――そうだ。このメモをお渡ししようと思って、持ってきました。昨日、部下が書いてくれたものです」

「ありがとうございます。バックドア系のトロイの木馬のひとつですね。このウイルスに感染すると、外部からパソコンを遠隔操作できるようになるんですよ」

「そんなこと、名前を見ただけでわかってしまうんですか」

「有名なものなら、だいたいは。あと、感染経路を調査するために、メールの中身やブラウザの履歴（りれき）を確認させていただくかもしれませんが――」

ブラウザの閲覧履歴を削除したつもりでいても、キャッシュが残っている可能性がある。ログインしたままグーグルで検索していれば、検索履歴はグーグルが保存している。パソコンの起動パスワードが奥さんの名前と息子の誕生日なら、他のパスワードだって似たようなものだろう。しのぶたちに見られてバツの悪い思いをするものも、あるかもしれない。

鷺田はかすかに苦笑した。

「ご心配には及びません。ウェブの履歴も削除していませんから、どうぞ調べてください。それより、私の好奇心を、ひとつだけ満足させてもらってもいいですか」

しのぶは眉を上げて首をかしげた。

「おふたりは、遠野とどういうお知り合いなんですか？　彼の口ぶりでは、まるでおふたりが子どものころから知っていたかのようで」

「それは――」

スモモをちらりと見やる。彼女はこんな時、聞こえないふりをして視線を遠くにさまよわせてしまう。

「遠野警部が、スモモを警察にスカウトしたんです。優秀なハッカーだったたから。私はスモモと友達だったので、自動的に知り合いになりました。私のほうは、何年間か米国に留学して向こうで就職した後、日本に戻って防衛省に勤務していたんですけどね」

鷺田が目を輝かせた。

「防衛省ですか。それなら、私の知人も勤務しています。ひょっとすると、出原さんのことを存じ上げているかもしれませんね」

「どうでしょう。私がいたのは短期間でしたから」

――危ない、危ない。

防衛省に、自分をよく思っている人間は少ない。鷲田を安心させ、次の仕事にもつなげたくて言ったのだが、うかつに過去の自慢めいた話などするものではない。

「しかし、それで理解しました。実はね、あんまり遠野がおふたりのことを嬉しそうに話すものだから、ひょっとして彼の隠し子だったりするんじゃないかと——いやこれは、とんだ失礼を申しました」

鷲田が明るく笑いとばすのと同時に、スモモが激しく咳きこんだ。ちゃんと聞こえていたらしい。それを、ミラー越しに見つめてにこにこしている鷲田の様子から察するに、もしかすると彼は、スモモの過去や置かれている状況についても、遠野から聞いているのかもしれなかった。

「——わかりました。それでは、パソコンをお預かりして調査にかかります。息子さんのメールアドレスは、こちらに登録されていますか？」

「いや、そこにはありません。息子とメールでやりとりをしたことはなくて、実はアドレスじたい知らないんです」

引きこもっている息子のメールアドレスなんて、知らなくても困らなそうだ。

「息子さんの写真はありますか」

「高校生の時のものなら」

鷲田がスマホを開いて、家族の写真を見せた。奥さんは鷲田に似合いの、小柄でほっそりした品のいい女性だ。母親を挟んで写っている少年は、写真のなかでは朗らかそうにカメラを見て微笑んでいる。顔立ちは、どちらかといえば母親に似ていた。聡明そうだ。詰襟の制服を着て、髪は耳にかかるくらい。この少年が二十七歳になったところを、しのぶは想像した。

——ずっと、家族の写真をスマホに入れて持ち歩いているのか。

前言撤回。鷲田が息子を恥ずかしく思っているというのは、考えすぎだった。

明日また電話すると告げて、鷲田を自宅に送り届けた。息子については、名前と誕生日、携帯電話の番号、小学校から高校までの学歴と、父親が費用を負担しているインターネットプロバイダの名前くらいしかわからないが、それだけわかっていれば、調べればどうにかなるだろう。

事務所に戻るとすぐ、遠野警部の電話番号を探した。透はまだ事務所に残っていて、高卒認定試験のために、参考書を開いていた。来客も電話もなかったそうだ。

「夕食は、夏野菜のカレーを煮込んでおきました。六時になるとご飯が炊けるので、温めて食べてください」

透の言葉に生唾がわいた。

「……あんたのせいで太った」

恨みがましく呟くと、透が真剣に怯えた顔で後じさる。透が来るようになってからだ。昼と夜、美味しい手料理を楽しみにしている自分がいる。許せない。

じろりと透を横目で睨む。

「す、すみません」

青くなった透に謝らせて満足したので、遠野警部に電話をかけた。

『ああ、鷲田がさっそく行ったのか』

しのぶの記憶の中にいる遠野は、風采の上がらない男だ。中肉中背の五十代後半、いつも地味な色目のスーツに身を包み、ネクタイは締めない。革靴はよれよれだが、遠野が言うには歩きやすく足に負担がかからない靴なのだそうだ。

「さっき、パソコンを預かってきた。私たちを紹介してくれてありがとう」

『聞いただろうが、ちょっと面倒な話でな。鷲田は、できれば警察沙汰にしたくないらしいんだ。もし、犯人が息子だったらと思うとな——』

「遠野さんは、鷲田さんの息子さんに会ったことあるの？」

『ほんの小さいころにな。引きこもるようになってからは、会ってない。子どものころは、はきはきして可愛い子だったんだが。どうしてあんなふうになったんだか』

遠野が声を曇らせた。

「引きこもった事情は知らないのね？」

『さすがに聞いていない。そういえば――スモモのやつはどうしてる。元気か』

鷲田の息子について考えていて、スモモを思い出したらしい。スモモにも、引きこもった時期がある。さっそく事務所の床にぺたんと座りこみ、鷲田のパソコンを調べ始めたスモモを見やった。集中しているので、こちらの会話は聞いていないようだ。

「うーん、あいかわらずかな。元気よ、淡々としてるけど」

『淡々とか』

遠野が苦笑まじりの声で呟く。

『スモモは賢いよ。俺たちのほうがむしろ、過剰に感情を垂れ流しすぎるんだ』

「まあね」

感情を垂れ流すとは遠野らしい言い方だと思い、しのぶはにやりとした。スモモほどではないが、しのぶ自身もあまり大げさに感情を露わにはしない。女性が社会に出た時に、ヒステリックだと見られると不利になるので、なるべく感情を表に見せないようにする癖がついている。

『地元の警察官のなかにも、まだ諦めずにスモモの両親を捜している奴がいるんだがな。なにしろ、消えた時の状況が特殊だったし』

スモモの両親は、彼女が九歳の時に突然、行方不明になった。父親はある中堅精密機械メーカーのオーナー社長、母親は専務だった。ある朝、ふたりはスモモに「行ってくるよ」と声をかけ、にこやかに同じ車に乗りこんで、父親の運転で会社に向かった。

——そして、消えた。

それきり。影も形もなく。

当時のスモモを知っているわけではないが、いろんな話を総合すると、スモモはその日を境に学校をサボりはじめ、自宅に引きこもった。叔父が屋敷に押しかけてきて、学校の勉強に遅れないよう家庭教師をつけたが、彼らはみんな短期間で入れ替わった。スモモのわがままに手を焼いたのだ。なにしろ、もともと引っ込み思案な性格だった彼女は、学校の勉強よりコンピュータが好きで、一日中パソコンの前に座って、わけのわからないプログラムを書いていた。そんな子どもを、うまく制御できる家庭教師などいなかった。

七年経過すると、親族が会議を開いて、ふたりの失踪宣告を申し立てることになった。精密機械メーカーの業績が好調だったので、親族や会社の関係者が、早く気兼ねなく経営したかったのではないかとしのぶは勘ぐっている。夫妻の遺児は、当時十六歳になったばかりで、高校にもほとんど通わず、自宅に引きこもってハッカーを気取っている少女ひとりだったから、大人たちにとっては、くみしやすい相手に見えたに違いない。

ともかく、失踪宣告によって、スモモの両親は法律上、死亡したのと同じことになっている。

事件以前のスモモは、少なくとも、今みたいにひどい引っ込み思案で、誰ともほとんど言葉を交わさないような状態ではなかったはずだ。事件が彼女を変えたのだ。

しばらくよもやま話をして、電話を切った。

「どう、スモモ。物理コピーは」

「――……」

スモモは黙々と作業を進めている。

鷲田のパソコンに、USB接続タイプの市販のフォレンジックツールを差し、電源を入れる。そうすると、通常のハードディスク領域を使わずに起動するので、ハードディスクには書き込みを行わない。その状態で、まずはハードディスクの「物理コピー」を作る。

スモモは合理的な人間で、並行作業が大好きだ。物理コピーをしている間、自分は筏が送りつけてきたロボットをいじっている。もう帰る時間なのに、透はロボットが気になるらしく、参考書を伏せてスモモの横に座りこみ、彼女の作業を熱心に観察している。そのうち、いい弟子になるかもしれない。

しのぶは自分のパソコンで、鷲田翔太について調べはじめた。

「今どきの二十七歳なら、使っているのはLINEかな。それとも、Facebook？」

検索すると、FBに鷲田翔太という名前のアカウントが見つかった。写真は載っていないが、プロフィールを見ると、誕生日と中学校と高校が、鷲田から聞いたのと同じだ。

——これで、まず間違いない。

しかし、彼はFBにほとんど投稿していないか、友達以外には読めない設定にしているようだ。しのぶが読めたのは、二年前に投稿された、自宅の窓から見える夕焼けの写真だけだった。鰯雲がたなびく空を、夕映えがオレンジ色に染めている。なんとも美しく、どことなく物悲しい風情がある。

鷲田翔太は、メールアドレスなども非公開にしており、他の情報をつかませない。なかなか慎重だ。

誕生日や学校の名前だけは書かれていたのが、まるで「自分を見つけて」と言っているようだと思った。

「万が一、本当に息子が犯人だったとして、父親のパソコンから情報を盗んで何をするつもりだったのか、よね」

スモモが顔をしかめた。

「息子のわけない」

「どうして？　もう証拠を見つけたわけ？」

「直接コピーできる」

——そりゃそうだ。

しのぶは、スモモのあっさりした答えに脱力して、目を丸くした。彼女は言葉を省略しすぎているが、要するに、息子なら父親のパソコンを直接触ることができるのだから、ウイルスに感染させて情報を盗んだりするまでもなく、パソコンに外付けハードディスクなり、USBメモリなりをつないで、直接データをコピーすればいいだけの話なのだ。

鷲田が本気で心配しているようだったので、すっかり騙された。そんな単純なことに自分が気づかなかったとは。いつだって、シンプルな解がいちばん美しく、正しい。

——だとすれば。

「犯人は息子じゃなくて、別の誰かがウイルスに感染させて情報を盗もうとしたのか。あるいは、犯人が息子なら、情報を盗もうとしたわけじゃなく、ただのいたずらってわけ？ほら、息子が書斎から出てくるところを、母親が見たって言ってたでしょ」

スモモはしばし、ロボットの配線を睨みながら首をかしげた。

「……」

勢いよく何本かのコードを引き抜くと、プラスティックの頭部を元通りロボット本体にはめこんだ。電源を入れると、胸のモニターは暗いままだったが、丸くて赤い目玉がちかちかと瞬き、システムを起動しはじめた。

『——初メマシテ。ワタシハ、じゃすてぃす3ゴウデス』

「しゃべった！」

透が目を丸くしている。そりゃもちろん、喋るくらいはするだろう。合成音声だが、ずいぶんなめらかな発音だ。

「もう盗聴や盗撮の機能はないのね？」

しのぶは前後にふらふら揺れているロボットを睨んだ。

『信ゼヨ、サラバ報ワレン』

——また、筏は妙なものを作って。

スモモはロボットの前に腰を下ろし、「お手！」「お座り！」などと指令している。

——そいつは犬じゃない。

しかし、ロボットも手足がないくせに、妙にそれらしいしぐさで応えているところを見ると、筏とスモモは変わり者どうしで波長が合っているのかもしれない。

フォレンジックツールによる、物理コピーが終わった。鷲田のパソコン本体は、このまま電源を落としてそっとしまいこんでおく。あとは、コピーしたデータを、別のパソコンで調査するのだ。

スモモは独自の分析ツールを用意していた。なにしろ手間を省くのが好きなので、なんでもツールを作って、できる限り自動化する。

「まずは何から調べるつもり？」

スモモは黙って何かのツールを走らせた。結果はすぐに出たようで、ポーンと電子音が鳴った。ふだん無表情なスモモが、さらに氷のように硬い表情になっている。

どうせスモモは説明しないので、しのぶは立ち上がってパソコンの画面を覗き込み——首をかしげた。

「これは何？——ウイルスに感染した日時ってこと？」

表示された日時は、昨日の午後九時半ごろだった。それはおかしい。鷺田は一昨日、パソコンの動作が遅いので心配になり、昨日の夜に部下を自宅に招いて、調査してもらったと話していた。

——ウイルスと息子は関係ないんだ。

しのぶは時計を見た。午後八時だ。鷺田と別れて事務所に戻ってから、まだ六時間と少ししか経っていない。

「そういうことなら、急いで知らせたほうがいいわね」

しのぶは、鷺田に電話をかけた。


最後まで居残って仕事を片づけていた社員が照明を消し、フロアを出たのは午後十一時五分だった。

窓にはクリーム色のブラインドシャッターが下りているので、近隣のビルから漏れる灯りや、おぼろげな月の光は室内まで届かない。暗いフロアをぼんやりと照らすのは、緑色の誘導灯のみだ。

京橋にある、パシフィック電装本社ビルの七階、営業企画部のフロアだ。鷲田のデスクはすっかり片づいている。

——足がしびれてきた。

しのぶは顔をしかめて、ストッキングの上からふくらはぎを撫でた。もう小一時間、ファイリングキャビネットとシュレッダーの隙間に、同じ姿勢でしゃがんでいる。自分から言いだしたことだが、だんだん後悔しはじめていた。フロアは静まりかえっているし、人の気配はない。誰かが戻ってくるような気配も——。

ふいに、裏手の自動ドアが開く音がした。しのぶは顔をこわばらせ、見つからないよう壁際に身をひそめた。懐中電灯の光が左右に揺れている。巡回中の警備員だろうか。

光の輪はゆっくり慎重に動いていた。鷲田のデスクに近づいている。しのぶは、息を殺して光の動線を見守った。だんだん目が慣れてくると、その男が警備員の制服姿ではなく、カッターシャツを着ているのが見えてきた。ほっそりした若い男だ。それを確認した時点で、光が漏れないようにカバンの中でスマートフォンを操作して、メールを送った。

男は、鷲田のデスクの引き出しを開けようとしている。鍵がかかっているが、男は針金のようなものを取り出して、机の前に座りこみ、一心に作業を始めた。しのぶには男が何をしているのか、目に浮かぶようだった。ピッキングだ。机の鍵くらいなら、時間をかければしのぶにでも開けられる。ものの五分ほど鍵と格闘して、男は開いた引き出しからノートパソコンを取り出した。

――やっぱり。

パソコンの電源を入れ、男は起動パスワードを入力したらしい。一度は失敗したらしく、舌打ちして別のパスワードを試したようだ。ＯＳが立ち上がると、画面の光が明るく男の顔を照らし出した。生真面目（きまじめ）そうな二十代後半くらいの男性だ。およそ実用的ではない、細い黒縁メガネをかけている。

しのぶはタイミングを計った。男は端末にかがみこみ、キーボードを叩いて操作を始めた。しばらくすると、ポケットからＵＳＢメモリを取り出し、パソコンに差した。それでも、まだ一分は待つことにした。奴がメモリを抜くまで我慢するのだ――。

――足が痛くてもう我慢できない！

顔をしかめて耐えていると、男がやっとメモリを抜くのが見えた。

――よし！

よろめくように立ち上がり、目の前にあったデスクの天板をばんと叩く。

「そこ！　動かないで！」

はっと顔を上げた男は、顔を歪（ゆが）ませてＵＳＢメモリをポケットに押し込み、飛ぶように逃げだした。デスクとデスクの間を駆け抜け、裏手の自動ドアに向かっている。

「待ちなさい！」

しのぶは叫んだが、追いかけようにも、痺(しび)れた足が言うことをきかない。ドアが開き、男はフロアから飛び出そうとして——慌てて立ち止まった。

「——井川(いがわ)君」

鷲田の声が聞こえた。先ほど送ったメールの合図で、隠れていた六階の会議室から上がって来たのだ。

「そのへんで諦めなさい。なぜこんなことをしたのか、説明してもらおうか」

それでも、井川と呼ばれた若い男は諦めなかった。くるりと後ろを向き、脱兎(だっと)のごとく走りだし、今度は表の出入り口からがむしゃらに飛び出そうとした。そこには黒ずくめのスモモが待ちかまえている。仰天(ぎょうてん)したように、井川は二、三歩あとじさった。

「誰だお前！」

井川の目に決意の色が見えた。よくない兆候だ。

「ちょっと、よしなさい！」

井川が飛び出していく。井川だって、さほど頑丈そうには見えなかったが、スモモはとびきり細い。体当たりすれば吹き飛ぶ——と考えたのだろう。バカめ。

井川の悲鳴が聞こえた。

しのぶは唇を歪めた。

「だから、よせって言ったのに。殺しちゃだめよ、スモモ！」

悠然と出入り口に向かった。急ぐ必要はない。スモモがうつぶせになった井川に馬乗りになり、無表情に両腕をひねり上げていた。井川はメガネがどこかに飛んで、痛い痛いと喚いている。まあ、いい教訓にはなっただろう。スモモは極真空手と様々な古武術を長らくたしなんでいる、体術のエキスパートだ。見た目は華奢な女性だが、身体の芯に鋼が通っている。

「――井川。君には失望したよ」

鷲田がすぐそばに来ていた。彼の声を聞いたとたん、井川が抵抗を諦めたようにぐったりし、冷たい床に額を打ちつけた。ひょっとして後悔しているのなら、遅すぎたようだ。しのぶは彼のそばに膝をついてしゃがんだ。

「井川さん。どうしてこんなことになったのか、説明してもらいますよ」

井川が肩を落とした。

「俺は今日、警察官としては聞かなかったことにするから。いち私人の遠野だからな」

事務所に現れるなり、遠野警部はそう宣言してソファに座り込み、「バルミ」でコーヒーの出前を頼んできたと言った。勝手な真似をしてくれる。「バルミ」のマスター、デラさんとも顔見知りなのだ。

「なあにが、『いち私人』ですか。かっこつけないでよね。コーヒー代は警部持ちよ」

「あいかわらず、ケチだなあ」

しのぶはボールペンを取り、スモモの体術の師匠に向かって投げつけた。遠野が笑いながら宙でつかんだ。

「で？　ようするに、何がどうなっていたんだ？」

「鷲田さんの自宅のパソコンがウイルスに感染したのは、井川さんが鷲田さんに頼まれて自宅を訪問した時間帯だったんです。それがわかったので、状況が読めたんです」

お盆休みが明けた翌日だ。「S&S　IT探偵事務所」に、鷲田と遠野が来ている。バイトの透は午前中に来て、昼食に舌がとろけるようなラザニアを出した後、今は夕食のための食材を買い出しに行っている。スモモはひとり、自室にこもっていた。

——あのラザニア、作り置きを冷凍させて、夜食にワインと一緒につまんでもいいわね。太りそうだけど。太ったら透に八つ当たりすればいいか。

「つまり、ウイルスを持ちこんだのは、井川自身だったと」

「そうです。パソコンの動きが重くなったという鷲田さんの話を聞いて、自宅に行って調べてみようと言いだしたのは、井川さんのほうだったんじゃないですか」

「考えてみれば、そうでした。私は軽く愚痴(ぐち)っただけのつもりだったんですが、井川が僕はパソコンに詳しいから、差しつかえなければ見てみましょうかと言いだしたんです」

やっぱり、としのぶはうなずいた。

「それ以前に、鷲田さんの会社のメールアドレスにも、不審なメールが届いていましたよね。差出人は取引先の担当者を装っていました。つまり、犯人は鷲田さんのものだけでなく、取引先のメールアドレスも知っている人です。会社の内部にいる人だと考えたほうがいいですよね」

鷲田が複雑な表情になった。彼も、うすうす気づいていたはずだ。しかし、信じたくなかった。身近に、自分のパソコンをハッキングしようとしている人間がいるなんて。

「井川さんは、最初のうち、会社のパソコンをハッキングしようとしたんです。ところが、鷲田さんは慎重で、引っかからなかった。井川さんはハッキングを急いでいた。それで、自宅のパソコンが重いと鷲田さんが言いだしたことは、渡りに船だったと白状しました。自宅に乗りこむことで、後で疑われるのは承知していたけれど、とにかく急いでいたのだと」

遠野が目を丸くした。

「なんだいその、ハッキングを急がねばならなかった理由ってのは」

鷲田が手のひらを遠野に向けた。

「待ってくれ。そのへんは私から説明するよ。――そろそろ時間だから、テレビをつけてもらってもいいですか」

しのぶがリモコンでテレビの電源を入れると、ちょうど昼のニュースが始まるころだった。『大型合併へ』の文字が画面に躍り、ニューースキャスターが大きく目を見開いて原稿を読みはじめる。

『自動車の部品をつくる、電装品メーカーのパシフィック電装が、台湾の鴻新電路との業務提携を発表しました』

画面は記者会見の模様に移り、パシフィック電装と鴻新電路の社長が並んで、にこやかに業務提携の内容について説明する様子が映し出された。

「お前んとこの会社じゃないか」

遠野が声を上げる。

「今ちょうど、記者会見の最中なんだ」

「いいのか、こんなところにいて」

「かまわないよ、お盆休みの期間ずっと、一部の役員がホテルに缶詰め状態で、提携の細部を詰めていたんだから。今日くらいは休ませてもらわないと」

「それじゃ、井川という奴が急いだのは――」

「お盆休みに提携について話し合い、休み明けに記者会見を行い、マスメディアに発表すると決めていた。そのスケジュールについて、井川は詳細を知りたがっていたんだよ」

「つまり、お盆休みに入る前に、お前のパソコンから情報を盗む必要があったのか」

遠野がカレンダーを睨んだ。

パシフィック電装と鴻新電路が提携し、今後それが合併といった話の流れになると、電装品における世界ナンバーワンのシェアを不動のものにする。現在、パシフィック電装に後れをとっている某国内メーカーの重役が、井川に接近し、提携話の証拠やスケジュールを手に入れれば、自分の会社で課長に抜擢すると約束したそうだ。

(お世話になった鷲田部長に、申し訳ないとは思ったんですけど)

井川は涙ながらに告白した。

――まあ、最近の若者は上昇志向に乏しいっていうから、むしろ誉めるべきなのかもしれないけど。

提携話がまとまる前に情報が流出すれば、その提携はつぶれる可能性が高くなる。だから、盗ませようとしたのだ。

「それで? 本当に侵入したかったのは会社のパソコンだとわかったが、自宅のパソコンに侵入したのはなぜだ?」

「ひとつは、自宅のパソコンに仕事の資料を持ち込んでいないか探るため。もうひとつは、鷲田さんのパスワードの癖を探ろうとしたそうです。ウイルスつきのメールに引っかかってくれないので、会社のパソコンを覗き見るという、いちばん強引な手段に出ようとしたんですけど、パスワードがどうしても推測できなかったので」

「だって、自宅と会社とでは違うパスワードを使っていたんだろ」

「そうなんだが、名前と誕生日を組み合わせるという構造は同じだったんだ。自宅のは妻の名前と息子の誕生日。会社のは、息子の名前と妻の誕生日。定期的にパスワードを変更しなきゃいけないから、両方ともそれに今の年月を加えていた」

「息子の名前はともかく、奥さんの誕生日なんてどうやって調べたんだ」

「会社のデスクにある卓上カレンダーには、妻と息子の誕生日に印が入っている。家族の誕生日をうっかり忘れないように」

　思わぬのろけに、遠野がソファの上でずっこけた。

「お前、慎重なわりに、そういうところは抜けてないか?」

　私もそう思う、という言葉は胸の中にしまいこみ、しのぶは小さく咳払いした。

「鷲田さんのパスワードの作り方がわかったので、深夜、フロアに誰もいない時間帯を見計らって忍びこみ、パソコンを起動して必要な情報をUSBメモリにコピーしたんです」

　自宅のパソコンをウイルスに感染させたのが井川だとわかった時点で、彼の狙いは業務データだと考えた。しのぶは、てっきり井川自身の人事データではないかと疑っていた。上司のパソコンに侵入して真っ先に見たいものといえば、自分の評価ではないか。それなら、もう一度、今度は会社のパソコンを見ようとするのではないか――。

　そう推測して、鷲田に頼み、深夜のフロアに隠れて、井川を待つ許可をもらったのだ。

「なぜ、その日の夜に来ると思った?」

「来るとは限らなかったけど、お盆休みの直前でしょう。お盆休みに入ると、全館を閉めてしまうって鷲田さんに聞いたから、ひょっとすると――って」

「ドンピシャリだったな。それで、そいつを警察に突き出さなかったのはなぜだ」

「それは、鷲田さんの意思です」

鷲田がうなずく。

「私が頼んだんだ」

「どうして」

「井川を警察に突き出せば、情報を盗めと指示した人間の罪を問うことができる。しかし、提携についての情報が、外部に洩れるリスクが大きくなるだろう」

「なるほど。それじゃ、今ならもういいんじゃないのか。公表したんだし」

遠野は正しい。守るべき秘密が消えた時点で、井川を告発すればいいのだ。そうすれば、真の犯人を告発できる。

「――それも、やめておこうと思うんだ」

「なぜだ」

「――井川は若い。今回の件に責任を感じて、会社を辞めるとも言っている。それは当然だが、逮捕されれば次の職に就くのは難しくなるだろう」

「そりゃそうだろうが」

「なあ、遠野。お前は警察官だから、罪には罰が必要だと思うんだろう。しかし、若い連中には希望も必要だ。絶望的な状況に追いつめてはいけないと、私は思うんだ」

遠野が黙り、じっと鷲田を見つめた。

──翔太君のことを言ってるんだ。

引きこもった息子を見守るうちに、鷲田はそんな考えを持つようになったのかもしれない。可能性の芽を摘まない。いつか息子も、ドアを開けて、外に向かって一歩を踏み出す時が来るかもしれない。

「お前がそう言うなら、俺はかまわないが」

「お前ならそう言ってくれると思ったよ、遠野。ありがとう。それで、出原さん。ひとつだけ、わからないことがあるんです」

「何でしょう?」

「息子が私の書斎に無断で入ったと聞いたので、あいつがやったのかと疑いました。息子が何をしたのか、いまだにわからなくて」

──ああ、それは。

しのぶは微笑し、首をかしげた。

「申し訳ありませんが、それは私の口からはお教えできません。やはり、ご自分の目で見ていただかないと」

「自分の目で——？」

しのぶは鷲田のノートパソコンを応接セットの机に置いた。証拠として提出しないのなら、もう電源を入れてもかまわない。

「鷲田さん、もうすぐお誕生日でしょう」

鷲田が目を瞠った。

「どうしてご存じなんですか」

しのぶはにっこりと笑い、あるプログラムを起動させた。

「息子さんは、たしかにこのパソコンに、プログラムをインストールしていました。それは、本当なら鷲田さんのお誕生日にパソコンを起動した時、動きだすものだったんです。ひと足早く見てしまいますので、息子さんに申し訳ないですから、お誕生日までは知らないふりをしてあげてくださいね」

パソコンの画面がふっと暗くなり、流れ星のような映像に、「ハッピーバースデー」という文字がふわりと浮かんで消えた。

しのぶはそっと鷲田の表情を窺った。彼は目を丸くして画面に心を奪われている。中央にウィンドウが開き、長い髪を後ろでひとつに束ねた青年の顔が現れた。運動不足のせいか、ふっくらしていて色白だが、目元と鼻の形が父親の鷲田にそっくりだ。

——鷲田翔太だった。

『父さん、誕生日おめでとう』

翔太がまっすぐカメラを見つめて言った。

『長いあいだ、理由も説明しないで引きこもっている僕を、見守ってくれてありがとう。僕はいつも、父さんと母さんが黙って僕を支えてくれているのを感じてる。なんとかして、この部屋から出ていこうとも思っていた』

鷺田翔太は、どこから見てもごく普通の若い男性だった。服装はネットの安価な衣料品店で手に入りそうなTシャツだが、おとなしそうだし、こざっぱりと身ぎれいにしている。風呂にもめったに入らないと聞いていたわりに、拍子抜けするくらい普通だ。

『引きこもりの人に仕事や作業を割り当てて、社会に復帰するために支援してくれるNPOがあるんだ。メールで連絡を取れるので、しばらく相談に乗ってもらっていた。うまくいくかどうかわからないし、正直、家から出るだけでも怖くてしかたがないけど、九月からそこの作業場で働いてみることにした』

遠野が「おお！」と歓声を上げた。鷺田は驚きのあまり声も出ないようだ。

『来週、NPOの人がうちに来て、就労支援の目的やスケジュールについて説明してくれるそうなんだ。ほんとに、うまくいくかどうかは全然わからないから、あんまり期待しないでください。だけど、とりあえず、頑張ります。いつも、ありがとう』

しのぶはすでに、この動画を見ていた。データを分析していた時に見つけたのだ。

動画はそこで終わっていて、しのぶは翔太が作った誕生日用のプログラムを終了させた。鷲田はしばらく声もなく画面を見つめ、やがてソファの背にぐったりともたれた。

「それじゃ――息子は、この動画を私のパソコンに仕掛けるために、書斎に？」

「そういうことですね。動画プログラムがインストールされたのは、四日前です。井川さんが呼ばれる二日前ですね」

実は、この動画プログラムがインストールされたために、鷲田のパソコンの動きが遅くなったのではないかと、しのぶは考えている。プログラムの作り方がへたくそで、鷲田の誕生日が来るまで、常にバックグラウンドで動いているのだ。

だが、そこまで鷲田に教える必要はない。

「――最高の誕生日プレゼントだな」

鷲田はそう言ったきり、二の句が継げないようだった。くすりと遠野が笑った。

「いい息子さんじゃないか。お前の息子にしちゃずいぶんのんびりしてるが、気立てがいいのがいちばんだ」

「おいおい――気立てがいいって誉め言葉は、昔は女の子に使ったもんだがな」

鷲田も苦笑まじりに肩を揺らしている。

インターフォンのチャイムが鳴った。

「コーヒーの出前、お持ちしましたー」

「バルミ」のデラさんの声だ。「開いてるよ」と声をかけ、しのぶはコーヒーを受け取るために立ち上がった。デラさんはいつも、ポットに人数分以上のコーヒーを入れてきてくれる。カップはデラさんが趣味で集めている、アラビアのコーヒーカップだ。しのぶとスモモだけだと、ムーミン柄のマグカップを持ってくることもある。

「ありがとう。警部、お代よろしく！」

トレイを受け取るしのぶの肩越しに、デラさんがひょいと視線を上げて目を瞠った。

「よう、スモモ。今日はまた、すげえイカす格好だな」

なにごとかと振り向くと、プライベートルームから現れたスモモが、とびきり大きく描いた目をこちらに向けていた。深紅（しんく）のホルターネックのミニドレスに、髪は珍しくアップにしている。

「ど、どうしたのよ、スモモ――」

衝撃を受けてしのぶが口ごもると、開け放ったままのドアの外から歓声が上がった。

「おおー、やっぱりいい女だな」

――聞き覚えのある、このだみ声。

はっと振り向くと、先日危うく妙な仕事を押し付けられるところだった蒔田社長が、ひと抱えほどもあるバラの花束を持って、事務所の前に立っていた。ブルドッグみたいなほっぺたが、今日は紅潮（こうちょう）して嬉しげだ。

しのぶは慌ててスモモに駆け寄った。

「スモモ——どういうこと？　まさか、あの人に連絡したの？」

スモモがこくりとうなずく。

「肉、食べる」

しのぶはあんぐりと口を開け、言葉を失った。蒔田から花束を受け取ると、スモモはピンヒールにすらりとつま先を通し、玄関を出た。蒔田は彼女の後ろから、尻尾を振る犬のように追いかけていく。

「なあ、おい、暑くねえか？　今日、すげえかっこいいな。花、持ってやろうか？」

蒔田の態度は、先日、しのぶを相手にしていた時とはずいぶん違う。スモモには兄か父親のように世話を焼き、デレデレしている。スモモには、こわもての男たちを氷砂糖みたいに溶かしてしまう、不思議な才能がある。

「こう言っちゃなんだが、あいつ、男の趣味悪いなあ」

いつの間にか、様子を見にきていた遠野が、じろじろと蒔田の後ろ姿を見送り、無遠慮にそんな暴言を吐く。

「スモモが署にいたころ、あいつとつきあえるなら五年くらい寿命が縮んでもいいってやつらが、署内にゴロゴロしてたんだが」

「そんなの、スモモに直接言ってやって」

まさかスモモが、蒔田の言った「美味い肉」という単語に反応してついていったのだとは、夢にも思うまい。

「こうしてみると、彼女はお母さんにそっくりですね」

鷲田まで見送りに出てきていた。

「鷲田さんは、スモモのお母さんに会ったことがあるんですか？」

しのぶは、写真でしか見たことがない。

「商工会議所の新年会で東條夫妻にお会いしましたよ。ずっと昔のことですがね。本当に、おきれいな方でした」

鷲田のうっとりするような声を聞くと、スモモの母親の女っぷりが目に浮かぶようだ。

「わっ、なんだこれ」

デラさんが、廊下の隅からにゅっと現れた物体にぶつかり、悲鳴を上げた。

「三号よ」

「は？」

「ジャスティス三号。めんどくさいから、三号って呼んでるの」

筏に押しつけられたロボットは、スモモが改造したおかげで害はなくなったのだが、今のところ役にも立っていない。ただ毎日、ふらふら、ふらふらと事務所の内部を動きまわっている。勝手にコンセントに行って電気を食うので、電気代を浪費しているだけだ。そのうち、筏に請求してやろうと思う。

「――出原さん、今回は本当にありがとうございました。おかげさまで、何もかもすっきりと片づいてホッとしました」

「バルミ」のコーヒーを飲みほして、ようやく人心地がついたらしい鷲田が立ち上がり、深々と頭を下げた。

「いえ、そんな。私どもも、久しぶりのまともな案件――いえ、なんでもありません」

しのぶは口に手を当てて、ホホホと笑った。

鷲田のおかげで、今月の口座引き落としは、スモモの力を借りなくとも、どうにかクリアできそうだ。

『終ワリヨケレバ、スベテヨシ！』

いきなり三号が叫んだので、その場にいた全員が目を丸くした。

――こいつ本当に、盗聴機能はカットできてるんだろうな。

睨むしのぶをしり目に、三号はするするとコンセントに近づき、素知らぬ顔で充電を始めた。

第三話　見えない敵にはご用心！

「うわあ、このチーズささみフライ、絶品ですね！」

大口開けてフライをむさぼる男を前に、しのぶは冷ややかに値踏みする視線を注いだ。

相手は、まんざら知らない仲ではない。

――明神海斗。

しのぶが以前、防衛省のサイバー防衛隊に勤務していた時の同僚だ。ある事件に絡み、しのぶは防衛省を退職せざるをえない状況に追いこまれたが、明神は今も部隊に残り、わが国のサイバー防衛の一角を担っている。

「お口に合ったようで良かったです。とろけるチーズを細く切って、うすく開いたささみで巻いてフライにしてみました。こっくりしたマヨネーズと粒マスタードが、ささみに合うと思いませんか？」

「うん、合う、合う！　あーっ、ビールが欲しくなっちゃうよ！」

バイトの笹塚透と盛り上がる明神に、ひとつだけ同意できるのは、ビールが欲しくなるという意見だ。しのぶはフライをひとくち齧った。

さくっとしたフライの歯ごたえとともに、口中にふわりとバジルの香りが広がる。続いて舌の上にとろけ出す、なめらかなチーズ。

——たしかに絶品だわ。

「ビールが欲しい。けど、昼間っからビールってわけにもいかないわね」

「S&S IT探偵事務所」でまかないのアルバイトを始め、透の料理の腕はぐんぐんと上達している。そのせいか、わずか二か月の間に、スカートのウエストまわりが少しきつくなってきた。このままいくと、何かエクササイズが必要になりそうだ。

テーブルの向かい側では、ショッキングピンクのノースリーブシャツを着たスモモが、フライにかぶりついている。彼女のほうがよほど大食漢だが、ウエストは両手の指でこしらえた円にすっぽりおさまりそうだった。

「——それで、明神くん。わざわざ事務所までやって来たのは、ランチをご馳走してほしかったからじゃないんでしょ？」

嫌味を言うと、コールスローサラダをつついていた明神が、にやりとした。

「ご明察です。実は、セキュリティ技術者として、しのぶさんたちを推薦したい案件がありまして」

——何ですって。

しのぶは明神を睨んだ。

信じられない。サイバー防衛隊は、彼女らの存在を快く思っていないはずだった。

「大丈夫ですよ、怪しい話ではないんです。最初はサイバー防衛隊に持ち込まれたんですが、うちはいま、平時に発生する民間の案件から、極力、手を引こうとしていて」

「本当？」

「そもそも、サイバー防衛隊は、防衛省と自衛隊が保有するシステムを守るために設立されたじゃないですか。それが、なし崩し的に全面的なサイバー戦争の矢面に立つことになってしまった。最近になって、ようやく状況が安定したので、サイバー防衛隊が要員不足ってこともありますし、本来の業務範囲に戻そうとしているんですよ」

しのぶは目を細めた。

「ふーん。民間の案件なら、ＩＰＡ（アイピーエー）やＪＰＣＥＲＴ（ジェーピーサート）か民間のセキュリティ企業に任せればいいじゃないの。省庁や独立行政法人の問題ならＮＩＳＣ（ニスク）に話を通せばいいし。どうして、サイバー防衛隊に話が行ったわけ？」

アルファベットの頭文字ばかりで覚えにくいのだが、この三つの組織が、もっか日本国内のコンピュータ・セキュリティ関係の公的窓口だ。

ＩＰＡは、独立行政法人情報処理推進機構の略で、ＩＴ人材の開発を目的とする資格試験の実施やセキュリティキャンプの開催などのほか、インシデントの届け出窓口でもあり、サイバー攻撃の情報共有なども行っている。

ＪＰＣＥＲＴとは、正式には一般社団法人ＪＰＣＥＲＴコーディネーションセンターという組織だ。ボランティアで活動していた団体が、一九九六年にコンピュータ緊急対応センターとなり、二〇〇三年には現在の名称で設立登記された。インターネット経由で行われる侵入や、サービス妨害などについて、被害報告の受付から対応の支援、手口の分析、再発防止のための助言まで、技術的な立場から行っている。

　またNISCとは、二〇〇〇年に内閣官房に設置された「情報セキュリティ対策推進室」を発展させ、二〇一五年に設置された「内閣サイバーセキュリティセンター」のことだ。こちらは主に、省庁や独立行政法人など行政各部のサイバーセキュリティを確保することを任務としている。

「さすが、鋭いですね」

　明神が明るく破顔した。この男は、いかにも素直そうに見えるが、現在のサイバー防衛隊では随一（ずいいち）の〈ハッカー〉気質の持ち主だ。知能と策略をもとに、いかに他人の裏をかき、自分の目的を達成するか、にこだわっている。もっとも、神主の息子だけあって、悪党にはなれないだろうが。

「防衛省の次期通信衛星の開発を請け負った企業が、サイバー攻撃を受けたんです。攻撃そのものは、企業のセキュリティ技術者が対処しまして、情報漏洩（ろうえい）は起きなかったんですが、今後も狙（ねら）われる可能性がありますから」

「私たちに、犯人を特定しろとでも？」

明神があいまいな笑顔になった。

「――まあ、そんな感じです」

――ははん。何か隠してる。

しのぶは、透が用意したテーブルパンをちぎった。

「つまり、犯人を特定するためには、現在のサイバー防衛隊のルールを厳格に守っていたのでは難しい。リスクを伴う仕事だけど、ある程度、思い切った行為が必要になる可能性が高い。白とグレーの間――いいえ、グレーとさらに濃いグレーの中間くらいの――そう言いたいわけ？　私たちにぴったりとか？」

「外村小隊長が、よろしくと言ってました」

さりげなく明神が口にした。外村誠三は、サイバー防衛隊の捜査小隊長だ。以前はしのぶの上官でもあった。防衛省を辞めた時には、しのぶが起訴されないよう、手を尽くしてくれたと聞いている。

しのぶは腕組みし、つんと顎を持ち上げた。

「あんたたち、私とスモモを、いざっていう時のスケープゴートにしようとか、考えてないでしょうね？」

明神が、「えっ」とあからさまにうろたえた様子を見せる。

「そんな、スケープゴートだなんて。いいですか、しのぶさん。ゴートってのは、ヤギのことですよ。トラやクマは、スケープゴートにはなりえませんからね」

キッチンで、透がプッと吹き出すのが聞こえた。スモモは食事をたいらげてコーヒーを飲みほすと、プライベートルームに逃げこんでしまった。来客が苦痛なのだ。

明神は、サイバー攻撃を受けた企業の担当者と連絡が取れるようにすると言って、帰っていった。廊下をふらふら移動しているジャスティス三号を見て、この事務所にはロボットまでいると、妙に感心していた。

「あいつも、生意気になったものね」

――まったく、言うに事欠いて、誰がトラにクマだ。

それにしても、サイバーセキュリティの仕事が入るのはありがたい。たとえ、相手にどんな思惑があろうともだ。

明神が言った事件の報道を見た覚えはないが、実質的な被害がないので、記事にならなかったのだろう。単に攻撃を受けただけの事例なら、毎日どこかで起きている。

デスクに置いたスマホが鳴りだした。画面に「鷲田（わしだ）」と出ているのを見て、胸がときめいた。ひょっとすると、二件目の仕事が入るかもしれない。パシフィック電装の鷲田は、先日、自宅パソコンとスマホへの攻撃について調べてほしいと依頼してきた顧客だった。また何かあればよろしくと頼んでいたのだ。

「はい、『S&S　IT探偵事務所』です」

現金なものだが、われ知らず声が明るくなる。鷲田の事件は、IT探偵らしい依頼内容だったし、請求書を送ると翌日にはもう料金が振りこまれていた。優良顧客だ。

『出原さんですか。ご無沙汰しております、パシフィック電装の鷲田です』

「いつもお世話になっております」

珍しく大人っぽいやりとりをしていると思ったのか、キッチンから透が不思議そうに顔を覗かせた。しっしっと手を振って追いやる。

『実は、知人から少し気になる話を聞きまして。東條さんのご両親の件なんですが』

浮かれた気分が一瞬で冷めた。鷲田は、昔、スモモの両親を新年会で見かけたことがあると話していた。鷲田の周囲にいる人々も、東條家を知っている可能性がある。

鷲田は、落ち着いた声で説明を始めた。

『東條ご夫妻が失踪した日の夜、知人はおふたりを見かけたというんです』

しのぶは、鷲田に話の続きを待ってもらい、スモモを呼んだ。現れたスモモをソファに座らせ、スマホをスピーカーモードにする。

「すみません、鷲田さん。スモモを呼びましたので。どうぞ続けてください」

東條夫妻の足取りは、その日の午前七時半に、日本橋にある東條精密機械本社に向かうため自家用車で横浜の自宅を出た後、忽然と消えた。会議の開始時刻までに現れなかったので、秘書が電話をかけたがつながらなかった。時間に正確な社長夫妻で、様子が変だと警察に通報したのが午前十時二十分。

それ以来、夫妻も携帯電話も、車さえも見つかっていない。

『知人は、夫妻を羽田空港の駐車場で見かけたと言っていました』

「間違いないですか？」

『知人というのは、東條さんご夫妻と家族ぐるみのつきあいをしていて、互いの自宅でワインを飲む会など開いていたそうです。見間違えたはずはないと断言していました。ちょうどその日、彼は仕事でオーストラリアに発ちましてね。日本に戻るのも数年に一度、お正月のみという状態でしたから、ご夫妻が行方不明になっていることも知らず、なぜ連絡がつかないのかと不思議に感じていたそうですよ。つい先日、定年退職して日本に戻りましてね』

それでは、警察もその目撃情報を知らないということか。無言で聞いていたスモモが、まぶたを上げた。

「その人、知ってる」

「相手の方のこと、覚えてるの？」

こくりとうなずいた。両親が失踪したのは、スモモが九歳の時だ。引っ込み思案でコミュニケーションがへたな彼女だが、記憶力や認知能力にはまったく問題がない。むしろ、コンピュータに関しては、天才的な能力を持つ。

「鷲田さん、その方に、警察で証言をしていただくことはできますか」

『彼もそのつもりでしたよ。お嬢さんがIT探偵になっていると話すと、驚いていました。ぜひ連絡を取りたいというのですが、そちらの連絡先を教えてもよろしいですか』

「ええ、もちろんかまいません。その方の連絡先も教えていただけますか」

藪内(やぶうち)という男の連絡先を書きとめ、しのぶは通話を切った。

「ヤブさん」

スモモがメモを見てぽつりと言った。両親がそう呼んでいたのだろう。

「羽田空港の駐車場にいたからって、ふたりが航空機に乗ったとは限らないよね。パスポートは、自宅に残されていたんでしょ？」

スモモがこくりと頷く。

「警察はもちろん、クレジットカードの利用状況とか、銀行口座の動きも確かめたはずよね。航空券や新幹線のチケットを購入した形跡は？」

「ない」

「失踪後に、現金を引き出したり、カードを使ったりした様子は？」

「ない」

スモモの返事はそっけない。

東條夫妻は、すでに死亡したものと見なされている。家族や会社に身代金の要求はなかった。正確に言えば、失踪事件をマスコミが面白おかしく書きたてたので、会社の代表電話番号に、身代金を要求する電話が何件もかかってきたが、警察の調査で、すべて性質(たち)の悪いいたずらだと判明している。

「もし、ふたりが自分の意思で姿を消したのなら、スモモを置いていくわけないわ」

当時九歳のひとり娘だ。

スモモがふいに立ち上がり、自室に姿を消した。出てきた時は、ピンクのシャツの上に、白い薄手のサマーニットを羽織り、車のキーを持っていた。

「どこに行くの？」

「イエ」

「横浜の実家？」

多少、コミュニケーション能力に不安はあっても、相手は立派な成人女性だ。そう理解しているのだが、スモモをひとりで外出させるのはどうも心配だった。

「私も行く」

スーツの上着を椅子(いす)の背からひったくるように取ると、特にそれを不思議に思う様子もなく、スモモが玄関に向かう。

「透、私たちが五時になっても戻らなかったら、夕飯のしたくをして帰って」

「了解しました！」

バイトの透が、キッチンから顔を出して手を振った。

スモモの実家は、横浜の本牧和田にある豪邸だ。敷地面積は三百坪ほどだが、四十畳あまりのLDKは、大広間とでも呼びたいような広さだし、バーベキューができそうな洒落たパティオに、ホームバーもある。

スモモは駐車スペースに無造作にアクアを乗り入れると、まっすぐ玄関に向かった。ここは、スモモが自分で鍵を開ける唯一の家だ。

「桃花お嬢様！」

鍵の音を聞きつけ、奥からダークスーツ姿の男性が現れた。髪は真っ白だが、小柄ながら背筋が気持ちよく伸びている。スモモを本名で呼ぶ唯一の人でもある。

「お帰りなさいませ、お嬢様」

「ん」と顎を引いたきり、ものも言わずに二階への螺旋階段を上るスモモに、男性がおろおろしている。

「三崎さん、お久しぶりです」

しのぶがスモモに続いて入ると、三崎――東條家の執事、三崎市郎がホッとしたように頭を下げた。執事などと自称しているが、もともとは会社の番頭のような仕事をしていたそうだ。

「これは、出原さま。桃花お嬢様が、いつもお世話になっております」

「とんでもない、こちらこそ。三崎さんはお元気そうで」

「おかげさまで。私の目の黒いうちは、誰にもお屋敷を好きにはさせません」

三崎が力強く請け合うように胸を叩いた。

「智弘さんは、まだこの家を狙っているんですか」

事件の直後、スモモの父親の弟、東條智弘が屋敷に乗りこんできて、ひとりきりになったスモモを引き取ろうと申し出たそうだ。

スモモが嫌がり、見かねた三崎がここに住み込んで、親代わりとして成人するまでの面倒を見た。つましい給料で東條家の家計を守り、収支の明細も報告して、資産を律儀に守っている。スモモにとっては大恩人だ。

智弘はその後も、彼女に家庭教師をつけたり、進学に口を挟もうとしたりしてきたが、そのうちスモモが反発して学校に行かなくなってしまった。

三崎が苦渋に満ちた表情をした。

「智弘さんかどうかはわかりませんが、今でも時々、不審な男が屋敷の様子を窺っていることがあります。ついさっきも、おかしな男がいましたよ」

智弘はひどい男で、スモモがここに住まないのなら、自分の一家が住んで管理するなどと言って、三崎の留守に侵入し、鍵を交換しようとしたことすらあるそうだ。そのせいで、警備会社と契約を結んだ。スモモが成人した今ですらそうなのだから、子どものころはもっと我が物顔にふるまっていたに違いない。

スモモが成人したので、三崎はとうに解放されていいはずだが、そんな状況なので、彼もスモモを見捨てられないのだろう。

スモモが軽快な足取りで階段を下りてきた。大きなアルバムとシステム手帳を小脇に抱えている。

「それは？」

彼女はリビングのガラステーブルにアルバムを載せ、無言でページをくった。アメジスト色の爪で指さした写真には、スモモの両親と並んで、ひと組の男女が写っている。男性が女性の肩に手を回しているところを見ると、カップルのようだ。

「藪内さんご夫妻ですね」

三崎が写真を覗いて言った。

「ご存じなんですか？」

「仕事上のおつきあいがありましたから。私もご挨拶（あいさつ）程度ですが、お目にかかったことがありますよ」

鷲田から聞いた話をすると、三崎は驚いた表情になった。今ごろ目撃情報が飛び出すとは予想もしなかっただろう。

　スモモは一心に手帳のページをくっていたが、あるページで手を止めた。

「どうしたの、スモモ？」

　不審に感じて、手帳を覗く。東條夫妻が失踪した月の、月間スケジュールだ。男性的な角ばった文字で予定が書きこまれている。

「――」

　スモモが無言で指さした日付には、「ヤブさんパーティ」と書きこまれていた。

　これがどうかしたの、と聞きかけて、その日付が東條夫妻失踪の三日後だと気づいた。

「藪内さんは、オーストラリアに向かった三日後に、スモモのご両親と会う約束をしていたってこと――？」

　しのぶは首をかしげた。

「たしかに妙だけど、藪内さんに聞けば、何でもないことかもよ。たとえば、パーティの約束を交わした後で、オーストラリアに向かう予定が急に決まったとか。手帳が間違っていただけかもしれないし」

　スマホが鳴っていることに気づいて、ショルダーバッグから取り出した。見たことがない番号からだ。

『「S&S　IT探偵事務所」の出原さんですか』

　まだ若い男性の声だった。

『サイバー防衛隊の明神さんからご紹介にあずかりました、スカイマスターの深山と申します。ぜひお目にかかって、ご相談したいことがありまして』

――明神が言っていたのは、スカイマスター社のことだったのか。

しのぶは目を瞠った。国内における衛星通信産業のトップバッターだ。

虎ノ門にあるという、スカイマスターの本社を訪問する約束をし、通話を切った。藪内の件は、お預けだ。

「以前、サイバー防衛隊と警視庁におられた方が、ＩＴ探偵事務所を開かれたと明神さんに教えていただきまして」

――それだけ聞けば、立派な経歴のようだわね。

しのぶたちが以前の職場から追い払われたことは、明神もあえて黙っていたようだ。

スカイマスター社の深山元則は、丸っこいメガネをかけた三十代の男性だった。生真面目そうな表情に、しゃちほこばった態度を見せている。

スカイマスター本社の小さな会議室には、深山としのぶたちしかいない。ホワイトボードに長机とパイプ椅子があるだけの簡素な部屋だ。

「サイバー攻撃を受けたと伺いました」

深山がメガネのフレームに指をあててうなずく。

「ウイルス感染に気づくのが早かったので情報流出は避けられましたが、一部のマシンが、ランサムウェアに感染しまして」

しのぶは思わずため息を漏らし、椅子の背にもたれた。明神はこれを隠していたのか。

ランサムウェアとは、トロイの木馬タイプの悪意あるソフトウェアの一種だ。コンピュータに侵入し、文書や写真、動画などのファイルを、持ち主が利用できないように暗号化してしまう。そのうえで、「暗号化を解除してほしければ金を支払え」などと、ファイルの「身代金」を要求するのだ。

日ごろからファイルのバックアップをまめにとっておけばいいが、大事なデータを「人質」ならぬ「ファイル質」に取られると、つい「身代金」を支払ってでもデータを取り返したくなる。しかし、たとえ金を払っても、相手が本当に暗号化を解除するという保証はない。できれば、金など払わないほうがいい。「身代金」を支払う被害者がいるから、ランサムウェアは金になると考える犯罪者が後を絶たない。

「ランサムウェアの種類によっては、セキュリティ企業などが復号化のツールを配布していますし、復元可能なものかどうかを診断するツールを、カスペルスキーが配布していますよね。私もそれを利用してチェックしてみましたが、残念ながら弊社が被害に遭(あ)ったのは、まだ復元ツールが存在しない、新種のランサムウェアだったようです」

スモモが、もう意識を空に飛ばし始めている。彼女はこの手の不毛な話が苦手だ。

それで、と深山が言いにくそうに言葉を継いだ。

「被害に遭ったファイルを、なんとかして復元したいんです」

しのぶは一瞬、黙りこんだ。

——また無茶なことを。

「そのファイルは、どうしても必要なものなんですか。いっそ、捨ててしまうわけには——」

深山が苦笑した。もちろん、彼も一度はそれを考えたはずだ。

「捨ててしまいたいのはやまやまなんですが——実は、たいへんお恥ずかしい話ですが、ランサムウェアにやられたマシンが、文書管理サーバーだったんです。防衛省から請け負った次期通信衛星開発に関する、設計書などをおさめていました。これまでに何千万円とかけて開発した設計書を、みすみす捨ててしまうわけにもいかなくて」

——聞いただけで、頭が痛くなってきた。

「データのバックアップがあったのでは？」

「バックアップの代わりに、ミラーリングしていたんです。外付けのハードディスクに取ったバックアップもありましたが、接続を切っていなかったので、そちらもランサムウェアによって暗号化されました」

まじまじと深山の顔を見つめてしまった。

——それは、プロとしては恥ずかしいかも。

ミラーリングというのは、ハードディスクの内容を、同期をとって別のハードディスクにコピーすることだ。鏡のように写し取るのだ。今回のように、本体のハードディスクにあるファイルが暗号化されると、同期をとって暗号化済みのファイルがコピーされるから、バックアップの意味がない。

「おっしゃりたいことはわかります。文書管理サーバーは、プロジェクトの未熟なメンバーが管理していて、適切な管理がされていなかったんです。文書管理サーバーぐらい——と、甘く見ていたのは否(いな)めません」

深山が恥ずかしそうにうなずく。

つまりこれは、なんとかしてファイルを復元しなければ、誰かの首が飛ぶレベルの話かもしれないということだ。だんだん胃が重くなってきた。昼に食べたチーズささみフライのせいではないと思う。

「文書管理サーバーのデータが消えても、設計書を作成した方のパソコンに、ファイルが残っているんじゃありませんか。かき集めるのに多少、手間はかかるでしょうけど」

「たしかに、最終的にはその手段も残っていますが、弊社のプロジェクトでは、文書管理サーバーに置いているファイルを正本として、サーバーにアップする前にすべて内容をチェックし、ひとつずつ承認手続きを取っているんです。データを集めればよし、というわけでもなくて」

深山の落胆ぶりが気の毒なほどだ。

「これは選択肢のひとつとしてお尋ねするのですが、身代金を支払うということは、検討されましたか。もちろん、支払っても復元してもらえる保証はありませんが」

「――一緒に来ていただいてもよろしいですか」

――嫌な予感がする。

深山が先に立ち、サーバールームに案内してくれた。出入り口でカードキーを読み込ませ、暗証番号の入力も行って、鍵を解除している。警戒厳重なシステムだ。

「どうぞ中へ」

真っ白な壁と床に包まれたサーバールームだ。きれいに掃除が行き届いていて、ホコリひとつない。深山が近づいたのは、部屋の隅に置かれたマシンだった。彼が無言で指さした画面を、しのぶは覗きこんだ。

「四十八時間以内に、ビットコインで十万ドルを支払わなければ、プライベート鍵を削除する――十万ドル？」

深山が長々と吐息を漏らした。

「よくも、とんでもない仕事を私たちに押しつけてくれたわね！」

しのぶは腰に手を当てて、電話越しに嚙みついた。

『だって、あんな案件をうちに持ち込まれても困るんですよ。正直、どうしようもないですもん。時間も足りないから、セキュリティ企業だって、引き受けてくれませんよ。しのぶさんたちなら、万が一うまくいけば料金をはずんでもらえるかもしれないから、いちかばちかでやってもらえないかと』

電話の向こうで、明神が言い訳している。

——万が一かい。

万が一とかいちかばちかとか、失礼すぎる。料金をはずんでくれるという言葉には、わずかながら心が動いたが——それにしてもだ。

「四十八時間っていうけど、タイムリミットまで二十四時間もないのに！　どうしろっていうの」

『なにかとミラクルでマジカルな、しのぶさんたちでしょう。ちゃっちゃと犯人を突き止めて、プライベート鍵を見つけてくださいよ』

「都合のいい時だけ、持ち上げてくれるわけ？」

へらへらした明神の言いぐさに、しのぶは目を吊り上げた。

ランサムウェアというのは、要するに暗号化の悪用だ。

深山に借りた会議室で、スモモがさっそくノートパソコンを開き、ハッカーの集まるI

RCチャットルームに入り、スカイマスター社の文書管理サーバーが感染したランサムウエアに関する情報を集めようとしている。ひょっとしてひょっとすると、同じランサムウエアに攻撃されたどこかのハッカーが、すでに復元ツールを開発していたり、あるいは犯人がドジで、プライベート鍵が常に同じものだったりするかもしれない。実際、そんなランサムウェアも過去に見つかっているのだ。

——まあ、期待しないほうがいいけど。

『しのぶさん、僕たちも、どうにかできるものならしたいんです。防衛省の次期通信衛星の開発スケジュールが、大幅に遅れる可能性が出てきたわけですから』

「——いっそ十万ドル払ってあげれば」

『やめてくださいよ、防衛省だって余分なお金なんかないんですから』

明神が情けない声をあげる。

「十万ドルって価格設定、妙だと思わない？」

『妙ってどういうことですか？』

「だいたい一千万円でしょ。文書管理サーバーには、数千万円分の価値のある文書がおさめられていたってのよ。すごく絶妙な金額だと思わない？」

『——数千万円を捨てるくらいなら、一千万円払うってことですか』

「企業側が、そう考える可能性はあるでしょうね」

犯人は、なぜ文書の価値を正確に見積もることができたのだろう。

スモモが顔を上げ、首を振った。ハッカーたちの間で、新種のランサムウェアについての情報は出回っていないらしい。

「とりあえずやってみるけど、うまくいかなくても私たちのせいじゃないからね。万が一うまくいったら、貸しにするけど」

『ぜひよろしくお願いします！　しのぶさんなら、なんとかできますよ』

明神が調子のいい世辞を垂れ流して、通話を切った。

「ねえスモモ、文書管理サーバーがランサムウェアに感染した経緯を調べてみて。サーバーでメールを読み書きしたり、ウェブにアクセスしたりするとは思えないから、特殊な経路で感染したんだと思う。ＵＳＢメモリか何かかも。それから、サーバーのアクセス権限の設定を知りたいわね。先にアクセス権限の設定内容と、アクセス履歴のログだけでもくれる？」

スモモがこくりとうなずき、会議室から出る間際に、紙の束を抱えて戻ってきた深山とぶつかりそうになった。

「あっ、失礼！」

深山が一瞬、スモモの大きな胸と、すべすべの頬に見とれたのがわかった。スモモは何も気づかぬ態で、廊下を立ち去った。

——スモモは、蒔田のようなワルではなく、こういう真面目で純情そうな男とつきあえばいいのに。

まあ、よけいなお世話だが。

「深山さん、感染経路を調査するため、彼女がサーバールームに入ります」

「わかりました」

すでに、彼女たちが自由に出入りできるよう、カードキーを預かり、暗証番号も教えてもらっている。

「こちらが、プロジェクトメンバーの名簿と、文書管理サーバーへのアクセスを許された社員のリストです」

五十人あまりの名前が書かれた印刷物を受け取り、ざっと眺めた。

「作業が終わればシュレッダーにかけますので、私に戻してください」

「ええ、わかりました」

深山はなかなか几帳面だ。

「このアクセス権限リストは、何をベースに作成されたものですか」

「プロジェクトから提出された、文書管理サーバーへのアクセス権限設定依頼書です」

しのぶはうなずいた。もし、このリストと、サーバーのアクセス設定内容とが食い違っていれば、本来はアクセスを許可されていないのに、権限を持っている人間が怪しいということにもなる。

「残り二十四時間で、暗号解読を試すのは無理です。成功する確率は低いですが、ランサムウェアを送り込んだ犯人と交渉する方法を探して、プライベート鍵を提出させられないかと考えています」

「なるほど」

「ランサムウェアに感染したのは、文書管理サーバーだけですか」

「そうです。最初は、プロジェクトメンバー宛てに一斉メールが送られてきたんです。弊社は、フィクスという福利厚生代行サービスを利用しているんですが、そのサービスから送られてくるメールを装っていました。夏の旅行に、保養所を利用しないかと勧誘する内容です。リンク先に飛ぶと、マルウェアをダウンロードします」

そのマルウェアは、遠隔操作用のトロイの木馬の一種だが、ウイルスチェックソフトのウイルス定義が最新になっていれば、感染を防ぐことができた。ウイルスチェッカーが警告を発したので、社員から深山に連絡が入ったそうだ。

「調べてみると、フィクスになりすました偽のページでした」

深山はすぐに、社内に緊急警告を出し、フィクスのメールを開かず削除するよう要請した。そのおかげで、感染者をひとりも出さずにすんだらしい。

「犯人は、御社のプロジェクトメンバーの、メールアドレスを知っているということですよね。御社が、フィクスを利用していると知っているのは――」

「採用情報で、フィクスを使った福利厚生を用意していると公開しているので、ネットで誰でも見ることができます」

「その時、誰もウイルスに感染しなかったのは確かなんですか」

「はい。最初のひとりが、すぐに報告してくれたので、ストップをかけることができました。念のために、全社員のウイルス定義を最新のものに更新して、ウイルスチェックをかけてもらいました。異常はありませんでした」

その日の夜、プロジェクトメンバーが文書管理サーバーから設計書を読み出そうとして、ファイルが読めないことに気づいたという。サーバールームに駆け付けると、ランサムウェアのメッセージが表示されていた。

「文書管理サーバーはどこからランサムウェアに感染したんでしょう」

「私はUSBメモリを疑ってます。私物のメモリを持ちこむのは禁止されているんですが、便利なので――というより、ないと仕事が回らないので、つい持ちこむ人が後を絶たないんです」

「それなら、感染の前後を調べれば、誰がサーバーを直接利用したかわかりますよね。カードキーで制御しているから、サーバールームへの入室履歴も残っているし」

「ウイルスメールの騒ぎがあったせいで、一時間くらい、サーバールームへの出入りがいい加減になっていたんです。一枚のカードで、いろんな人が出入りしたりして——それに、サーバーもログインしたまま、ウイルスチェックをかけたりしていたようで」

　ウイルスメールの騒ぎは、みんなの注目を集めて、隙を狙ってランサムウェアを仕掛けるために起きたのかもしれない。

　それにしても、ハイレベルな業務の内容と比較して、社員のセキュリティ意識が低すぎる。忙しすぎて、セキュリティがおろそかになっているのだろうか。

「そういえば、個人情報の載った印刷物をシュレッダーにかけると言われてましたよね。皆さんきちんと実行されているんですか」

　深山がたじろぐのがわかった。

「うーん。個人情報や機密を印刷した場合の、廃棄処理についてルールを設けてあるんですが、抜き打ちでチェックすると、今でもたまに、そのままゴミ箱に捨てていることがありますね」

　スモモが会議室に戻ってきた。

「リストと経路」

　スモモの言葉に眉をひそめる。

「もう、感染経路が判明したの？」

「バックドア」

「そんなこと、どうしてすぐわかったの？」

「たまたま」

——何がたまたまだよ。

スモモが、ユーザーIDをメモした紙をテーブルに載せた。該当するIDを、深山から受け取ったアクセス権限設定依頼書とつきあわせたが、存在しない。不正なIDだ。たぶんスモモは、本能の命じるままに、いろんな設定を調べてみたのだろう。強い権限を持つユーザーIDを見て、怪しいものがあると気づいたのだ。

「以前から文書管理サーバーにバックドアが仕込まれていたってこと？」

スモモがうなずいた。バックドアというのは、正規のシステム管理者以外の人物が、自分がいつでもシステムを利用できるように、不正な手段で作成した裏口のことだ。深山が目を瞠った。

「文書管理サーバーはイントラネット上にありますから、たとえバックドアがあったとしても、外部からはログインできません」

イントラネットは、企業の内部だけで使用されるネットワークだ。誰でも使えるインターネットとは別物だから、外部から簡単には侵入できないと深山は言うのだ。

「イントラネットへの接続は、無線ですか、有線ですか」

「両方です。有線ＬＡＮは、プロジェクトルームのデスク回りにＬＡＮケーブルがあるので、パソコンにつなげばそのまま使えます」

「とすると、プロジェクトルームに入ることさえできれば、LANに接続できると」

「もちろん、会社のビルに入る時と、エレベーターに乗る時と、プロジェクトルームに入る時の三回、カードキーが必要なので、誰でもLANケーブルを使えるわけではないですけどね」

「無線LANはどうですか。ビルの外でもWi-Fi(ワイファイ)に接続できたりしませんか」

「それは僕が今朝、チェックしましたが、問題ありませんでした」

「では、犯人はビルの中にいたことになります。深山さん、そろそろ、社内に犯人がいる可能性にも目を向けるべきだと思います」

「理屈はわかりますが、私には信じられません。プロジェクトメンバーは、みんなで新しい通信衛星を作るという夢を共有しています。仕事は忙しくても、メンバーの仲もいいし、こんな卑怯(ひきょう)なやり方でお金を取ろうとするやつがいるなんて、考えられませんよ」

深山がため息をついた。たしかに、ビルの中にいたといっても、来客の可能性もある。

「スモモ、バックドアを作られた時期はわかった?」

「半年前」

「サーバーを導入したのもその頃です」

深山の説明によると、文書管理ソフトと抱き合わせでサーバーを購入し、業者のシステムエンジニアがセットアップしたそうだ。

「半年前に誰がサーバーを使ったかなんて、正確なことはわかりません。あの頃はまだ本格運用していなかったですし、格納すべき文書は大量にあったので、深夜まで担当者が居残って、サーバールームで仕事をしていたこともありますから」

「とにかく犯人は、その頃サーバーにアクセスすることができた人ですね」

しのぶは腕組みした。

「プロジェクトメンバーのリストをいただきましたが、半年前と比較して、たとえば退職したり、異動したりした社員はいませんか」

「それは、半年前の名簿を捜してみないとわかりません」

深山が唇を嚙み、自分のノートパソコンを開いて、資料を捜しはじめた。

「捜していただく間に、私たちはいったん事務所に戻って、必要な機材を取ってきます」

「ええ、わかりました」

状況がわからないままここに来たので、マルウェア解析ツールやデジタル・フォレンジック用の機材を取りに戻りたかったのも本当だが、何よりも、頭を冷やして状況を整理し、犯人像を具体的に描き出したかった。深山には悪いが、彼も容疑者のひとりだ。

「スモモ、行きましょう」

地下の駐車場に停めた車に戻る。事務所に向かいながら、しのぶは声を出して要点を挙げ、スマホにメモを取った。

「ひとつ、犯人は、半年前のサーバー構築時期に、サーバーを直接触ることができる場所にいた」

スモモは運転に集中しているが、こちらの言葉もちゃんと聞いているようだ。

「ひとつ、犯人はプロジェクトの内部事情に詳しかった。文書管理サーバーの価値、プロジェクトメンバーのメールアドレス、福利厚生代行サービスのフィクスを利用していることなどを知っていた」

「イントラネット」

スモモが交差点でハンドルを切りながら、ぼそりと追加する。そうだ。犯人は、イントラネット環境にアクセスすることもできた。

つまり、犯人はビル内にいた。

――これって、犯人は現役の社員の可能性が大だよね。

深山は信じられないと言ったが、ひとつだけならともかく、これだけ条件が重なれば、社員だとしか思えない。鷲田の事件もそうだったが、身近な人間が信じられない世の中になったのだろうか。

「いやねえ、またしても内部の犯行だなんて。しかも、けっこう手間暇かけてるくせに、要求金額が十万ドルでしょ。発覚したらクビだし、警察沙汰は間違いないよね。それにしては、十万ドルぽっちでいいの？」

十万ドルといえば一千万円少々だが、聞けばスカイマスター社は、社員にかなりの高給を支払っているようだ。臨時収入のために、それをふいにする危険を冒すだろうか。それとも、事件の裏に恨みや怒りが隠れているのだろうか。

「――」

スモモは黙りこんでいる。車はすでに青山通りを離れ、事務所のあるマンションに近づいていた。マンションの裏に駐車場があり、そこにアクアとスモモのバイクを停めるスペースを借りている。

「問題は、どうやって犯人を特定するかよね。ビル内にいるとわかっただけでも、ずいぶん追い詰めやすくなったわけだけど――」

ランサムウェア自体を解析しても、犯人を突き止める手がかりは得られないだろうし、時間がかかる。

スモモが駐車スペースにアクアを停め、降りながらこちらを振り向いた。

「深夜だった」

「何が？」

「感染」

しのぶは一瞬、スモモの言葉を理解しようと立ち止まった。

「ランサムウェアに感染したのが、深夜ってこと？」

スモモがうなずく。

「待って——それなら、その時間帯にビル内部にいた人を洗い出せば、かなり対象が絞られるんじゃない？」

深山に頼んで、感染した日のビルへの入退館者を、リストアップしてもらおう。そうすれば、感染した時間帯に誰がいたのかわかる。

マンションの玄関に向かおうとして、しのぶは足を止めた。誰かが、歩道からマンションを見上げている。この暑いのに、フードつきのパーカを着て、マスクを着けた男性だ。フードとマスクのせいで顔ははっきりしないが、年齢的には六十歳前後ではないかと感じた。歩道を行ったり来たりしながら、三階を見上げているのだが、執着しているのは、「S&S　IT探偵事務所」と看板がわりに内側からシールを貼りつけた窓のようだ。

しのぶはスモモを制止し、植え込みの陰に隠れた。少し様子を見たほうが良さそうだ。事務所の様子を窺っているなんて、怪しい。

ふと思いついて、「バルミ」に電話をかけ、デラさんこと小寺が出るのを待った。

『よう、しのぶ。さっきから店の前を変な男がうろうろしてるんだが、あれ、お前らの事務所を見てるんじゃないかな。大丈夫か。応援に行こうか』

しのぶは思わず微笑（ほほえ）んだ。さすがデラさん、とっくに気づいていたらしい。

「実は、その件でお願いがあって」

通話を切ってしばらくすると、男がちょうど正面に来た瞬間に「バルミ」のドアが開いて、デラさんがバケツの水をぶちまけた。膝から下に水をかけられた男が、思わず「わっ」と叫んで飛び上がる。

「あっ、これはすみません！」

体格のいいデラさんが、身を縮めてぬっと店から現れると、男は慌てて後じさった。逃げようとしたが、デラさんがさりげなくガードレールとの間に追いこんで退路を断った。

「打ち水をしようと思ったら——まさか人がいたなんて。どうぞお入りください。すぐに、タオルを持ってきますから」

「いや、大丈夫。けっこうですよ。ただの水ですから、乾きます」

「それでは申し訳なくて、こちらの気がすみません。どうぞ中へ」

強引に店の中へ誘導しようとする、デラさんの下手な芝居には苦笑するしかないが、鍛え上げたデラさんの体格を見て、男は逃げるに逃げられず、今や辟易していた。

「せめて、連絡先だけでも——」

「いやいや、もうけっこうですから」

彼らが話している隙に、しのぶはスマホで何枚か男の写真を撮影した。マスクが邪魔で、顔がはっきりわからない。

「――ヤブさん」

スモモが漏らしたつぶやきを耳にして、しのぶは目を瞠った。

「あれが、藪内さん？」

こくりとスモモがうなずく。顔は見えなくとも、スモモは藪内の声を知っているのだ。

行こう、とスモモに合図して、しのぶは今ここに帰ってきた態を装い、歩きだした。

「よう、お帰り」

デラさんがこちらに視線を向けて手を振る。藪内はスモモに気づくと、観念したのかマスクを取った。六十歳前後の、日焼けした精悍な男性の顔が現れた。スポーツ選手か船員のような日焼けのしかただ。

「――ヤブさん」

「スモモちゃん。あんた、元気だったんだな。日本に帰ってすぐ、お父さんたちのこと聞いて、びっくりしたよ」

こそこそと事務所の様子を窺っていたわりに、スモモに正体がばれたとたん、急に落ち着きを取り戻したようだ。しのぶはデラさんに目くばせした。

「ともかく、事務所にどうぞ。デラさん、コーヒーを人数分お願いね」

「あいよ」

デラさんが、前掛けで手を拭きながら「バルミ」に戻った。

「僕はずっとオーストラリアにいたんだ。妻も一緒にね。東條さんたちに連絡を取ろうとしていたんだが、どういうわけかメールが使えなくなっていたり、返事がこなかったり――。何か気に入らないことでもあったのかと思って、そのうち、こちらも連絡を取るのを諦めてしまってね」

事務所のソファに座った藪内は、饒舌だった。背中をぴんと伸ばした座り方が、警察官、軍人といった職業を連想させる。膝に載せた手の甲を見れば、節が太く、白くなって盛り上がっている。武道の心得があるのかもしれない。

「オーストラリアに出発された日に、空港の駐車場で東條夫妻を見かけたそうですね」

スモモは床のクッションに座りこみ、子どものように藪内を見上げているだけなので、代わりにしのぶが尋ねた。

「あれは私の勘違いでした。十年以上も前のことですから、混乱していてね。鷲田さんと会った時はそう思ったんですが、後で妻と会話して、別のフライトの時だったと思い出しました。彼らが失踪する何年も前に、私がオーストラリアに行った時です」

藪内の態度は落ち着いている。テーブルには、デラさんが出前してくれたコーヒーが載っていた。冷めないうちにと勧めると、藪内は素直に口をつけ、美味しいと誉めた。

笹塚透はまだ事務所で参考書を読んでいたが、客が来たと知るとすぐ、キッチンに引っ込んだ。夕食のしたくも進んでいるようだ。

「オーストラリアに出発された日の三日後に、東條夫妻とホームパーティを開く約束をされていましたか――?」

「ええ、もともとはね。しかし、オーストラリア出張が急に決まったので、キャンセルさせてもらったんです。その後、結局は向こうの支社が放してくれなくてね」

薮内は中堅の商社に勤務していて、先日、定年を迎えたのだという。

――どうしたものかしら。

話の内容も筋が通っているし、態度にもおかしなところはない。ただ、なぜか信用できない気がするのは、事務所の様子を窺っていた姿を見たからだろう。それに、パーカにマスクという不自然なかっこう。

「薮内さん、私たち、急ぎの案件を抱えておりまして。たいへん申し訳ないのですが、仕事が片づきしだい、こちらからご連絡しますので、あらためてお目にかかれませんか」

「それは、こちらこそ突然押しかけて申し訳ないことをしました」

薮内は名刺を差し出し、スモモに目をやって目元をなごませた。

しのぶは透を呼んだ。

「私たち、今夜はたぶん戻れないと思う。せっかく用意してくれたけど、夕食は冷凍するか、明日戻った時に食べられるようにしておいてくれない? それが終わったら、もう帰っていいよ」

キッチンから透がひょいと顔を覗かせた。

「わかりました。暑いから、傷まないように冷凍しますね。レンジで温めてください」

透は近ごろ、まるで事務所にお嫁に来たようだ。藪内がそんな事務所内の会話を、にこにこと笑いながら聞いている。彼くらいの年代の男性には、透のような男の子の存在は、どんなふうに映るのだろう。

「とにかく、スモモちゃんが探偵になったと聞いてびっくりしたけど、元気で頑張っているようで良かったよ。横浜の家にいないと思ったら、ここに住んでいたんだな。お父さんとお母さんの行方は、まったく手がかりがないのかい」

スモモが無表情にうなずく。藪内はため息をつき、立ち上がった。

「何も力になれませんが、ぜひ近いうちにまたご連絡ください」

「ええ、ぜひ。スモモに連絡させます」

藪内は、そのまま頭を下げて事務所を出ていった。スモモは最後まで言葉を発せず、ぼんやりと彼を見送っていた。

「——さてと。仕事に戻りましょうか」

スモモが、素直に解析用のツールやノートパソコンをボストンバッグに詰めこんでいく。しのぶはふと思いつき、盗聴器の探知装置の電源を入れ、玄関から事務所まで、藪内が通ったところを念入りに調べてまわった。

スモモがじっとこちらを見ている。

「——ま、念のためにね」

ふだん、顧客が来た時にもここまではやらない。蒔田みたいに妙な客が来た時でもだ。

藪内には、どこか崩れた気配が匂っていた。

「何よ、スモモ」

スモモが目を逸らそうとしないので、責められているような気分になる。ふいと、彼女が視線を外した。

「承認」

——何だそれは。

一応、認めたと言っているつもりらしい。

「タイムリミットまで、残り十五時間ね」

しのぶたちはスカイマスター社に泊まりこんで作業するつもりだ。

「私も残ります。プロジェクトメンバーは、こんな状況でも自分の仕事がありますし」

深山が申し出てくれた。

「皆さん遅くまで残業しているんですね」

「みんな責任感が強いですからね。だからこそ、社内の人間がランサムウェアを送ったなんて、とても信じられないんですが」

「もちろん、私たちの推理が間違っていることを祈りますが——。こちらが、印刷してくださった、ランサムウェアに感染した日の、ビルへの入退館者一覧ですね」

「そうです」

「この方は、退館の記録だけあって、入館の記録がないようですけど——」

「たぶん前日から泊まり込んでいたんでしょう。たまにあるんです」

働き方がイレギュラーなので、突き合わせもひと苦労だ。それでも、その深夜の時間帯にビル内にいた、二十名ほどのユーザーＩＤが判明しつつある。

「彼女は何をされているんですか？」

深山が声をひそめ、スモモが気になるらしく、ちらちらと見ながら尋ねた。

スモモは会議室の隅に座り、サーバーのハードディスクをコピーしたものを使って、調査を進めている。

「ランサムウェアを逆アセンブルして、コードを解析しています。今のところ手がかりにできそうなのは、犯人が送金先に指定したビットコインのアドレスだけなんですけどね」

「進展はありましたか」

「ビットコインの情報を検索するビットイージーというサイトがあるんですけど、確認しても、残高ゼロ、過去の取引は一切ないことがわかるだけでしたね。もし、なんらかの取引に使われていれば、その取引内容から犯人の情報を得られるかもしれないと期待したんですけど」

　無駄だったようだ。

「何か、食事を買ってきましょうか。コンビニ弁当でよければ」

　深山が気づかい、そんなことまで申し出てくれる。コンビニ弁当なんか、と高飛車なことを言うのはやめて、深山の申し出をありがたく受けることにした。近ごろ、透のせいで舌が肥えているのはしかたがない。

　会議室の外を、ガラガラと台車を転がすような音がしている。

「あれは何ですか？」

「ゴミを回収しているんですよ。各自のデスクにゴミ箱があるんですけど、夕方になると掃除の人が来て、ああしてゴミカートで回収してまわるんです」

　財布を握って買い物に出ようとした深山が、会議室の窓から外を覗いて教えてくれる。廊下を覗くと、台車に大きな緑色のゴミ袋を載せて押していく男性の後ろ姿が見えた。ちらりと見えた横顔が若い。ベージュのツナギを着て、掃除の道具をおさめたウエストポーチを身につけている。

「ここに来る清掃会社の社員さんは、みんなあんなに若いんですか？」

「――いえ、たいていは定年退職後の仕事として来られてますから、高齢の方が多いんですけどね。たまに、若い方も見かけます。不景気なんだなあと実感しますよ」

――不景気か。

清掃業が若者にふさわしくないとは言わないが、あの青年は好きであの仕事をやっているのだろうかと、ふと考えてしまった。

窓から覗いていると、清掃会社の社員が、ウエストポーチからスマホを取り出して操作するのが見えた。近ごろは誰でもスマホだ。

しのぶは、ほとんど完成に近づいている入退館者のリストを眺めた。買い物に出かけようとしている深山をもう一度呼び止める。

「このリストについて教えてもらえますか。ユーザーＩＤの頭ふた桁が、ＳＭとＫＳの二種類ありますよね」

深山が驚いた顔になり、アルファベットで書かれた氏名と、その横に紐づいている、ユーザーＩＤを見た。

「ユーザーＩＤの頭にＳＭとついているのが、スカイマスターの社員です。それ以外のＫＳと頭についているのは、ビルの管理会社と契約している人たちです。警備、掃除といった仕事をしてくれている人ですね。来客にはＧＳという文字がつきます」

ランサムウェアに感染した夜、ビル内に居残っていた人物のなかに、管理会社のユーザーIDが四つあった。まだ突き合わせの終わっていないユーザーIDは、すべてSMで始まっているからスカイマスターの社員だということも確認した。

「深山さん。この四人が、どんなお仕事をしている人で、いつからここで働いているか、調べてもらえませんか。今すぐに」

深山がリストを見て目を瞠り、すぐ電話をかけはじめた。

スモモが、ノートパソコンでビットコインのウォレットを開き、送金の準備を整えている。

しのぶは深山を見た。

「――よろしいですか」

「はい。彼はまだ社内にいます」

深山が、緊張した面持(おもも)ちでうなずいた。

――深夜一時半。

この時刻になると、オフィスで仕事をしている社員の姿は、もうない。仮眠室で寝ている社員はいるそうだ。

しのぶはスモモを振り向いた。

「じゃ、やって」

「――」

スモモが送金ボタンを押す。深山の喉ぼとけが、ごくりと鳴って上下した。

スモモのパソコンでは、ビットイージーの画面も開き、犯人のアドレスを表示させていた。今そこに、スモモの送金取引が掲載され、承認を待っていることが表示されている。

「では行きましょう」

深山をうながして三人で会議室を出た。会議室には、念のため鍵をかける。オフィスの照明は消えていて、ひと気のない廊下にコツコツとしのぶたちの足音が響く。エレベーターで地下に下りる間、無言だった。

地下一階は、産業廃棄物の保管場所や、倉庫になっているらしい。深山が案内したのは、地下一階の奥にある部屋だった。閉じた扉から光が漏れている。扉には、「管理スタッフ」と書かれた、そっけないプレートが貼りつけられている。しのぶとスモモは、管理スタッフの部屋には近づかず、そばにある給湯室に隠れて、様子を窺うことにした。

深山がこちらを見て、扉をノックした。くぐもった声が応答する。

「こんな時間にすみません。どなたかいらっしゃいますか。三階のトイレが、詰まったみたいなんです」

重い足音とともに、扉が開く。夕方、ゴミカートを押していた青年が、眠そうな表情で立っていた。彼は今夜、管理会社の当直だそうだ。仮眠をとっていたのだろう。

「明日の朝、確認します」

「こんな時間にすみませんが、水がどんどんあふれてきているので、今すぐ見てもらえませんか」

深山は演技が達者だ。青年は、しかたがないなという顔をして、ウエストポーチをつかみ、腰に巻きつけながら歩きだした。胸に「大峰（おおみね）」という縫（ぬ）い取りがある。ほとんど癖のようにスマホを取り出し、画面を見た瞬間、はっきりと驚いた表情をした。彼がスマホのロックをはずして操作するまで待った。

「すみません、大峰さん！」

給湯室から出て声をかける。スモモはしのぶの横を猫のようにすり抜け、立ち止まった大峰青年に近づいた。彼は、いつの間にかスマホが自分の手からスモモの手に移っていることに気づき、ぎょっとした。

「何すんだよ！」

「ビットコイン」

スモモが、ビットコインのウォレットを開いたスマホの画面を確認し、こちらに見せる。

「取引のキーは？」

「確認した」

「それじゃ、間違いないわね」

大峰は青ざめ、逃げ場を探すように視線を泳がせた。

スモモが送金したのは、およそ五百円分のビットコインだ。入金通知を見て、彼はランサムウェアを通じてスカイマスター社が十万ドルを送金してきたのかと思い、ウォレットを開いたのだろう。

——ちょっとした賭けだったけど。

どのみち、犯人を突き止めるのは無理だと、みんな諦めかけていたのだ。

——思い切って、賭けてみて良かった。

「どうして——」

大峰が唇まで真っ白になっている。しのぶは鷹揚に腕組みをした。

「どうしてわかったか？　犯人は、イントラネットを経由してサーバーのバックドアを使ったことがわかったので、その夜、ビル内にいた人を洗い出したの。スカイマスターの社員が二十一人、管理スタッフが四人いた。最初はプロジェクトスタッフが怪しいと考えていたけど、深山さんの話を聞いていると、彼らがそんなことをするはずがないように思えてきた。それで、念のために管理スタッフ四人を調べてみた」

四人のうち、ふたりは警備員、残りは清掃会社の社員だった。そして、半年前のサーバー導入時からここに勤務しているのは、清掃会社の大峰ひとりだった。

「清掃会社に確認して、履歴書を見せてもらったら、あなた、コンピュータの専門学校を卒業してるのね。IT系の職種って、まだまだ求人があるほうなのに、どうして清掃会社に勤務しているのか、不思議に思ったの」

「たまたまITの知識があるからって、犯人扱いなのか？」

「違う、違う。清掃スタッフが怪しいと思ったの。ここの社員さんたち、セキュリティ意識がちょっと甘いでしょ。個人情報を印刷した紙を、平気でゴミ箱に捨ててるようだし。社員の名前、メールアドレス、プロジェクトの予算やサーバー構築にかかった費用、犯人が必要としていたそんな情報も、ゴミ箱の中にあったのかもしれない」

清掃スタッフは、毎日それをゴミカートで集めている。その気になれば、ゴミの中から宝の山を掘り当てることも可能だ。

「ゴミあさりは、ソーシャルハッキングの基本だしね」

清掃スタッフは、サーバールームにも入ることができる。初めてサーバールームに入った時、掃除がよく行き届いていると感心したではないか。サーバーの構築途中で社員が席を離れた隙に、バックドアを仕掛けることもできただろう。席を外す前には、必ずスクリーンセーバーを立ち上げて、パスワード入力を求めるように設定しておくとか、セキュリティの基本なのだが。

「そういうわけで、犯人が指定した時刻までに、あなたがウォレットを開くように、罠(わな)を仕掛けてみたわけ。悪かったわね」

大峰は、抵抗する気力を失ったように、がっくりと肩を落とした。生気のない彼の顔を見つめ、しのぶはつんと顎を上げた。

「あなた、こんなことを繰り返して稼いでいるわけ？　文書管理サーバーの価値が高まるのを待って、タイミングをはかって十万ドル――。そんなお金、支払う企業があった？　それで刑務所に入るなら割に合わないわね。余罪もたっぷりありそうだから、警察にじっくり絞ってもらうことね」

最後の言葉に、大峰がハッとした。

――しまった。

「お前ら、警官じゃないのか！」

しのぶたちを警察だと勘違いしていたらしい。スモモにつかみかかり、スマホを奪い返して逃げようとする――。

スモモの、とがったつま先のキックがみぞおちに入り、大峰は悶絶して膝をついた。

「深山さん、一一〇番！　スモモ、そこまで！」

慌てて深山が電話をかける。大峰に駆け寄って様子を見たが、スモモもいくらか手加減はしたようだ。作業服のシャツをまくり上げると、赤い内出血の痕ができているが、それほどひどいけがをさせたようではない。

――良かった。

いつか、スモモが誰かを殺してしまうのではないかと恐れている。彼女は感情を表に出さない。両親が消えた不安や孤独、数々の憤りを、何も感じない人形のように、白い肌の下に閉じこめてきた。アニメのキャラクターみたいな化粧をして、派手な衣装に身を包み。しのぶにはわかる。そのすべてが、スモモがまとった鎧だ。彼女を守る、硬い殻だ。

――何も感じないはずなんか、ないのに。

しのぶは大峰の腕を取り、顔を上げさせた。

「暗号を解読するプライベート鍵はどこ？　早く渡さないと、罪が重くなるわよ。素直に鍵を出すなら、サーバー管理者が情状酌量を願い出てくれるかもしれないけど」

ちらりと深山に視線を送ると、深山が大きくうなずいた。

「そうです。もしプライベート鍵を出してくれるなら、文書管理サーバーをもとに戻すことができますから、実質的な被害はなかったことになります。わが社のセキュリティの問題点も、よくわかりましたし――」

たしかに、痛い目に遭ったおかげで、スカイマスターのセキュリティ意識は向上しそうだ。結果的に、大峰はもっと大きな被害から彼らを救ったのかもしれない。

「どうかしら、大峰さん」

大峰が、しぶしぶうなずいた。

「スマホに、いつでも送れるよう、メールを準備してある。入金されたら、スカイマスター社の採用担当者のメールアドレスに送るつもりだった」

スモモがすぐさまスマホを操作し、メールボックスの中身をチェックした。

「ある」

スモモ語は翻訳と解釈が必要だが、下書きを保存したメールボックスに、プライベート鍵を添付したメールを見つけたのだろう。

「それを深山さんに送って」

深山が、すぐにでもサーバーの暗号解除をやりたそうな顔をしている。大峰が本物のプライベート鍵を用意していたとは限らない。もし偽物なら、状況は変わらない。

「本物だよ。よけいな心配するな」

こちらの表情を読んだのか、大峰が憎々しげに言った。しのぶは怖い表情をして、大峰の耳元に顔を近づけた。

「あんたは、刑務所を出たら、企業のセキュリティテストを実施する会社を立ち上げたらどう。ソーシャルハッキングも含めて、時間をかけて攻撃するハッカーの怖さを、とことん身に沁みて感じさせるの。うまくいけば、正しいやり方で今より稼げるわよ。何年、刑務所に入るかにもよるけどね」

驚いたように大峰がこちらを見る。なぜ自分にこんなアドバイスをするのかといぶかっているのだろう。説明してやるつもりはないが、ハッキングの素養を持つ人間が、この国には意外に少ないのだ。コンピュータ・セキュリティの現場は、いつでも人手不足だった。もちろん、犯罪に手を染めたことは問題だが、更生の余地は与えられるべきだ。二十三歳の青年なら、特に。こんな若さで、人生を棒に振るなんて惜しい。

「刑務所を出たら、連絡しなさい。起業のしかたをアドバイスしてあげる。言っとくけど、私たちは元警察官と元防衛省の職員だから、女だと思って舐めてかかると怖いわよ」

スモモのキックを食らったあとでは、言うまでもないだろうが。

大峰を連れてエレベーターに乗り、一階ロビーでパトカーの到着を待った。

「――いいのかよ。本当に連絡するぞ」

連行される直前、大峰がけわしい目つきでこちらを見た。

「もちろん、いいわよ。ただし、きっちり罪をつぐなってらっしゃい」

大峰は口をつぐみ、何度か目を瞬いた。唇は「へ」の字になっていたが、白目が充血したみたいに真っ赤で、今にも泣きだしそうな顔だった。

――起業したって、そう簡単に黒字経営になるとは思わないけどね。って、言わないほうが親切よね。

「さっそく、プライベート鍵を試さないと」

深山がそわそわして、パトカーが走り去ると我慢できなくなったように会議室に駆けこんでいった。

大峰の表情から見て、プライベート鍵は正しく機能するだろう。これにて一件落着だ。

「今月の家賃も、どうにか払えそうね」

しのぶは薄暗いロビーで両手を上げ、伸びをした。この前の鷲田といい、今回の件といい、昔の仲間からの紹介で得た仕事だ。自分たちの知名度の低さが悩ましいが——。

「回復しました！」

半泣きの笑顔で深山がエレベーターを降りてきた。このご恩は忘れませんとか、費用は請求書を送ってもらえば支払いますとか、さんざん頭を下げられた。明神やサイバー防衛隊とのつながりもあるから、あまり高額な請求をふっかけることはできないだろうが、結果的に彼らに恩を売ることもできたのだから、悪い仕事ではない。

「それでは、私たちは失礼します」

深々と頭を下げる深山に見送られ、事務所に戻ることにした。

「今夜は徹夜のつもりだったのに、こんなに早く帰れるとは思わなかったわね。事務所に車を置いて、どっか飲みにいく？」

スモモが無言で時計を指さす。午前三時半。彼女は見かけによらず、「朝まで飲もう」というタイプではないのだ。しのぶもしかたなく、スモモと一緒なら、日付が変わるころまでには飲みおさめるようになった。

駐車場にアクアを入れ、階段を上がる。収入確約の仕事が片づいたのだから、足取りも軽い。

「また、私が鍵を開けるまで待ってるの？」

スモモがドアの前でぼんやりと立ち尽くしている。しのぶが鍵を取り出すと、待てというように手を上げて制した。

「――どうしたの？」

「――」

スモモは室内の音を聞いているのだ。この時刻、事務所には誰もいないはずだ。よく観察すると、二か所ある鍵穴に小さな傷がついている。ピッキングされた痕跡（こんせき）のようだ。

――なんてこと。

よそのセキュリティを指導している間に、わが家のセキュリティを破られるとは。

「一一〇番する」

スマホを出す前に、スモモが首を横に振った。そのまま、無造作にドアを開いた。

「ちょ、スモモ！」

思わず声をひそめながら、身構えた。スモモは体術のエキスパートだが、しのぶ自身も一応は護身術などを習ったこともある。

――何が起きるかわからない世の中だし、アノニマスの一員だったこともあるし。

スモモは室内の様子を観察していたが、やがて玄関で靴を脱ぎ捨て、すたすたと上がりこんだ。しのぶも慌てて後を追った。バットはプライベートルームに置いてある。すぐ手に取れるのは、傘ぐらいだ。長傘の柄をしっかりと握った。

そこまで身構える必要もなかったようだ。

廊下の先に、黒いジャージ姿で長々と横たわる男の姿があった。スモモがしゃがみこみ、首筋に手を当てて脈をみている。

「――生きてる」

「な、何事なの？」

白目をむいた状態で伸びた男の顔を見て、しのぶは息を呑んだ。

――藪内だ。

藪内はとっくに帰ったはずだ。だが、彼が事務所にいる時に、今夜は仕事で帰れないと、透に告げた覚えがある。

藪内が帰った後、盗聴器を探しているしのぶの様子を見て、スモモがなにやら言いたそうにしていたのを思い出した。あれはひょっとして、それより留守の予定を他人に聞かせるなと言いたかったのかも。

――まいったわね。

額を押さえた。それにしても、藪内はどうしてこんなところに倒れているのだろう。

音もなく、ジャスティス三号が現れた。

『オカエリナサイ』

――こいつ、手なんかなかったはずでは。

いま現れた三号には、球体からニュッと生えた、棒のような腕があった。しのぶが見ていると、三号は悪戯を見つかった子どものように、するするとその手をひっこめた。

「三号、その棒は何？」

三号の丸い目が、キラキラと輝く。まるで笑っているようだ。

「電撃棒」

スモモがなんでもないことのように言った。しのぶはぎくりと振り向いた。

「まさか――留守中に入ってくる人間を、攻撃するようにプログラミングされてるの？」

スモモが子どものようにうなずく。

――筏のやつ。

そういえば、女性ふたりの事務所を守るためにロボットを送ったと言っていた。あれは冗談ではなかったのか。ふたりの留守中に、透がひとりで居残っていることはよくあるが、彼はもう事務所の一員として、三号に認められているのかもしれない。

「スモモ、あんた知ってたの――？」

スモモはその質問に答えず、無言で藪内の顔を見下ろした。

しのぶもつられて見下ろす。藪内は、完全に意識を失っているようだ。

――どうしよう。

なんだか、妙なことになった。

第四話　きれいなデマにはご用心！

「あんた、あたしたちを人殺しにするつもり？」

しのぶがドスをきかせて尋ねると、筏は電話の向こうで怪鳥のようなけたたましい笑い声をあげた。思わず耳をふさぎたくなる。

『そんなわけないじゃないか、同志出原君。ジャスティス三号は、君たちの安全を守るために作られたのだ。前にも言った通り、探偵事務所は危険かつ怪しい仕事だからね。――それより、午前四時に電話とは無粋じゃないか、せめてオンライン会議なら、同志諸君のしどけなくも美しい寝姿など拝めるのに――なんといっても通話料が無料だし』

――こっちの映像を見られたくないから、電話にしたの。おあいにくさま！

しのぶは鼻の上に皺を寄せた。

午前四時でも筏は寝ていなかったようだ。だいたい彼は夜型人間で、昼間は眠そうな猫のような顔をしている。会社勤めが性に合わなかったのも無理はない。

事務所の床には、藪内が伸びている。気絶させたのは、ジャスティス三号だ。電撃棒を体内に隠し持っていて、事務所に侵入者があると電撃ショックを与えるらしい。

いま三号は、いつの間にかコンセントに忍び寄り、充電を始めている。そこはかとなく、満足そうな気配が漂う――ロボットのくせに。

『ははん、さしずめ誰かが事務所に不法侵入して、電撃を受けたのだね。それはご愁傷さま。しかし心配はいらない。死なない程度の電圧に抑えてあるから』

「本当でしょうね。私たちに説明していない機能が、他にもあるんじゃないの？　素直に吐いたほうが、あんたの身のためよ」

また筏が気味の悪い笑い声をあげた。

『出原君のサディスティックな発言は、僕のハートに直球ストライク。うーん、ぞくぞくするね。次回はぜひ、女王様ライクな深紅のボンデージファッションに身を包んで僕と楽しくオンライン会議を――』

――なに言ってやがる。

しのぶはスマートフォンを耳から離し、顔をしかめて通話終了ボタンを押した。まったく、なんという男だろうか。思いきり文句を言ってやるつもりで電話したのに、ひどいセクハラを受けた気分だ。

「――そいつ、まだ起きないの？」

藪内の傍らにしゃがみ、カラスの羽根で鼻の下をくすぐっているスモモに尋ねる。藪内は気絶したまま、ぴくりとも動かない。

藪内の手足を拘束することも考えたが、スモモとしのぶがそろっていて、後れをとることもないだろう。

「警察に通報したほうがいいかな」

しのぶは迷っていた。

「夜中に、自宅兼事務所に侵入者があったと言えば、警官が飛んでくるよね。特に、うら若い美女ふたりの部屋なら」

しかし、問題がふたつあった。ひとつは、藪内が気絶した事情を説明しづらいこと。もうひとつは、彼女らが直接、尋問できなくなることだ。

「――遠野警部に知らせようか。スモモの家庭の事情もよく知ってるし」

スモモが黙って時計を指さした。

――午前四時。

まともな社会生活を営む警察官に電話するには、非常識な時刻だ。

スモモは立ち上がると、事務所のデスクに置いてあるノートパソコンを触りはじめた。しばらくキーを叩いていたかと思えば、見ろと言いたげに画面をこちらに向けた。

――事務所の内部がぼんやりと映っている。

「何これ、うちの事務所を撮影してるの？」

赤外線タイプの防犯カメラのようだが、映像はひとつのアングルで固定されているわけではなかった。ゆっくりと事務所内を動いている。

「まさか、三号のカメラ？」

三号にはもともと筏が盗撮用のカメラをつけていたのだが、スモモが改造した。

「筏が仕込んだ盗撮カメラを、防犯カメラに改造したの？」

「機械は、機械」

スモモがけろっとした表情で応じる。機械に罪はないと言いたいのだ。

映像には、照明を消した室内が映っている。音声はない。三号は巡回よろしく狭い事務所と廊下を行ったりきたりしていたが、ふいに事務所の隅で動きを止めた。

「物音に反応したみたいね」

玄関から、誰かが入ってきたのだ。

「あっ、藪内！」

しのぶは男の顔を見て叫び、床に伸びている藪内と見比べた。映像の中の彼は、懐中電灯であちこち照らし、三号には少なからず驚いたようだ。趣味の悪い置物とでも考えたのか、無視して事務所を物色しはじめた。そのあとは、動きだした三号が静かに彼の背後から近づき、叫び声をあげてのけぞる藪内が映っていた。三号の電撃をくらったらしい。

「――何を探していたのかしら。金目のものなんか、ひとつもない事務所なのに」

強いて言うならコンピュータが何台かあるが、いまどき盗品のコンピュータなど、金にはなるまい。

スモモがキッチンに消えたかと思うと、グラスに水を汲んで戻ってきた。

「あら、私もお水ほし——」

言いかけたが、スモモがいきなり藪内の顔に水をぶっかけた。

「ちょ、ちょっとスモモ——」

——フローリングの床がびしょ濡れじゃないの！

水責めにあった藪内が身じろぎする。顔をしかめて唸りながら目を開き、自分の立場を思い出したようだ。しのぶは意地悪く笑った。

「おはよう、藪内さん。ご気分はいかが」

「——」

視線が泳いでいる。

「いろんなスキルをお持ちのようね。玄関の鍵はピッキングで開けたんですね」

「い、いや——これはその——」

藪内が言葉を濁す。この状況では、うまい言い訳も思いつくまい。

しのぶは肩をすくめた。

「まあいいわ。床に寝たままだと、こちらも話がしにくいですから。ゆっくり起き上がって、その椅子に腰かけてもらえますか。スモモ、この人を見ていてね。タオルを取ってくるから」

藪内はホッとした様子で、言われた通りゆっくりと身体（からだ）を起こし、スモモが指さしたソファに向かった。

「ストップ！　濡れたまま座らないで！」

キッチンからハンドタオルを取り、急いで彼に投げる。床にこぼれた水を拭くのは後回しだ。雑巾（ぞうきん）にすれば良かったと後悔した。あのハンドタオル、二度と使う気がしない。

濡れた顔と衣類をぬぐい、藪内が腰を下ろすのを待って、しのぶは離れた場所にダイニングの椅子を引っ張ってきて座った。スモモはふたりの間に腕組みして立っている。おかしな様子を見せれば、すぐさま蹴（け）りを入れられる距離だった。

「さてと。——話を聞こうじゃないですか。私たちが今夜、仕事先から帰らないと聞いたので、不法侵入したんですよね。納得できるように説明してくれないと、警察に突き出しますよ」

不法侵入という言葉に力をこめる。藪内が唇を舌で湿らせた。

「——申し訳ない」

「謝れとは言ってませんから。目的を聞きたいだけなんです」

「——そうじゃないんだ。桃花（ももか）さんに謝りたかった。本当に申し訳ない」

ソファに座ったまま、深く頭を下げた藪内を見て、しのぶはスモモと顔を見合わせた。

「——どういう意味ですか」

藪内はそこで顔を上げたものの、言いよどんで唇を噛んだ。

「――ご両親の件だ。東條さんが行方不明になった時――」

スモモの表情は変わらなかったが、神経質な猫が耳をピンととがらせるように、彼女が神経をとがらせたのが伝わってきた。藪内がごくりと唾を呑みこんだ。

「私はあの朝、東條さんの車に乗っていたんだ」

しのぶは息を殺し、次の言葉を待った。

「――彼らが誘拐された時、一緒にいたんだよ」

藪内はその日、出張で羽田空港からオーストラリアに発つ予定だった。ひと月あまりの出張で、車を駐車場に残しておくのも駐車料金がもったいないとぼやいていたら、空港まで送ろうと東條夫妻が申し出たのだという。

「私たちは当時、近所に住んでいたので、東條さんがうちまで迎えにきて、荷物と一緒に乗せていってくれることになった。彼らの通勤ルートの途中にあたるからね、羽田は」

警察を呼ぶなら何も話さないと藪内が言うので、ひとまず通報は見送り、遠野警部への連絡も控えることにした。

「首都高速湾岸線に乗れば、道が混まなければ三十分程度で空港まで行けるはずですね」

「そうなんだ。そのつもりで本牧ふ頭の料金所に向かったんだが、途中で道路工事をしていて、迂回を指示された。迂回路に入ると、目の前を大型トラックがゆっくり走っていた。いきなりトラックの後部が開いて後ろに倒れてきて、東條さんは急ブレーキを踏んだけど、停まらずぶつかると思ったら——荷台がスロープ状になって、車が半分上ったところで停まったんだ。バックして逃げようとしたけど、今度は後ろから急接近してきた軽トラックが、まるで東條さんの車をトラックに押しこもうとするみたいにぶつかってきた。シートベルトを締めていたが、衝撃で私は気を失った。たぶん、その間に車はトラックの貨物スペースに押しこまれていたんだと思う」

聞きたいことは山ほどあるが、まずは藪内に好きなだけ喋らせるつもりだった。スモモは半分目を閉じて、藪内の話に耳を傾けている。眠そうに見えるが、たぶんあれは神経を集中しているのだろう。

「目が覚めると、羽田空港のロビーで椅子に腰かけていたんだ。スーツケースやビジネスカバンもみんな手元にあった。何もなくなっていなかった。飛行機のチケットは、カバンの上に置かれていて、私は片手をチケットの上に載せていた。気分が悪くて、もうろうとしていてね。自分がなぜそこにいるのか理解できなかったし、どこをどうやって空港に着いたのかも、まったく覚えていなかった。しかし、チケットを持って飛行機に乗れと、誰かが頭の中で言ったんだ。言われた通りにしたよ」

藪内がそこでため息をつき、話を中断させてしのぶとスモモの顔を見比べたので、しのぶは身を乗り出した。

「なぜすぐに警察に通報しなかったんです？」

「言った通りだ。記憶が失われていた。薬物でも打たれていたんじゃないかと思うが、ひどくぼんやりしていて、現実感がなかったんだ。雲の上を歩くような気分だったよ」

「いつ思い出したんですか。その朝のこと」

「ごく最近だ。オーストラリアに着いてから、私は何度か東條さんにメールを送ったんだ。いつまで待っても返事が来ないことに、不審の念を抱いたくらいでね。この前、オーストラリアから日本に戻ってきて、鷲田さんから彼らが行方不明だと聞かされて、あれこれ考えるうちに、はっきりと思い出したんだ」

「鷲田さんには、空港でおふたりを見たと言われたそうですね」

「うん、その時にはそんな気がした。以前、別の機会に見かけたのと混同したんだ。人間の記憶は、妙な働きをすることがある」

しのぶは藪内を観察した。姿勢の良さは、日中見かけた時と変わらない。中肉中背の体型が、姿勢のおかげでスマートに見える。意識を取り戻した時より、少しは落ち着いたようだ。

「今日の昼間にいらっしゃった時、なぜその話をしなかったんですか」

あの時から、藪内の態度はおかしかった。彼は戸惑ったように目を伏せた。

「――言いだしにくかったんだよ。目の前でご両親が誘拐されたのに、今までそのことを忘れていたなんて――。その告白をするために事務所の様子を見に来て、入る勇気がなくて外をうろうろしていたら、見つかっただろう。いざ桃花さんを目の前にすると――」

「私たちがいない時を狙って、深夜の事務所に不法侵入したのは？　どう言い訳されるおつもりですか」

「本当にすまなかった。実を言うと、昼間会っただけでは、彼女が本当にあの東條桃花さんかどうか、自信が持てなくてね。ほんの小学生の頃しか知らないから。事務所を少し探ってみようと思ったんだ。東條さんたちが行方不明になった時の状況を思い出すと、何かの犯罪に巻き込まれたとしか思えないだろう。だとすれば、いま東條桃花と名乗っている彼女だって、誰かが成りすましている可能性がないわけじゃない」

スモモは冷たい機械のような表情で半眼のまま、藪内の言葉には無反応だった。代わりにしのぶが目を吊り上げた。

「彼女は本物の東條桃花です。私が保証します。コンピュータ・セキュリティの専門家として警視庁に勤務していたこともあるし、警察官の知人も多いですよ」

こんな場合は、ハッタリだって必要だ。

「本当にすまなかった」

「ピッキングなんかどこで覚えたんですか」

「オーストラリアにいる時、砂漠に別荘を持っていてね。鍵を忘れても簡単には取りに行けない場所にある。自然に覚えてしまったよ」

本当か、と突っ込みたくなるのを我慢する。

「いくつか質問があります。まず、東條夫妻があなたを羽田空港まで送っていくことが決まったのはいつですか」

「たしか、三日前の夜だ。その日に出張が決まり、ワインパーティをキャンセルしようと電話した時に私がぼやいたんだよ」

「その件を知っていたのは誰ですか。誰かに話しました？」

「妻には話した。他は誰にも言ってない」

「奥さんに車で送ってもらうことはできなかったんですね？　タクシーを使うとか？」

「妻は運転免許を持ってないんだ。もちろんタクシーに乗っても良かったんだが、東條さんが送ってくれるというので、甘えることにしたんだよ」

「羽田空港は、東條夫妻の通勤ルートの途中にあると言われましたが、それは湾岸線を通る場合に限られます。ああいう企業の社長夫妻が、毎日同じルートで通勤するとは、セキュリティの観点から考えにくいのですが」

「言われてみればそうだな。あの日は私のために、湾岸線に乗ってくれるつもりだったのかもしれないね」

それが気になる点のひとつだった。

東條夫妻がランダムに通勤ルートを選んでいたとすれば――念のため、朝になれば執事の三崎に確認する必要があるだろう――犯人は、その日、彼らが湾岸線のルートを使うと知っていたことになる。でなければ、高速に乗る直前に迂回路を通らせるなんてことは不可能だ。毎日、同じ場所で待ち伏せしていたなら話は別だが、それでは誰かに目撃されるリスクが高くなる。

――この日、東條夫妻が羽田空港に行くという情報が、洩れた。

そう考えるのが自然だ。

「今の話を、警察でしてもらえますか」

藪内はうつむき、迷うように眉をひそめた。

「それは――うーん。正直、あまり気が進まないな。今さらこの話をしたからといって、警察の捜査が進むとも思えない」

「でも、見当はずれの捜査をしているなら、正しい方向に戻さないと」

「勘弁してくれないか。もし警察に話したら、私も妻も捜査に巻き込まれるだろう。勤め先は定年退職したが、私はこれから会社を起こすつもりなんだ。薬物を打たれて意識もうろうとしたまま飛行機に乗ったとか、一時、記憶喪失を起こしていたとか、こんな話が外部に洩れると外聞も悪いし――」

しのぶは凛と声を張った。

「東條ご夫妻のご友人だったんですよね。その程度の協力もできないとおっしゃるんですか」

もごもごと口の中で何かつぶやいた藪内が、やがて肩を落としてうなずいた。

「――そうだな。たしかにその通りだ。警察に話すよ」

「警察に伝えます。きっと誰かがそちらにお話を伺いに行くと思いますので、その節はよろしくお願いします」

しのぶが念を押すと、彼はしぶしぶうなずいた。

それ以上、藪内を引き留めておく理由もない。解放した時には午前五時になっていた。

藪内は、「あの変なロボットは何だったんだ、まだ腰のあたりがヒリヒリする」と、ブツブツこぼしながら帰っていった。

「さて――私たちもそろそろ、寝ましょうか」

スモモに声をかけたが、反応がない。

「ちょっと――スモモ？　もう寝るわよ？」

すーすーと寝息が聞こえてきて、しのぶは目を剝いてその場に凍りついた。

「スモモ――！　あんたいつから寝てたのよ！」

まったく、スモモの相手は疲れる。

電話の呼び出し音が鳴っている。

しのぶは目を閉じたままスマホを捜した。枕元にあるそれを指紋認証でロック解除し、ようやく薄目を開けて電話を取る。

「はい──もしもし」

かすれ声で応答した。時刻は九時二分になったところだった。

──勘弁してよ、五時すぎにやっと寝たのに！

ＩＴ探偵の仕事は、忙しくなればなったで、美容には最悪だ。

『「Ｓ＆Ｓ　ＩＴ探偵事務所」さんでしょうか』

低く落ち着いた男性の声だ。「Ｓ＆Ｓ」の後に、しっかり空白を置いたのもよくわかった。感じがいい。

「──そうですが」

寝たままの姿勢だと、声がくぐもる。まともに開かない目を無理やりこじ開け、ようやくしのぶはベッドに起き直った。どうやら朝から仕事の電話のようだ。

『私、赤坂の光顕病院で事務長をしております、横安と申します。突然のお電話で申し訳ないですが、パシフィック電装の鷲田部長から、そちらのご連絡先を教えていただきまして』

　いっきに目が覚めた。鷺田は以前、サイバー犯罪で困っている人がいれば紹介すると言ってくれたが、さっそく約束を果たしてくれたらしい。しかも病院の事務長とくれば、支払いも手堅いに違いない。

「鷺田さんにはたいへんお世話になっております。何かお困りのことでもございますか」

　よそいきの声を出し、スマホを耳と肩の間に挟んで、急いで着替えを物色した。

『実は、お電話でお話しするのもなんですので、事務所のすぐ近くまで来ております。もしよろしければ、これから伺いますが』

　心の中で悲鳴を上げた。

「——実は、ただいま近くをジョギング中なんです。すぐに事務所に戻って着替えますので、準備ができしだいお電話いたしますね。この携帯の番号でよろしいでしょうか」

　スマホの画面には相手の携帯電話の番号が表示されていた。

『はい、その番号で大丈夫です。突然伺って申し訳ありません。どうぞごゆっくり——』

「なるべくお待たせしないようにしますので。一階に『バルミ』という喫茶店がありますから、よろしければそちらでお待ち願えませんか。美味(おい)しいコーヒーが出ますよ」

　最後のひとことはよけいだった。

『ありがとうございます。実はもう、そのお店に来ておりまして——』

ということは、午前九時より前から「バルミ」でスタンバイしていたわけか。これは、よほどの危機が勃発(ぼっぱつ)しているらしい。

「病院内部の情報が、外部に洩れているようなんです」

事務所のソファに腰を下ろした横安は、電話の低い声からは予想外なほど、童顔で小柄な男性だった。額の汗をハンカチで拭きながら、前かがみになる。

「どういった情報が洩れているのか、詳しく教えていただけますか」

しのぶは向かい合って腰を下ろし、にこやかに尋ねた。そうしながら、これはひょっとすると、IT探偵というより普通の探偵事務所の出番ではないかとも思い始めていた。組織内部の情報が洩れている場合、そのルートはコンピュータやネットワークとは限らない。組織内にスパイがいる可能性もある。

横安からの電話を受け、急いでシャワーを浴びて着替えをすませ、手早く化粧をして髪を整え、「バルミ」で待機中の彼に電話を掛け直した。その間、二十分とかからない。女性の身支度はとかく手間がかかると言われるが、しのぶは支度が早いのが身上だ。スモモはこのまま寝かせておくことにした。ひとつ心配なのは、寝ぼけてパジャマ姿でぬっと部屋から現れることだが、声が聞こえていればそれはないだろう。

「今からお話しすることは、ご内聞に願えますか」

「もちろんです。探偵にも守秘義務がございますから」

「光顕病院は、前病院長の時代から、いわゆるセレブリティの患者様にご愛用いただいておりまして」

ははん、としのぶはひとり合点した。セレブという呼び方は聞こえがいいが、要するに富裕層の患者という意味だろう。

「あらかじめ登録された会員の患者様に対して、二十四時間三百六十五日、医療を提供するサービスがございます。ご多忙な政財界の著名人はもちろんのこと、俳優、プロ野球選手、角界の大立者、知識人――それはもう、超一流の皆さまがお見えになります。お察しの通り、そういう方々が当病院に強く期待されているのは、プライバシーが守られることでして」

「もちろん、そうでしょうね」

しのぶは重々しくうなずいた。

「アップル社のスティーブ・ジョブズ氏が、病気療養に入ると報じられた時には、アップルの株価が一時、六・五パーセントも急降下したそうですね」

「おっしゃる通りなんです。俳優さんやプロのアスリートの場合、イメージを壊すような病気にかかったことを、知られたくないというニーズもあるわけでして」

「契約にも支障が出るかもしれませんね」

「その通りです。——それほど大事なことなのですが、誰かが、当病院の入院患者の情報を週刊誌にリークしているようなんです」

　横安が丸顔に苦渋の表情を浮かべた。

「——それは深刻な話ですね」

　光顕病院に入院すると週刊誌にバレるという噂が広まれば、顧客の信頼はがた落ちではないか。

「こちらがその、週刊誌の記事を切り抜いたものです」

　茶色い革のカバンから、薄いクリアファイルを出してテーブルに置いた。しのぶはそれを手に取り、一ページずつめくってみた。

　週刊誌の記事は三種あり、記事ごとに几帳面な丸文字で、週刊誌のタイトルと日付が書き込まれている。見出しが派手なのは、どの記事も同じだった。アスリートの薬物依存症治療、ファンから神のようにあがめられるゲーム開発者の深刻な認知症、声を失う可能性のある俳優の病状——。

「拝見する限り、カルテの内容も洩れているようですね。記事の内容は正確ですか」

　横安が汗を拭く。

「そう、正確です」

　——ちょっとショック。

しのぶ自身も昔ファンだった年配の男優が、喉頭がんにかかっているという記事に、残念な気分になる。

「掲載された写真の中に、院内で撮影されたものはありそうですか」

病院内で撮影された写真があれば、撮影者が特定されて調査が進むかもしれない。

「それはないです。当病院のセレブ専用サービスについては広く知られておりますので、専用出入り口を監視すれば、どなたが病院を訪問されたかはわかります。しかし、治療の内容まではわかりませんからね」

「専用出入り口というのは、実際に監視しようと思えばできるんですか」

「いえ、会員患者様のプライバシーを守るため、専用出入り口は地下に設けております。車に乗ったままで地下通路に入っていただき、そこから院内の専用通路を通って病室や診察室へ出入りすることが可能です。一般の患者様とは区画を分けておりますので、実際には、監視は難しいと思います」

「――すごいシステムですね」

「ありがとうございます」

べつに誉めたつもりではなかったのだが、横安は頬を緩ませて頭を下げた。その誤解を無理に解く必要はない。

「治療の中身まで洩れているということは、どんな可能性が考えられるかということですね。ひとつひとつ潰していきましょう。病院スタッフから洩れた可能性はありますか」

「まず考えられません。といいますのは、記事に書かれている三名の患者様は、それぞれ別の科で診療を受けていました。当然、担当した医師も異なりますし、看護師も異なります。別の科の診療内容やカルテは、見ることができません」

「事務スタッフはいかがですか」

「この三件に関しては、カルテを確認しましたが、たまたま医療事務の入力担当者がそれぞれ別の者でした。これも、他人が入力したレセプトを見ることはできません」

「レセプトの承認をするのは？」

「私です。もちろん、私が洩らしたわけでもありません。これは信じていただくしかありませんが——。そもそも、事務長の私の立場では、病院が被害をこうむるとデメリットにしかなりませんし」

　横安がちょっと情けない表情になる。

「同様の理由で、病院長についても除外できると考えています。万が一、この件で病院が患者様に訴えられたりした場合、不利益をこうむりますから」

「たいへん失礼ですが、横安さんや病院長が、うっかりご家族にお話しされたという可能性もありませんね？　以前、金融機関の窓口の女性が、娘さんに俳優のプライバシーを明かし、それがインターネットに流れた事件が起きたことを思い出しまして」

「そのご心配は当然ですが、私は独身者で子どももおりませんし、誰にも話してはおりません。病院長もその点についてはありえないと言われてました」

「つまり、この三名の患者の情報をすべて入手することができたのは、病院長と横安さんのおふたりだけで、おふたりとも外部に洩らしていない、という理解でよろしいですか」

少々しつこく、しのぶは念を押した。

「おっしゃる通りです」

——ということは。

「光顕病院では、電子カルテを使っておられますか」

電子カルテとは、従来、紙で管理していた患者のカルテを、コンピュータを使って管理するための仕組みだ。

「ええ、使っています」

「横安さんは、電子カルテの情報が漏洩（ろうえい）しているのではないかと疑っているんですね」

横安が両方の眉を八の字に下げ、ため息をついた。

「そうでなければいいなと、心から願っておりますけどね」

「ハッカーの一番の標的が医療機関になったと言われはじめたのは、二〇一四年ごろからなんだよね」

横安事務長には先に赤坂の光顕病院に戻ってもらい、こちらは準備を整えてから追いかけると言ってある。もちろん、スモモを叩き起こして連れていくための言い訳だ。

運転をスモモに任せ、しのぶは話しながら頭の中を整理している。

「調べてみたら、二〇一二年から二〇一三年にかけて、医療機関を対象としたサイバー攻撃が増えてきてたのね。みんなを驚かせたのが、二〇一四年の米国の病院運営企業コミュニティ・ヘルス・システムズが、四百五十万人の患者の個人情報を盗まれた事件。クレジットカードの情報などは盗まれなかったんだけど、医療データって、ふつうの個人情報よりも高く売れるらしい」

スモモは何も言わず、聞いている。

「二〇一六年の初めには、ロサンゼルスの病院のシステムがランサムウェアに感染し、ハードディスクの内容を暗号化されて使えなくなるという事件が発生した。だいたいこのあたりで、一般の人たちも、そういう嫌らしいウイルスが流行してるんだ、と気づいたわけよね。病院側は、最終的にランサムウェアの作成者に『身代金』を百九十万円程度支払い、復号化のキーを受け取ったというので、そのことも話題になったね」

医療機関に対するサイバー攻撃というと、人工呼吸器などの遠隔操作を想像する人も多いが、今のところ現実に起きているのは情報漏洩事件だ。

話しているうちに、遠野警部から折り返しの電話がかかってきた。

『どうした、出原』

「藪内という人が、スモモの両親の誘拐現場に居合わせたと言うの。警察に話すと言っているので、連絡を取ってほしくて」

遠野警部に、藪内との会話を再現して聞かせる。

「東條家の執事の三崎さんに電話してみたら、やっぱり東條夫妻は、毎日、通勤ルートをランダムに変更していたって。セキュリティのコンサルタントに、そうするように指示されたんですって。ボディガードをつけるのは、おおげさだからって断ったそうだけどね」

『それはどういうことだ、ボディガードが必要な状況があったということか？』

「いいえ、一般的なセキュリティ指導だったみたい」

六時間程度しか寝ていないスモモは、まだ眠そうだった。ふだんは八時間、熟睡するタイプだ。子どものようによく眠る。

「——眠い」

スモモがハンドルを握りながらぼやく。

「ちょっとスモモ、しっかり目を開けて運転してよね。だいたい、あんたは藪内の話を聞きながら寝てたじゃない！」

むっとスモモがふくれっ面(つら)をした。

——スモモのふくれっ面なんか怖くない。

なんでも、睡眠不足だと、八時間眠った時よりもおなかがすいて食べすぎるから太るのだそうだ。今日は、バイトの笹塚透が現れる前に事務所を出てきてしまった。書き置きでお昼の用意を頼んだので、事務所に戻るのが楽しみだ。

『なんだ、なんだ、車の中でもめるなよ。――藪内の件は、わかった。神奈川県警に連絡して、担当者に話を聞きにいってもらうよ。誘拐の現場も神奈川なんだな』

「そうよ」

まったく、ちょっと境界線を越えただけで、警視庁だの神奈川県警だのとややこしい。

「そこの、表示が出てないほうの地下に向かう通路から入ってみて。そっちがセレブ専用通路らしいから」

通話を終え、スモモに指示をする。光顕病院のビルは、病院というより白亜のオフィスビルのようだ。スモモはスロープをゆっくり下り始めたが、すぐに鉄の柵にはばまれた。柵のそばにモニターがある。どうすれば前進できるのかとインターフォンなどを探していると、モニターが明るくなり、白衣の女性が映った。

『ようこそ、光顕病院へ。恐れ入りますが、お客様の会員カードをご提示願えますでしょうか』

なるほど、会員専用通路だと言っていたので、会員カードがなければ入れないらしい。しのぶは窓から顔を出した。

「すみません、こちらの横安事務長と面会のお約束をしております、出原と申します。こちらから入れると伺ったのですが」

『横安から、お伝えのしかたが良くなかったようで、申し訳ありません。少し先に、Pマークのある地下へのスロープがございますので、いったんバックして戻っていただき、そちらからお入り願えますでしょうか。恐れ入ります』

なんとも低姿勢だが、彼女はおそらくこの病院独特の「警備スタッフ」なのだろう。しのぶはうなずき、スモモに戻るように頼んだ。

——セキュリティには問題なさそうね。

知らない間にパパラッチが侵入して、患者の情報を盗んだわけではなさそうだ。電子カルテシステムのデータが盗まれた可能性が高いと気づいた時、しのぶは警察に相談するよう横安に勧めた。

(犯人を捕まえたければ、警察に相談されるのが一番ですよ。私たちでは手に入らない情報もありますから)

(いえ、今後、情報を盗まれなければそれでいいんです。むしろ、これまでの情報漏洩について風評被害をたてられるほうが、痛手をこうむりますから)

——サイバー犯罪の被害を受けた企業が事実を隠すのは、本来は好ましくないのだが。

「そこが入り口みたいね」

今度は一般の患者用の駐車場に車を停め、受付を目指した。今もこの病院には、セレブが入院しているのかもしれないが、一般の受付から入ると、まったくそんな気配すらない。ごく普通の、新しくて清潔な病院に見える。

「お待ちしておりました」

横安は言葉通り、しのぶたちの到着を待ちかねていたようで、二階の事務室にはすでに、電子カルテシステムのサーバーの前に、頼んでおいた資料が積み上げられていた。

事務室には十数名のスタッフが詰めており、レセプト入力や、電子カルテの補記などを行っているようだ。女性が八割を占め、残りの数名が男性だった。彼らは静かに自席のコンピュータに向かって何やら打ち込んでいる。

しのぶは腕時計を見た——午前十一時。

「今もずっと、院内で電子カルテを使い続けておられますよね。システムを止めることはできませんよね」

「そうですね。午後五時に外来受付は終わりますが、入院患者の診療はもっと遅くまでやっていますし、会員患者様からの診療依頼などは深夜でも受け付けていますから」

「電子カルテの利用をストップした状態で、ハードディスクをコピーしたかったのですが、それならこの状態で、今やってしまいましょう。全データをコピーして持ち帰り、調査させてください。こちら、承諾書です。ご署名と印鑑をお願いいたします。そしてこちらが、コピーデータの使用目的を私たちが限定し、漏洩させないという誓約書です」

横安が書類を確認し始める横で、スモモがするりとサーバーの前に座った。病院の電子カルテシステムを触るのが初めてで、興味津々なのだ。製品名を見てネットでチェックすると、シェアの高い大手メーカーの電子カルテ製品だった。

「スモモ、サーバーは外部と接続してる?」

スモモがコマンドプロンプトを立ち上げてコマンドを入力し、うなずいた。外部のネットワークにつながっているらしい。

「外部と接続があるのは、何か理由がありますか。クラウドにデータを保管していると か?」

「システムを作っている会社から、遠隔操作できるようになっているんです。時々、システムにパッチを当てたりするために」

パッチというのは、システムの追加機能やバグの解消などのために作られる小さな追加ソフトのことだ。

「ハードディスクをコピーして、ウイルスチェックをかけてみて。あと、通信監視も仕掛けておきたいわね。——横安さん、かまわないですか」

業務に使われるサーバーなので、横安も不安げだったが、利用目的を話し、最終的には同意してくれた。

スモモはコピーツールを取り出し、黙々と作業を始めた。こういう作業は任せておくのがいちばんだ。四種類のウイルスチェックソフトを用意しており、たいていどれかが目的のマルウェアをひっかけてくれる。

「遠隔操作の件ですけど、システムを制作した会社の人が、サーバーの管理者アカウントやパスワードを知っているということですか」

「ふだんは知らないんです。必要になった時に、こちらが最新のパスワードを教えます。彼らの作業が終われば、パスワードを変更するので、以前のものは使えなくなります」

「前回のシステム更新はいつでしたか」

「三か月前です」

「その前は？」

「一年ほど前でしょうか」

その情報は、記憶にとどめておくとしよう。横安から渡された記事は、一番初めの薬物依存治療を受けた元アスリートのものが半年前、次のゲーム開発者が二か月前、最新の男優は先週だ。

「記事を書かれた三人の患者さんですが、いつから入院されたかわかりますか」

「ええ、少しお待ちください」

横安が隣の席にあるパソコンを操作し、それぞれの電子カルテを呼び出した。それによれば、それぞれ記事に書かれる前の週あたりに入院していることがわかる。

――犯人は、いつでも好きな時に電子カルテシステムを監視できるのかも。

しかも、この露骨なやり方を見る限り、それがばれても痛くもかゆくもないと言っているかのようだ。

普通に考えて、犯人はこの電子カルテシステムにマルウェアを仕込み、入院患者の個人情報を抜いて、記者に売ってお金を稼いでいるとみるのが正しいだろう。

「横安さん。とりあえず、電子カルテシステムの情報が外部から盗まれた形跡があるかどうかを調べます。もし盗まれているようなら、再発しないように手を打ちます」

「お願いします」

横安が大きくうなずいた。

「犯人を特定するための調査も念のため行いますが、こういったケースの場合、犯人の特定には時間がかかることが多いですし、特定できない場合もあります」

「わかりました。覚悟しています」

犯人を警察に突き出す気がないのだから、その点は重要ではないのだろう。

「ちょっと電話をかけさせてください」

しのぶはスマホを取り出し、最近の記事が掲載された女性週刊誌の編集部の電話番号を調べてかけた。

「俳優の和邇良助さんの記事を書かれた、記者の方とお話ししたいんですけど」

『どちらさまですか』

「記事に書かれた情報の出所が、違法なものである可能性が高いのです。記者の方に詳しくお話を伺いたいのですが」

『弁護士さんか警察か何かですか？』

「いえ、違います」

『申し訳ありませんが、おつなぎすることはできません』

通話はあっという間に切れた。覚悟の上だ。情報源を簡単に明かすようでは、記者など務まるまい。しかし、念のために他の週刊誌にも電話をして、二誌めにも同じように断られた。一番初めにスクープを載せていた三誌めで、ようやく風向きが変わった。

『――ああ、あの記事は僕が書きました』

たまたま電話を取ったのが、記者本人だとわかり、しのぶは色めきたった。

「あの情報は、どなたかが持ちこんでこられたんですか」

『そちらは、どちらさまですか』

記事の掲載から半年も経過しているせいか、記者の態度は余裕たっぷりだ。

「探偵事務所の者です。ある筋から、違法な情報入手ではないかと指摘がありまして。失礼ですが、あの情報は金銭と引き換えに得られたものですか」

『どうしてそんなことを?』

「違法な手段で情報を入手した人間が、何度も同じことを繰り返している可能性が高いからです。あなたの記事で味をしめたんです」

記者が黙った。

「金銭を支払ったのでしょう? 相手に」

振込なら、犯人の口座番号がわかるかもしれない。

『——いや。お金なんか払ってません』

「しかし、対価もなくあんな情報を渡したりしませんよね。よほどの物好きでないと」

『お金じゃないんです。情報提供の見返りに、記事の一部でいいから自分に書かせろと言われました』

しのぶは一瞬、黙りこんだ。

——記事の一部?

「それはどの部分ですか」

『冒頭の十行ほどですよ。読んでみてください、明らかに僕の文章と違いますから。送る文書をそのまま使うという約束だったので、正直、雑誌に載せられないレベルの文章が届いたらどうしようかと心配してましたが、書き慣れた文体で、雑誌の記事としては少し違和感があるかもしれませんが、ほとんど修正も必要ありませんでした』

言われて、記事を読み返してみると、そういう目で見るからだろうか、冒頭の十行は若干、堅苦しい印象で、後の文章のほうが読みやすく軽いようにも感じる。

『ある程度はこなれてますから、ネットで文章を書き慣れた人かもしれないですね』

「やりとりはメールで？」

『メールですが、おっと、こちらからお話しできるのはここまでですよ。こちらにも取材源を守る義務がありますからね。もっとも、今も同じメールアドレスを使い続けているとも思えませんが』

「情報のウラを取らずに、記事を掲載したりはしないですよね」

『もちろん。その方法は明かせませんが』

後は、ほとんど情報を聞き出すことはできず、通話を切るしかなかった。

しのぶは、三件の記事を読み直した。犯人は、ひとつめの記事で冒頭十行を自分に書かせろと要求した。ということは、他の記事でも似た要求をした可能性がある。

じっくり読んでみると、最初は気づかなかったが、どの記事も冒頭の文体がほかより少し生硬(せいこう)だ。ひとつめは十行だったが、だんだん犯人の要求が厚かましくなったのか、三つめの記事では二十行近くが犯人の文章のような気がした。

記事の対象になっている三名の著名人について、何か複雑な思い入れがあるのかとも考えたが、特に彼らを毀誉褒貶(きよほうへん)する文章でもない。そういう感情的な偏りがある文章なら、記者も掲載を断ったかもしれない。

「――犯人の狙いは、お金じゃないいんだわ」

「ど、どういうことでしょうか」

横安がおずおずと尋ねる。

「自己顕示欲を満たすために、情報を洩らしているんです。犯人は、自分の文章が週刊誌に掲載されるのを楽しんでいるんです」


涼しげなガラスの深皿に、真っ赤なトマトの載ったパスタが盛られて出てくると、しのぶは待ちきれずにフォークを取り上げた。

「トマトとツナの冷製パスタです。暑いので、涼しくて口当たりのいいものが食べやすいかと思って。玉ねぎをスライスして、大葉のみじん切りと一緒に載せてます。出汁と醤油を混ぜたものをかけて、少し召し上がったところで、温泉卵を載せますね。マイルドになって、印象が変わりますから」

エプロンをかけた笹塚透が、スモモの前にも皿を差し出して説明した。スモモはとっくに、がつがつと食べはじめている。卵を載せる前に食べ終えてしまうかもしれないと不安になったのか、透が急いでキッチンに温泉卵を取りに行った。

「うーん、美味しい」

大葉の香りと玉ねぎのさっぱりした口当たり、シャクシャクした歯ごたえが、形が崩れるくらい熟れたトマトの濃い味と混ざり、食が進む。しのぶは真夏でも食欲不振にならないタイプだが、これなら夏バテの予防にも良さそうだ。

ハードディスクのコピーを取って、事務所に戻ったばかりだった。もう午後二時近くになっている。ジャスティス三号は、いつもと同じように、事務所の中をのんびりと徘徊している。

スモモのパスタに温泉卵を載せてやり、こちらにも器に入ったものを渡したあと、自分の皿を持ってきて食べはじめた透を見て、しのぶはフォークを動かす手を止めた。

「ちょっと、透。私たちにつきあって、食事の時間を遅らせることはないのよ。食べざかりなんだし、先に食べればいいんだから」

「みんなと一緒に食べたほうが美味しいですから」

——泣かせるじゃない。

とは言わず、しのぶは舌打ちして透を睨み、水をぐいと飲んだ。

「す、すみません」

何をびくついているのか、透がおどおどして謝る。

「家族ってわけじゃないんだから、みんなと一緒にだなんて、気持ち悪いこと言わないでよ」

「は、はい。僕はただ――」

「いい？　あんたを事務所に置いてやってるのは、美味しい食事を作るからよ。料理の腕だけは認めるわ。でなきゃ、あんたみたいな色気ざかりの若い男の子なんか、女所帯に置いておくわけがないでしょ。わかってる？」

「い、色気ざかりじゃないです、僕！　し、しのぶさんたちのことは心から尊敬してますし、そ、そんな、変なことなんて――」

透が真っ赤な顔で反駁するのに、しのぶはフォークを振り立てた。

「あら、本当？　私の目を見て言ってごらん。本当に、ただの一度もいやらしいことを妄想したことがない？」

「ないです、な――」

あっという間にぺろりと食べ終えたスモモが、皿とグラスを持って立ち上がる。透の顔の横をスモモの豊かな胸が通った瞬間、透がうかつにもそちらに視線を送って、食べたばかりのトマトよりも真っ赤になった。

「な、なななななな」

しのぶはため息をついた。

――面白いやつ。

まあしかし、純情な青少年をからかっていても仕事は進まない。食べ終えた食器を流しに運んだ。この家にはまだ、食器洗浄機がないのだ。

事務所に戻ると、スモモはさっそくコピーしたハードディスクをウイルスチェッカーで調べ始めていた。情報漏洩の痕跡と経路を調べるのは彼女に任せるとして、しのぶは犯人捜しをするつもりだった。

「自分の文章が雑誌に載るのを喜ぶような奴が犯人なら、絶対にインターネットでも持論を展開してるわね！」

「ブログとかですか？」

透が果敢に仕事に首を突っ込んでくる。

「そう。ブログやマイクロブログ、ＳＮＳ、そういうのを使って、情報を発信せずにはいられないタイプね。その中には、週刊誌に売ったのと同じネタが含まれる可能性もある」

「どうやって捜すんですか」

「犯人が書いた週刊誌の冒頭の文章を、ネットで検索してみるの」

さすがに、すぐには見つからない。記者は犯人の文章をほぼそのまま使ったと言っていたが、素人の文章だ。多少はプロの手が入ったのかもしれない。

抜き出す範囲を絞り、短い言葉をいくつか組み合わせて検索してみる。記事に取り上げられた著名人の名前を入力すると、検索結果がぐんと増える。無関係なページが何万と表示されるので、捜しにくい。

「和邇良助、ガン、光顕病院、入院」

これだけキーワードを入力しても、結果は十万件も表示されるのだ。2ちゃんねるや「まとめサイト」、バイラルメディアと呼ばれるページなどが、同じニュース記事の文章を何度も転載するものだから、始末が悪い。

それでも、三名の名前と光顕病院をセットで検索するなど、工夫するうちに、三名の入院について記事を載せたり、感想を書いたりしているブログがいくつか見つかった。記事の日付は、週刊誌に記事が掲載された日よりも後になっている。

「うーん。みんな犯行とは無関係か、犯人はよっぽど慎重で悪賢いか、ね」

「ウイルスいる」

いきなりスモモが言ったので、ハッと顔を上げる。

「見つかった？」

スモモの後ろに回り、彼女が見ているモニターを覗き込んだ。

「トロイの木馬の亜種だね」

四つ利用しているウイルスチェッカーのひとつが、ウイルスの存在を報告している。

「トロイの木馬ですか」

透が覗き込んできた。こちらの仕事にも少し興味が湧いてきたらしい。

「そう。システムに常駐して、任意のファイルをネットにアップロードするタイプのマルウェアね。これで、電子カルテシステムから情報が洩れたことは、ほぼ確実になった」

しのぶはパンと両手を打ち合わせた。

「OK、それじゃ、このウイルスが実際にデータを漏洩させた痕跡を調べよう。データのアップロード先もね。あと、感染経路も調べてね。念のために、他にマルウェアがいないかどうかもチェックして」

スモモが黙々と作業にとりかかった。

「あっ、そうだ。電子カルテのデータベースを検索してさ、和邇さんみたいな有名人が、他にも入院してないか調べてくれない？」

一瞬、スモモが、いかがわしいものを見るような目をこちらに向けた。

「違う！　好奇心とかじゃないから。ほんとに調査に必要だから」

スモモがパソコンの操作に戻る。

三百人ほどの入院患者の一覧はすぐに出たが、スモモの手はそこでぴたりと止まった。

「どうしたのよ？」

「――有名人？」

――しまった、彼女が俗世間にまったく興味がないことを忘れていた。

「わかった、私が見る。和邇さんは、今も入院中みたいね。あの病院なら、著名人は和邇さんと同じように、ＶＩＰ待遇を受けてると思うのよね。どこかにその印があるんじゃないかな」

「ＶＩＰ？」

「うん。あ、これだ。あった」

ＶＩＰフラグで絞ると、残った患者は十六名だ。光顕病院は、ＶＩＰ会員の患者について、詳しいプロフィールも作成していた。巨大企業の取締役社長、裁判所の判事、国会議員、今は経営から身を引いているが、会社を創業した元社長――。

「いずれ劣らぬ大物みたいだけど、和邇さん以外は、一般に名前が売れているわけでもなさそうね」

念のため、和邇以外の十五名について、ネットで氏名と「入院」というキーワードで検索すると、何件かヒットしたが、内容を読んでも事件とは無関係のようだった。

「個人情報を覗き見するのは、良くないですよ、しのぶさん」

透がしかつめらしく言う。

「わかってるわよ。だけど、これも仕事なんだから。ああ、ほとんどは検査入院や人間ドックの受診なのね」

「病気ではないんですか」

「半分くらいはね。高齢者が多いから、骨折がふたり。後は何かの病気を抱えてる。あら、この社長さん、重いすい臓がんみたいね」

「この会社なら、僕でも知ってます」

「そりゃそうでしょ」

　国内家電メーカーの中でも、トップクラスの売り上げと収益を誇る企業だ。特に今の社長がその地位に就いてから、アジアにおける新しい市場開拓に成功し、会社の業績は絶好調で、社長の手腕は高く評価されている。その社長が、すい臓がんで余命は三か月と診断を受けたというのだ。

「もし、病状の重さが公表されたら、大変なことになるかも」

　アップルのジョブズ並みにとまではいかないだろうが、株価も下がるかもしれない。いくら調査のためとはいえ、こういった情報を一般人が知ってしまうことは好ましくはない。もし自分がこの情報でひと儲けしようと思えば、情報が洩れる前に企業の株を空売りして――。

「ああ！　ひょっとして」

「どうしたんですか」

「犯人が、週刊誌に金銭を要求しなかったことが、引っかかっていたの。一般的に、情報を盗む奴らは、データを売るの。お金になるから。光顕病院の患者さんは、著名人や裕福な人間ばかりでしょう。適切な相手に売れば、けっこうな大金に化けるかもしれない」

「しのぶさんたちは、そんなデータを持っていても、売ったりしないんだから感心です」

「あのねえ」

生意気盛りの透を睨む。

「ハッキングってのも、簡単なことじゃないの。技術がいるし。ウイルスに感染させる前に、まず標的を選ぶ必要があるの。光顕病院を狙うと決めるでしょう。そうすると、内部にどんなコンピュータがあるか、まずそこから調査しないといけない」

「そんなに面倒なんですか？」

「そう。電子カルテシステムのサーバーを特定できれば、ターゲットをピンポイントで狙い撃ちするの。時間がかかるんだから」

「犯人も、かなりの腕前ってことですね」

「そうね。ひょっとすると、情報の内容そのもので稼いでいるのかもしれない。株の空売りでもしているか、それとも――」

「ログ、消してない」

スモモのつぶやきを聞いて、また彼女の作業に視線を落とした。しのぶと透のやりとりをよそに、自分の仕事を続けていたらしい。

ログというのは、ソフトウェアの行為を記録したデータのことだ。スモモが見つけたのは、マルウェアが入院患者のデータベースを検索し、それをネット上の誰かに送信した形跡だった。

「このマルウェア、二十四時間ごとに、データを送信するのね」

「次は午前一時」

スモモが時計をちらりと見る。

「データの送り先は？」

送信のログも消していない。送り先のアドレスが丸見えだった。犯人は、自分の痕跡を消す努力をしていない。何もかもが、これみよがしでずさんだった。

「ひょっとすると、光顕病院は最初の被害者ではないかもしれない」

「どういうことですか？」

「犯人は、他の病院をターゲットにして、個人情報を盗んで利用したことがあるんじゃないかな。それなら、セレブ専用の会員制病院が、こういう時に気軽に警察に相談できないことにも気づいていると思う」

「そうか、警察の捜査は入らないと思ってるんですね」

「被害者の弱みにつけこんでるわけ」

しのぶは軽く唇を嚙んだ。

「光顕病院で、これ以上の情報漏洩が発生しないよう食い止めるのは、難しくないんだけど——」

「そうなんですか」

「そう。サーバーからウイルスを除去すればいいだけだから。サーバー以外のコンピュータも、ウイルスに感染している可能性があるので、調査を行う必要はあるけどね」

それに、病院に対しては、情報セキュリティ対策の外部委託を提案したほうがいいだろう。委託先がしのぶたちであればなおよいが、今後もしそういった外部委託案件が増えることになれば、しのぶとスモモふたりでは人手が足りないから、仕事をセーブするか、要員を増やして——。

しのぶはそこで、ハッと我にかえった。

——いやいや。まだ夢を見るのは早すぎる。

「とにかく、光顕病院の情報漏洩は、それで食い止められる。問題は、このまま犯人を放置するかどうかってこと」

横安の意向通りに放置すれば、犯人はきっと別の病院で犯行を繰り返すだろう。また新たな被害者が出る。

デスクに置いたスマホが鳴りだした。遠野警部からだ。

『神奈川県警から問い合わせがあった。藪内の住所に行ってみたが、本人は昨日の夜から帰宅していないそうだ。奥さんも、連絡が取れなくて困っていたそうだ』

「——昨日の夜からずっと？」

昨日の夜はこちらの事務所にいたが、それからどこに行ったのだろう。

『そっちにも一応、報告しとこうと思ってな』

「ありがとう、警部。助かる」

『だから、そっちに行った時は、「バルミ」のコーヒーくらい奢れや』

遠野警部の要求に、しのぶはぷっと吹き出し、和やかに笑って通話を切った。

――それにしても、藪内は気になる。

スモモがこちらをじっと見つめていた。

「なんでもないわ。藪内の家に警察が行ったけど、本人はいなかったって。また状況を知らせてくれるそう」

「――」

こくりとスモモが子どものようにうなずく。こんな時の、こちらにまかせきったような彼女の表情には、胸をつかれるものがある。

「――さあ、夜までに光顕病院のサーバーからウイルスを退治しないと」

感傷的な気分を振り払い、手を叩いた。

「スモモ、犯人がサーバーから盗んだデータのサンプルをいくつかと、盗むときにデータベースに発行したSQLを、私に送ってくれる？　データのフォーマットを見たいの」

ＳＱＬとは、データベースから情報を引き出したり、書き込んだりするときに使う命令文のことだ。

「——？」

スモモがけげんそうな表情になったが、言われた通りすぐデータを送ってきた。

入院の日付、患者の氏名、勤務先名、役職名、緊急連絡先の電話番号、診断された病名を新しいものから三件、それに詳しい病状についての医師のコメント。だいたい、一度に送信している件数は、十件から三十件の間だった。それが、光顕病院にその時点で入院している会員患者の人数だ。

——なるほどね。

これなら偽造は難しくない。

子どものころにしのぶも大好きだった二枚目俳優の和邇良助が重病だと、こんな形で知らされるとは思わなかった。正直、知りたくなかった。他人の夢を勝手につぶすなんて、ひどい話だ。

しのぶは微笑(ほほえ)んだ。こんな悪さをする奴を、野放しにするつもりはない。

「そんな記事、どの週刊誌にも載ってないぞ」

店に置いている週刊誌の目次をざっと見比べ、「バルミ」のデラさんが不審げに眉を寄せている。しのぶはカウンター席で高く足を組み、にんまりと笑った。

「そりゃそうよ。デマだもん」

「はあ、デマ？　なんだそれ」

デラさんは、あいかわらず暑苦しい顔をしかめ、ぶ厚い肩をすくめて週刊誌をみんな閉じた。

「病院の電子カルテシステムをハッキングした犯人を懲らしめてやるの」

「バルミ」の日替わりブレンドコーヒーは、デラさんの趣味みたいなものだ。毎日、ブレンドする豆の比率が変わるのだが、今日はモカの比率を上げたようで、女性が好きそうな酸味の強いコーヒーになっている。

光顕病院の電子カルテシステムをはじめ、他のコンピュータに潜んでいたウイルスも、スモモと手分けして除去を行った。

もう情報が盗まれる恐れはないのだが、しのぶはそれだけでは気が済まなかった。犯人に罠をしかけたのだ。

「光顕病院とは何の関係もない著名人が、今まさに光顕病院に入院して、死にかけてるようなデータを偽造して、犯人が受け取るはずだった時刻に送ってやったの」

——それも、ここ一週間、毎日。

今夜から、データ送信はストップする。

「どうしてそんな真似を？」

デラさんが、洗ったカップを拭きながら顔をしかめる。

「犯人は、有名な俳優などについては、週刊誌に情報を売るらしいの。対価はお金じゃなくて、記事の一部を自分で書かせてもらうのね。それとは別に、一流企業の役員などの情報を利用して、株の空売りでもやってるんじゃないかと思うの。こっちは、私の推測でしかないんだけどね」

「そこに、偽(にせ)の情報を送ると――」

「週刊誌に情報と記事の一部を売り込むけど、週刊誌は情報のウラを取るから、完全なガセネタだと判断されて、記事は載らない」

「いったい、誰の偽情報を送ったんだ」

しのぶはカウンターに身を乗り出し、内側にいるデラさんの耳に唇を寄せた。囁(ささや)いたのは、日本人なら知らない者などいないはずの、国民的人気を誇る若手男優の名前だった。

「おまえ、悪質だなあ。その俳優が余命三か月だって?」

「そう。実は今ちょうど、海外で映画の撮影に入っていてね。しばらく日本でテレビ番組に出ないはずだから、犯人が芸能情報に詳しくなければ気がつかないと思って」

「へいへい、芸が細かいことで」

デラさんがむっつりと唇を曲げる。しのぶたちの保護者だと公言してはばからないデラさんだが、それだけに、彼女たちが曲がったことをするのは嫌いなのだ。

しのぶは肩をすくめた。

「だって、こうでもしないと、犯人は次々に別の病院をハッキングして、被害者を増やしていくじゃない。こんなことをしても無駄だと思わせないと」

「しかし、おまえのことだ。偽造したデータは、それだけじゃないんだろ」

「もちろん」

弁護士会の名簿から、高齢の弁護士の氏名を抜き出して、ふたりほど「余命三か月」にしたてあげた。もし、犯人が彼らについておかしな噂を流せば、弁護士事務所が黙ってはいるまい。

あとは、国内のIT産業で、最高の勝ち組ともいえる企業の創業家オーナーが、事故で瀕死(ひんし)の重傷を負い、危篤(きとく)状態で入院中だという情報も入れておいた。企業は善後策が決定するまで事故の情報を極秘にしているが、回復の見込みはなく、植物状態で生き延びることができれば奇跡だという医師のコメントも添えておいた。その創業家オーナーはツイッターのアカウントを持っているのだが、以前からスタッフが書き込んでいるという噂がある。今朝、しのぶが確認した時も、播磨灘(はりまなだ)で釣り船に乗っているとツイートしていた。写真がなかったのがもっけの幸いだ。

ワンマン社長だけに、こんな情報が流れれば、企業の株価は大きく下がるだろう。

「ま、犯人がどう出るかによるけどね。犯人が偽情報をネットで流したりして株価が動けば、株価操作の疑いで証券取引等監視委員会が調査に入るかもしれないし。そうなったら面白いんだけど。まあ、すぐには結果が出ないでしょうねえ」

「おまえも悪い奴だなあ」

デラさんが呆れたように呟いた。

「せっかく、任務完了お疲れさんと、ねぎらってやろうと思ったのに」

「まあね。光顕病院の仕事は、これで一応完了なんだけどね」

「で、病院のほうはどうなったんだ。今回は、しっかり稼いだんだろうな」

「――」

――嫌なことを思い出してしまった。

しのぶは顔をしかめ、そっぽを向いた。

「なんだ、ダメだったのか?」

デラさんがにやにやしている。

「違うわよ。情報漏洩の事実を突き止めて、きちんとウイルスの除去もして、漏洩を防いだんだから、ちゃんと感謝してもらって、料金もいただきましたよ」

今月の家賃も無事に支払えるし、仕事の内容だって、どんどんIT探偵らしくなっているではないか。

――しかし。

気に入らないのは、今後のセキュリティ対策について提案した時だった。

（お気遣いありがとうございます。それについては、もう別のセキュリティコンサルタントに委託しましたから）

にこにこしながら、横安が口を滑らせたのだ。彼女がむっとしたことに気づいたのか、彼はさらにえびす顔になり、しのぶが持参した提案書を一応受け取り、目を通してまた返事をさせてもらうと言った。

――まあ、口先だけだろうけど。

要するに彼は、既に起きてしまった情報漏洩を、黙って隠蔽してくれる「ＩＴ探偵」が欲しかったわけだ。まともな情報セキュリティ対策については、一流のセキュリティ企業に頼むのだ。

――そりゃ、うちはまだ実績がないし、一流ともいいがたいけど。

よく考えてみれば、この扱いはひどい。考えるうちに腹が立ってきた。

「腐るな、妬むな、投げ出すな」

デラさんが煙草に火をつけ、歌うように言った。この店はすべて喫煙席だと言ってはばからない男だ。

「仕事ってのはそんなもんさ。どれだけ一生懸命やっても、九十九パーセントは報われねえんだよ。だけど、報われないからってふてくされたり、他人のせいにしたり、諦めたりする必要はないんだ。だって、そのうち誰かが、そいつが頑張ってることに気づく時が来るかもしれねえんだからな。残り一パーセントが、いつか来るのさ」

「いつかって、いつよ」

しのぶは口を尖らせた。デラさんが肩をすくめ、にたりと唇をゆがめる。

「だから、いつかだよ。仕事を辞めるころになって急に、その一パーセントが来たりするのかもしれん」

「そんなの意味ないじゃん！　──まったく、もう」

デラさんが豪快に笑った。

彼がもともとどんな商売をしていたのかは知らないが、このたくましい体格から見て、自衛隊や警察にいたのではないかと想像している。報われない仕事で心が折れそうになった経験が、彼にもあるのだろうか。

「スモモはどうしてる？」

「遠野警部と一緒に、神奈川の知人を訪問してるの。スモモのご両親が行方不明になった経緯のことで」

「こんなに何年も経って、新しい情報が飛び込んできたのか？」

デラさんが目を丸くしている。

藪内は、あれから一週間経っても、自宅に戻らなかった。少なくとも藪内の妻は、戻っていないと言っている。

神奈川県警はもてあまし、遠野にその旨を告げて、できれば直接、話してくれないかと遠回しに頼んできたようだ。遠野は今朝、スモモを連れて車で神奈川に向かった。藪内夫妻は横浜のマンションに住んでいるそうだ。

——藪内は、逃げたのかもしれない。

しのぶたちに話したことが真実かどうかもわからない。

「しかし、おまえもよくスモモの面倒を見てるよな」

デラさんが煙草を灰皿に押しつけた。しのぶは足を組み替え、メガネを指でくいと押し上げた。

「なあに、見かけによらずと言いたいわけ？」

「んなこと言ってねえ。うちの三階に、若い女がふたりで探偵事務所を開くって聞いた時には、正直、どうなることかと思ったが。意外とうまくやってるじゃないか」

「意外とで悪かったわね」

スマホがポケットで震えはじめた。遠野警部からだ。

「——はい」

『出原、すぐ横浜に来られるか』

「これからすぐ？　どうしたの」

遠野の声が、いつになく緊張している。

『藪内が、遺体で見つかった』

「遺体？」

『横浜港に浮いてたのが、今朝引き上げられたんだ。死後一週間程度らしい』

死後一週間なら、しのぶたちの事務所を出て、それほど時間をおかず死んだのかもしれない。とりあえず事態を整理しようと、頭に手をやった。

「港で遺体発見って――自殺なの？」

『後頭部に傷がある。鈍器で殴られたか、海に飛び込んだ時にぶつけたのかは、まだわからないそうだ』

それでな、と遠野が性急に言葉を継いだ。

『藪内の遺体に、栗色の毛髪が残ってたんだ。ちょうど、スモモの髪と同じような色だ。俺たちが藪内の話を聞きたいと言ってたこともあって、こっちの警察がスモモに興味を持っていてな。いま事情聴取を受けてる』

「――なんですって」

耳を疑うような言葉に、しのぶはカウンターに手をついて立ち上がっていた。

スモモほど事情聴取に不向きな人間はいない。なにしろ自分で言葉を使って話す手間を省こうとするのだから。下手をすれば、とんでもない誤解を招くかもしれない。

だいたい、藪内は事務所の床に転がっていたのだから、スモモやしのぶの髪が衣類にくっついていても、何の不思議もない。

──もし、そんなことでスモモが疑われるようなことになったら。

「警部がついていていながら、何やってるのよ！」

『いや、事情聴取といっても、スモモの両親のことや藪内が事務所に現れた時のことを聞いているだけだから、心配はいらない。もともと、スモモがコンピュータの技術者として警視庁にいたことも話してあるし、元警察官としてきちんと扱ってもらってるよ。だが、あいつのことだから──わかるだろ。言葉が通じないんだ。警察官も困ってる。出原が来て、通訳代わりに説明してやってくれよ』

──んもう！

頭から湯気が出る気分で、しのぶは通話を切った。

藪内の証言で、スモモの両親の失踪事件の捜査が、少しは進展するかもしれないと期待したのに、とんでもないことになったものだ。

第五話　勝負はこれからでしょ！

元は高級マンションだったのかもしれないが、築三十年を超えて老朽化が進んだエレベーターに乗り、しのぶは階数表示を見上げた。

「――五階建ての二階ですって。階段でも良かったわね」

「うるさい、老体をいたわれ」

遠野警部がぶつくさ言ったが、スモモは周囲の湿気た臭気をかぐように、フンフンと鼻を鳴らして顔をしかめただけだった。

――藪内は、こんなところに住んでたのね。

スモモの両親の友人だった藪内が、横浜港で遺体となって見つかり、スモモが事情聴取を受けているというので、しのぶも横浜に飛んできた。警察署に着いて目にしたのは、取調室でスモモを相手に、鼻の下を伸ばしている警察官たちだった。

（いやあ、彼女、どうして辞めちゃったんですかね？　ネットワークセキュリティのわかる人なんて引っ張りだこだし、ミニスカポリス、似合いますよね？）

スモモは取調室でも半分眠ったような顔で、ぼんやりしていた。ちなみに、現役の警察官時代に、彼女がミニスカートの制服を着たことなど、一度もない。

スモモの説明が要領を得なかったので、行方不明になった東條夫妻の件から藪内の失踪まで、すべてしのぶが解説する羽目になった。藪内が事務所に侵入し、床で倒れていたことも話したので、彼女らの毛髪が衣服についていたことも納得してくれたようだ。

（知人の事務所に、どうして侵入したんですかね？　それに、どうしてそんなところで気絶していたんでしょうかね？）

（本物の東條桃花かどうか確かめるためだと話していましたが、私たちにもよくわかりません。通報しようかと思いましたが、いちおう彼女の知人なので、警察沙汰にするのもどうかと思って、話をして帰らせました）

藪内が死んだのは、しのぶたちの事務所を出てから一日以内と見られているそうだ。

事情聴取がひと通り終了すると、彼らはあっさりスモモを解放してくれた。藪内が死んで手がかりを失ったので、藪内の自宅を訪ねてきたというわけだった。今は、残された妻がひとりで住んでいるはずだ。

「――まあ、いないかもな。今朝、亭主の遺体が見つかったばかりだ」

遠野警部がぼやいている。せっかくスモモを連れて横浜まで来たのに、無駄足になりそうだ。

インターフォンに応答したのは、男性の声だった。遠野警部が事情を話し、警視庁だと名乗ると、いかにも不安そうな小太りの中年男性が玄関のドアを開けてくれた。

「母は、ショックで参ってまして。さっき警察から帰ってきて、休んでいます」

「藪内さんの息子さんですか」

「そうです」

藪内の息子は、遠野の後ろにいるしのぶとスモモに気づくと、目を瞠(みは)った。四十代だろうか、白いポロシャツにベージュのパンツという、ゴルフにでも行くようなカジュアルなかっこうだ。眉のあたりが藪内に似ているような気がしたが、姿勢や体格は父親のほうがずっと良かった。

「こんな時に申し訳ないのですが、お母さんが無理でしたら、息子さんからお話を伺えませんか。彼女——東條桃花さんのご両親が、十年以上前に行方不明になっているんです。お父さんの件にも関係あるかもしれません」

遠野が粘り強く交渉している。

「父の件と言いますと、どういうことでしょうか。警察の人は、酔って足をすべらせた可能性が高いと言ってましたが」

息子が怪訝(けげん)そうな表情で首を傾(かし)げた。

「もう検視の結果が出たのですか」

「血中のアルコール濃度が高かったそうです。海に落ちる前には、まっすぐ歩けないくらい酩酊(めいてい)していただろうと」

——そんなの、信じられない。

しのぶは眉をひそめた。アルコール濃度ぐらい、血管に直接注射すればどうにかできるだろうし、無理やり酒を飲ませることだってできたかもしれない。

「お父さんは、つい最近までオーストラリアで仕事をされていたそうですね」

遠野警部は、時間を無駄にせず、このまま息子から事情を聞くことにしたようだ。

「ええ、最初は国内の商社の社員として、向こうの支社に出張したんですが、転勤が決まるとすぐ、現地の会社に転職してしまいましてね。知り合いがいたらしいんです。僕はこちらで仕事があったので、ついていきませんでしたけど」

「転職されたとは、知りませんでした」

藪内も、藪内を紹介してくれたパシフィック電装の鷲田も、彼が中堅の商社に勤務していて、定年退職したと話していたはずだ。

「藪内さんは、こんな証言をされていまして」

遠野警部が語って聞かせたのは、東條夫妻に羽田空港まで車で送ってもらう途中に起きた拉致事件の話だった。息子は目を丸くして聞いていた。

「そんな話、初耳です。母も知らないと思います」

「お父さんから、東條夫妻について聞いたことは？」

「両親の友達ですから、話は聞いてましたよ。ワインを一緒に飲む仲でした。母もホームパーティに参加していたと思います」

「お仕事上のつきあいはあったんですか」

「さあ、そこまでは知りません」

「オーストラリアに出発する前後の、お父さんの様子はいつもと同じでしたか。日本に戻ってきてからはどうですか」

「特に何も。いつもと同じでしたけどね」

「お父さんが先日退職された、オーストラリアでの勤務先を伺っても？」

「ええ、もちろん」

いったん中に引っ込み、父親の古い名刺を持って戻ってきた。

「ガリー貿易、ですか」

「ガリーというのは、アボリジニの言葉で『水』という意味だそうですよ」

息子から得られる情報は、これまでに得た以上のものではなさそうだ。両親がオーストラリアにいた間も、彼は日本にいたのだから、無理もない。

しのぶは、遠野警部が次の質問を考えている隙に、一歩前に進み出た。

「すみません、『S&S　IT探偵事務所』の出原と申します。今でなくてもけっこうですが、もしさしつかえなければ、お父さんがお使いになっていたパソコンや、携帯電話、カメラや手帳、日記などを見せていただくことはできませんでしょうか」

　さすがに戸惑っているようだ。

「携帯電話はポケットに入っていたので、水浸しになって壊れたんです。ほかは、母に聞いてみないと――」

「もちろんです。もし見せていただけるようでしたら、こちらにお電話をくださいませんか」

　さりげなく名刺を渡しながら、息子の目をじっと見つめた。

「彼女の両親を拉致した人間が、あなたのお父さんも殺したのかもしれません。なんとかして突き止めたいと考えています」

「殺した――？」

　息子はハッとしたように息を呑んだ。

「おい、言いすぎだぞ、出原」

　遠野警部に止められた。警察はまだ、藪内の死を事故死、自殺、他殺、いずれの線でも断定はしていない。

「待ってください、父は殺されたんですか？」

　藪内の息子が、嚙みつくように尋ねた。

「いや、警察はまだ――」

　遠野警部が否定しようとする言葉にかぶせるように、しのぶは割りこんだ。

「私はそう疑っています。こんなことは言いたくありませんが、亡くなる前日の夜、お父さんはうちの事務所に侵入したんです。私たちに見つかった後、彼女の両親が拉致された事件について、警察で証言すると約束してくれました。その直後に、海に落ちたんです」

「そんな――」

息子には衝撃だったに違いない。

潮時だった。遠野警部が礼を言い、藪内家から離れた。妻子は事件について何も知らないようだ。彼らにしてみれば、父親が殺されたと言われた上に、昔の拉致事件にも関わりがあったと言われれば驚く。遺体が警察から戻れば、通夜や葬儀の手配も必要になる。何も考えられないほど多忙なはずだ。

――藪内が死んで、行き止まりかも。

しのぶはため息をついた。しのぶたちの調査を阻止するために、誰かが藪内を殺した可能性もある。

「日本とオーストラリアの時差はどのくらいだ?」

受け取った名刺を見ながら、遠野が尋ねた。彼はまだ、やる気を失っていないらしい。

「オーストラリアのどのへんかによるわね」

マンションの駐車場に下りていく。そこに、遠野警部の車を停めてあった。

「シドニーだ」

「それなら時差は一時間。今ごろ、向こうは午後五時くらいね」

「かけてみてくれ。俺は英語が喋れん」

ぬっと名刺を渡された。米国の大学に留学し、米国企業に勤務した経験もあるしのぶにとっては、もっけの幸いだ。自分で直接、調査することができる。

受け取った名刺には、ガリー貿易という会社名が英語で印字されていた。国際電話の料金がかさむが、スモモの両親の件を調査するためだ。それに、ここしばらくまともな事件をいくつか引き受けたおかげで、事務所の預金口座も珍しく潤っている。

──これも必要経費よ。

携帯電話で名刺の電話番号にかけると、女性が出た。いわゆるオーストラリアなまりの英語だ。受付らしい女性に、藪内が勤務していた部署に転送してほしいと頼む。

『ヤブウチという人は、当社におりません』

「つい最近、定年退職したと聞いたんですが」

『ですが、年明けに作成した名簿にも載っていませんので』

──そんなばかな。

名刺に書かれた部署名なども説明したが、相手の答えは変わらなかった。

「藪内という人が、そちらで働いていたことがあるかどうか、わかりませんか」

『いつですか？』

「十年以上前からだと思いますが」

相手は困ったようにため息をついた。

『すぐわかるかどうか。お答えしていいかどうかもわかりません。そちらのお電話番号を教えていただけますか』

日本からかけていると告げて番号を教えると、驚いた様子だった。藪内が亡くなったこと、つい先日までガリー貿易で働いていたと説明していたことなどを話すと、だんだん不安を感じたようで、調べて折り返すと言った。

電話を切り、しのぶは唇を嚙んだ。

「藪内は、やっぱり東條夫妻を拉致した犯人と、グルだったのかもしれない」

いろんな言い訳をしていたが、そう考えるとスムーズに説明がつく。事務所の前を不審な態度で行ったり来たりしていたことも、深夜に留守を狙って侵入したことも。東條夫妻が拉致された時、車に同乗していたのは本当かもしれないが、それだって犯人の仲間として同行していたのかもしれない。彼が仲間なら、当日の東條夫妻の出勤ルートが犯人に洩れたのも当然だ。

しかし、事情を知る藪内は死んでしまった。

隣に座るスモモは、瞳を窓の外に向けている。彼女が、さっきからずっと身じろぎしないことに気づいた。

「スモモ、大丈夫？」

彼女は、十代のころ、自分の感情の始末をつけかねて、引きこもってしまった。それが彼女を優秀なハッカーにしたのだから、かえって良かったとも言えるが、しのぶにまで素直に感情を吐き出さないのは困ったものだ。

スモモがこちらを向いた。彼女はもともと黒々とした大きな瞳をしているうえに、アイラインをくっきり描くので、アニメキャラのような目に見えるのだが、今はそれがしっとり憂いを帯びている。

「──おなかすいた」

──そっちかよ。

運転席で遠野が吹き出した。

「俺も腹が減ったな。考えてみれば、朝からこっちに来て、藪内の件でずっと警察署にいたから、昼メシを食ってないんだ」

「そうなの？　それじゃ、何か食べに行きましょうよ。中華街が近いんじゃないの」

「──ニク」

スモモが流し目とともに、せつなげな声で要請した。遠野が肩をふるわせるのをしり目に、しのぶは額に手を当てた。スモモを見てよだれを流す男たちに、この様子を見せてやりたい。こいつはまるきりガキだ。自分の欲望にひたすら忠実なガキ。

「――わかった。近くにある焼肉の店を調べるから。ちょっと待って」

子どものころから贅沢(ぜいたく)に慣れているので、スモモの舌は肥(こ)えている。下手な肉など食べさせた日には、ひと口食べただけで「帰る」と言いだしかねない。

スマートフォンであれこれ検索していると、電話が鳴りだした。国際電話の着信で、番号は先ほどかけたガリー貿易だった。

「お電話ありがとうございます」

『ヤブウチという人のことですが』

先ほどと同じ女性のようだ。

『申し訳ありません、私の勘違いでした。たしかに当社に勤めていて、先月、定年退職したようです』

「しかし、先ほどは、今年初めの名簿に載っていなかったと――」

『彼は、社外勤務の社員だったんです。出社せず、外で仕事をするんです。彼が最近まで勤務していた部署の人間に尋ねてわかりました。ヤブウチを知っている人と話しますか？』

「ええ、ぜひお願いします」

さっきとはずいぶん様子が違う。何がなんだかわからないうちに、電話の声はきびきびした男性に代わっていた。

『何をお聞きになりたいのですか？』

「彼がいつからいつまでそちらに勤務していたのかと、そちらに転職した時の詳しい事情をご存じの方がいらっしゃいましたら――」

『記録によると、今から十四年前に入社し、先月まで勤務していました。入社当時のことを知る人間は、今はいないと思います』

「そちらは貿易会社ですよね。藪内さんは、どんな仕事をされていたんでしょう」

『主に、オーストラリアの鉱物資源を海外に輸出する仕事ですね。ヤブウチさんは、アジアの顧客を中心に担当していました』

ここまで明言するのだから、人違いということもないのだろう。

「あなたは、藪内さんとお仕事をされていたんですか？　――これは、名乗りもせずに失礼しました。私は日本で探偵事務所を営んでおります、出原と申します」

言いながら、電話を代わった男性が、こちらの身元を尋ねなかったことに気がついた。既に退職したとはいえ、元社員に関する問い合わせに答えるのに、相手の素性（すじょう）を確認しないなんてことが、ありうるだろうか。

――こちらの素性なんか、とっくに知ってたんじゃないの。

男性は一瞬、言いよどんだ。

『私はヤブウチさんがいたのと同じ、鉱物資源担当の部門におります。ダン・オークランドです』

「もし何かお尋ねしたいことができた時、そちらに問い合わせたいのですが、連絡先を教えていただけませんか」

『かまわないですよ。私の携帯電話の番号を教えておきます』

男が気軽に携帯の番号を告げたのが、しのぶの神経を刺激した。

――何か妙だ。

東條夫妻の拉致現場にいたという藪内。その直後にオーストラリアに飛び、ガリー貿易に転職した。しかも、受付も存在を知らないような、社外勤務社員だという。

こうなれば、徹底的に調べてやる。ふつふつとやる気が湧(わ)いてくる。

オーストラリアまで行って、ダンという男を問い詰めたいが、そういうわけにもいかない。通話を切ると、遠野警部とスモモがもの問いたげにこちらを見つめていた。

「藪内さんという人が、ますますわからなくなってきた」

「まあいい。話の続きは、うまい肉でも食いながらするとしよう」

遠野がハンドルを握り、車を出そうとした時、マンションの玄関から駆けてくる人影が見えた。手を振っているのは、先ほど別れたばかりの藪内の息子だ。

遠野がウィンドウを下げると、彼は息を切らしながら走ってきて、窓からぶ厚い本のようなものを何冊か差し入れた。

「母が、パソコンのことはよくわからないですが、最近のアルバムと手帳は、見てもらってかまわないからお渡しするようにと言ってます。日記は、母が知るかぎり、つけてなかったようです。いつでもかまわないですから、返してもらえますか」

「もちろんです、受領書をお渡しします」

しのぶはすぐ、名刺の裏にアルバム三冊と手帳を一冊借りたことと、日付を記入して渡した。

「このアルバムは、いつからのものですか」

「オーストラリアに行ったころからです」

隣の席で、スモモがさっそくアルバムをぱらぱらとめくり始めた。

「それでは、確認してまたご連絡させていただきますので」

車を出してもらおうとした時、スモモが鋭い声を上げた。

「どうしたの？」

一枚の写真を指で差している。

「——見た」

「この男の人？　どこで見たの」

「うち。来てた」

藪内の隣にいるのは、色の浅黒い、彫りの深い顔だちをした男性だ。日本人のようにも、南米かどこかの人のようにも見える、国籍不明の容貌だった。ふたりとも上等のスーツに身を包み、ピンと背筋を伸ばして、ロックグラスを摑み、カメラに向かって微笑んでいる。ふたりの背後には、壁にかかった木彫りの紋章のようなものが写りこんでいた。

しのぶは、立ち去りかけていた藪内の息子を、急いで呼び止めた。

「すみませんが、この男性をご存じですか」

「いや、その人は知りませんが」

息子が目を細める。

「でも、これは外人部隊の同窓会みたいなパーティで撮ったものですから、仲間の誰かですね。ほら、ここに部隊章が写ってる」

「外人部隊?」

意外な言葉に、ぎょっとした。

「父は、結婚する前、外人部隊の傭兵だったそうです。年をとってからは、そんな雰囲気は全然ありませんでしたけど。僕らには、ごく普通の商社マンの親父でしたし」

もう一度、写真に目を落とすと、藪内と隣の男の姿勢の良さと、目つきの鋭さが、いかにも元軍人らしく見えてきた。

「外人部隊から商社マンへの転職って、ずいぶん思い切った選択肢ですね。何かきっかけがあったんでしょうか」

「妙な言い方ですが、『そろそろ戦争も飽きたから、落ち着こうと思ったころに、商社に誘ってくれる人がいた』と聞いてます」

——戦争に飽きた、ね。

藪内という男は、つくづく変わった男だったようだ。ふと、気がついた。

「この写真、オーストラリアにいらっしゃる間に撮影されていますよね。つまり、パーティは向こうで開催されたんですか」

息子もそう言われて初めて意識したらしく、写真を見直した。

「そう言えば、そうですね。オーストラリアにいる間のパーティです。向こうにも、昔の仲間がいるんでしょうね」

藪内の傭兵時代の仲間がオーストラリアにいる。そして藪内は、オーストラリアに出張し、転勤した後、ガリー貿易に転職した。

——そこに、仲間がいたんじゃないの。

これは、その貿易会社を調査してみなくてはならないようだ。母親の体調が良くなれば、ぜひ会わせてほしいと頼んで連絡先を教えてもらった。

「ねえ、スモモ。あなたのご両親と藪内は、どういうきっかけで知り合ったのかしら」

今度こそ藪内の息子と別れ、繁華街に向けて車を走らせながら投げた問いに、スモモは首をかしげただけだ。両親が行方不明になった時、彼女はまだ九歳だった。

しのぶは前の座席に手をかけた。

「警部、やっぱり本牧和田にやってちょうだい。スモモの実家に行くの」

「なんだと。飯はどうする」

「三崎さんなら、きっと何か作ってくれる」

スモモは大きな不幸に見舞われたが、執事の三崎といい、事務所アルバイトの笹塚透といい、美味しいものを食べさせてくれる相手には、どういうわけか恵まれている。

美味しいものを食べられるかどうかは、人生の幸福感を多少は左右するはずだ。そう考えれば、三崎や透の存在は、スモモをちょっぴり幸せにしているのかもしれない。

――ほんのちょっぴりかもしれないが。

スモモが子どものようにうなずく。

「美味しいモノ、ある」

三崎の手料理は美味しいらしい。そのひとことで、遠野警部の気持ちも決まったようだ。大きくハンドルを切った。

「もっと早く伺っておりましたら、三田牛のブロックを解凍しておいたのですが。桃花お嬢様が来られた時にと思って、先日、手に入れておいたんです」

三崎は、かいがいしくテーブルに取り皿を並べている。真ん中には、スモークサーモンやローストビーフを美しく盛りつけた大皿がある。今から行くと電話をかけてから三十分も経っていないのに、さすがだった。

「しかし、但馬牛のリブロースがありますから、あれを焼いてみましょう。桃花お嬢様はお好きでしたね」

「ニク、好き」

「かしこまりました。タレは三崎の『特製焼肉のたれ』でございます」

「アレも」

「承知いたしました、半熟目玉焼きもおつけいたしましょう。海藻サラダも、健康のために、ちゃんと残さず召し上がるんですよ」

どうしてこれで会話が成り立つのか理解できないが、スモモは満足そうに喉を鳴らしてうなずいた。ひょっとすると、スモモの口数が極端に少ないのは、なんでもかんでも三崎が先回りして理解するからかもしれない。

「ごめんなさい、三崎さん。先にちょっと、教えていただきたいことがあって」

「はい、何なりと」

腹ペコのスモモと遠野警部は、待ちきれずオードブルに箸をつけた。スモモは飢えた野獣のように、ガツガツとがっついている。三崎が、孫を見るように優しい視線を、スモモに送った。

「藪内さんが今朝、遺体で見つかったんです」

とたんに三崎の表情が引き締まる。

「それは――いったいどうして」

しのぶは今朝からのことを説明した。

「それで、藪内さんと東條さん夫妻が、どんなふうに知り合ったのか、疑問に思いまして。なにしろ元傭兵だそうですから」

「仕事の関係で知り合ったとしか聞いておりませんが、少しお待ちください。会社の古株に聞いてみましょう」

三崎は、東條夫妻が健在だったころ、東條精密機械の財務担当重役だった。番頭と陰口をたたかれるくらい、社長夫妻の忠実な部下だったのだ。今の会社では、東條社長の弟にあたる東條智弘(ともひろ)らが実権を握っているが、三崎もまだ隠然たる影響力を持つようだ。

彼が別室で電話する間、しのぶもオードブルに口をつけた。それほどおなかはすいてないと思っていたが、ローストビーフをひと口食べると、急にすさまじい空腹を感じた。

――周囲に料理のうまい人が多すぎる。

今夜は、いつ帰れるかわからなかったので、夕食のしたくはしなくていいと透に指示した。正解だったが、腕をふるう機会を失って、今ごろがっかりしているかもしれない。

「わかりましたよ」

すぐに三崎が戻ってきた。

「藪内さまは、中堅の総合商社テイロクで営業部長をされていました。テイロク社と今も関わりのある、古株の営業部員に話を聞きましたら、テイロク社が海外からのオファーを引き合いに、取引を持ち掛けてきたそうで」

「海外からのオファー？」

「当時、弊社――東條精密機械は、情報通信機器の製造に重心を移そうとしておりまして。海外からのオファーというのは、在庫管理用に、今で言うＰＯＳ端末を作りたいということだったんです。リナックスをＯＳにした、リーズナブルな製品ですね。その提案を持ち掛けてきたのが、藪内さまだったそうです」

考えてみれば、リナックスという、ソースが公開されていて誰でも開発に参加できる、基本的には無料のＯＳが、一般に提供され使われ始めたのは、東條夫妻が行方不明になったころのことだ。ＯＳが無料で利用できるというので、メーカーからも大きな期待が寄せられ、さまざまな種類のリナックスが生まれた。

「それがきっかけで、藪内さんと親しくなったんですね？」

「気が合ったんでしょう。東條社長はワイン通で有名でしたから。ワインに詳しい友達ができたと、私にも話していましたよ」

ワイン通で知られた相手に接近するため、ワインについて勉強するというのは優秀な営業マンならやりそうなことだ。

「藪内さんが若いころに外人部隊にいたという話は、当時、聞いたことはなかったんですか」

「まったく知りませんでした。今日、初めて伺ってびっくりしました。そもそも藪内さまは、運動が苦手だとおっしゃっていましたからね。社長の奥様がテニスをされるので、お誘いしたところ、藪内さまも奥様も運動は苦手だからと、断っておいででした」

——知られたくなかったのかも。

藪内はあの年齢になっても、ずいぶん姿勢のいい男だった。十年以上若いころなら、筋肉もしっかりついていたかもしれない。身体（からだ）つきを見られたくなかった可能性はある。

「三崎さん、この写真に、藪内さんと一緒に写っている男性を知りませんか。スモモは、この男にも見覚えがあるというの。ふたりとも、元外人部隊の出身者らしいんですけど」

藪内の息子から預かったアルバムを見せたが、三崎は男を知らなかった。

「自宅に来たことがあるのかもしれません。私は当時、ここの執事ではありませんでしたから」

なかなか新たな手がかりは見つからない。

「藪内が怪しいことはよくわかったけど、これ以上、どこをどう調べたらいいのか」

肉を焼くために三崎がキッチンに引っこんだ後、しのぶはオードブルをつまみながら眉根を寄せた。

「ほんとに、オーストラリアまで行きたくなってきたわ」

「その必要はないさ」

車の運転があるので、炭酸水に口をつけながら、遠野警部が肩をすくめる。

「藪内の死が事故じゃないらしいことは、はっきりしてきたじゃないか。つまり、殺人犯がいるわけだ——日本国内にな」

「それは、そうだけど」

東條夫妻の事件は、十数年も前に起きたことだと思っていたのに、終わっていないどころか、新たな事件まで起きてしまった。

「——調べる」

スモモがぽつりと言った。

「ガリー貿易を?」

スモモがうなずく。もちろん、相手が海外でも、ネットワークに接続されていれば、調べることはできる。光顕病院の後、新しい依頼は入っていないから、時間もある。

「わかった。藪内が何者で、何のために東條夫妻に近づいたのか、調査しましょう。ガリー貿易をハッキングして、徹底的に調べる」

「おいおい、俺は聞かなかったことにしてくれよ!」

遠野警部が、耳をふさいだ。

「さあ、お肉を召し上がる方はどなたですか」

ジュウジュウと音をたて、油がはねるフライパンを抱えて三崎が食堂に戻ってくる。スモモが声にならない歓声とともに、両手を上げた。


企業について調べるのに、いきなり相手のコンピュータをハッキングする必要はない。

近ごろの企業は、ウェブサイトにそれなりの情報を載せている。ガリー貿易のホームページにも、彼らが取り扱う商品の宣伝などが掲載されていた。見てすぐ気づいたが、株式会社なら載せて当然の、投資家向けのＩＲ——インベスター・リレーションズ情報が載っていない。つまり、ガリー貿易は投資家を募集していない。

——意外と小規模な会社かも。

ホームページも、それほど凝った印象ではない。写真と文章で適当にお茶を濁している感じだ。採用情報もない。アットホームな企業の場合、社長以下、主な社員の紹介が載っていることもあるが、それもなかった。

——顔の見えない会社だ。

藪内の遺族から預かったアルバムと手帳を見ても、新たな発見はなかった。アルバムは妻との旅行写真がほとんどで、めぼしいものと言えば、昨日見つけた外人部隊の戦友とのパーティくらいだ。手帳は、会社を退職した時に新しいものに切り替えたようだ。

「おはようございます！」

バイトの透の声を聞いて時計を見ると、もう午前十一時になっていた。昨日は、東條家でたらふく焼肉をご馳走になった後、遠野警部に車で送ってもらった。スモモはすぐにも調査にとりかかりたい様子だったが、深夜だったので寝かせた。疲れていたのか、まだ起きてこない。

――三崎さん、スモモに実家に住んでほしそうだったわね。

執事というより、ほとんど娘か孫を見るような視線だった。東京の事務所で、しのぶと仕事に取り組んでいることは評価してくれているようだが、本音は寂しいのだろう。藪内が死んだと聞いて、心配もしていたようだ。

「今日は、事務所でお仕事なんですね」

透は今朝も食材の入った袋を抱えている。クマの模様のマイバッグだ。

「昨日、いくつかお電話がありましたよ。メモしておきましたけど、見てくれました？」

「うん、見た。しばらく、別の調査にかかりきりになるかもしれない」

事務机には、電話メモが三枚残っていた。近ごろ、電話受付にも自信をつけたらしい。透も成長したものだ。

もっとも、電話の内容は、逃げた猫を捜してほしいという依頼が一件、インターネットメディアに広告を出さないかという勧誘が一件、あとの一件はかけ直してほしいと言うだけで、内容がよくわからないというのだから、あまりお金にはなりそうにない。

——猫捜しは断って、広告出稿は無視、あとの一件はスモモが起きるのを待って電話してみようかしら。

「今日は、お昼と晩ご飯を事務所で食べますよね？」

「うん、そのつもり。よろしくね」

透がいかにも嬉しそうな顔をした。どうやら、この事務所で料理を作るのが生きがいになっているようなのが、ちょっぴり心配だ。高卒認定試験に通れば、次は大学受験が待っているという現実を理解しているのだろうか。いつまでここで働くつもりなのだろう。

ガリー貿易のホームページから得られる情報は少なかったが、少なくとも住所はわかった。ホームページのドメイン名の管理者として登録されているのが、ガリー貿易のシステム部門にいるクラウディアという女性だということも突き止めた。メールアドレスも載っている。ひとまず、このあたりを突破口にできるかもしれない。

ドアが開く気配を感じ、しのぶは振り返った。自室から、ロングシャツだけ羽織ったスモモが出てくるところだった。まだ半分寝ているようだ。寝ぐせのついた髪でよろめくように廊下を歩いている。話し声で目が覚めたのかもしれない。

「スモモ、おはよう」

朝の挨拶に返事があったためしはないが、千里の道も一歩からだ。とにかくスモモには、普通に話しかけるに限る。ひょっとしたらそのうち、人間の世界に呼び戻すことができるかもしれない。

水音がしていると思ったら、しばらくして、髪を濡らしてタオルで拭きながら、スモモが事務所スペースに入ってきた。

「ちょっとスモモ、そんなかっこうで事務所をうろうろしないで。先に着替えてきてよ。

「——」

——なにこれ」

ばさりと、ぶ厚い紙の束を渡される。細かい文字で、IPアドレスやポート番号などがびっしり印刷されたものや、ツールで自動的に作成したネットワーク図などを見るうちに、それがどうやらガリー貿易社内のコンピュータを、ひとつひとつ調べあげ、図解したものらしいと気がついた。ただし台数は多くない。

「いつのまに——まさかスモモ、あれから寝ないでハッキングしてたの？」

午前一時か二時になると、電池が切れたように寝てしまうスモモにしては、珍しいことだ。それだけこの件に強い関心を持っているのだろう。

「どんな手を使ったの？　向こうも深夜で、オフィスには人がいなかったはずでしょ。ウイルスつきメールを送る手口は使えないよね」

ウェブサーバーやメールサーバーなど、IPアドレスをつかみやすいコンピュータのポートスキャンなどをして、根気よく弱点を探ったのかもしれない。システム担当者が、OSやアプリケーションのセキュリティパッチを当て忘れていたりすると、侵入の足掛かりが生まれる。OSやアプリケーションに脆弱性が見つかると、たいてい数日以内にセキュリティパッチが公開され、発見された穴はふさがれる。だが、数が多いので、システム担当者も手が回りかねるケースがあるのだ。

「ここ、システム担当者、ダメ」

スモモが眠そうに言う。よほど楽に侵入させてもらったのかもしれない。夢中になってハッキングしまくっていたら朝になっていたなんて、いかにもありそうだ。

「おはようございます、コーヒー淹れました」

透が、マグカップになみなみとアメリカンを注いでくれる。美味しいコーヒーでは、階下の「バルミ」に勝てるはずがないので、タイミングとボリュームで勝負しようという魂胆らしい。いや、透のコーヒーも十分に美味しいのだが。

スモモにカップを渡しながら、彼女のナマ足を目にして、透は慌ててキッチンに逃げこんだ。少しはこの状況に慣れればいいのだが。慣れすぎても困るけれど。

しのぶは、先ほど調べたガリー貿易の住所を、グーグルマップに入力した。ストリートビューで見る限り、その一帯は新しい高層ビルが立ち並ぶオフィス街のようだ。

「コンピュータの台数は少ないわよね。向こうも深夜で、電源を落としてたから？　それとも、そもそも社員の人数が少ないのかな。ホームページも適当なつくりだったし」

社員の数が少ないのなら、受付の女性が藪内を知らないなんて、いかにも変だ。

「スモモ、どこかに社員のリストが置いてなかった？」

「ファイルサーバー、コピーした」

「あいかわらず、仕事が速いわね」

今朝のスモモは、珍しく話が通じる。いつもこうであってくれればいいのにと、ほのかに感動を覚えながら、スモモが差し出した外付けハードディスクを自分のパソコンにつないだ。赤ん坊が初めて「ママ」と呼ぶ時にも、こんな感慨を覚えるんじゃないだろうか。

「ファイルサーバーのデータも、たったこれだけなんだ。社員は——八人だけ？」

「人事」と名前がついたフォルダを見ると、給与の振込リストと思しきものが見つかった。今年の一月からの履歴もついている。藪内は先月退職したはずなのに、彼の名前なんかどこにもない。ダンという男の名前はあった。

社外勤務社員だけを、別のファイルに記入しているのかと捜してみたが、それらしいものもないようだ。

「——ふうん」

しのぶは腕組みして椅子の背にもたれた。スモモはあくびしながら、ようやく着替えに行ったようだ。

念のために、ファイルサーバーの全ファイルについて、プロパティから所有者の名前を書きだすバッチファイルを書き、何人分の名前が出てくるか調べたところ、やはり八名だった。社員は八名。

「ガリー貿易は、表の顔なのかもね」

裏の顔は、藪内のような「社外勤務社員」が担っている。

「裏の仕事で稼いだ金を、表のガリー貿易が資金洗浄している。ありそうな話ね」

受付の女性は要領を得なかったが、ダンは藪内を知っている。裏の仕事についても知識があるということだ。

思い出した。オーストラリアの企業は、オーストラリア証券投資委員会のウェブサイトで検索すれば、登記情報を見ることができる。ガリー貿易の名前で検索すると、非公開会社——日本でいう非上場企業として、表示された。少額の手数料を払うと、企業の登記情報を見ることができる。清水の舞台から飛び降りるつもりで、出費には目をつむることにした。登記情報には、株主の情報が含まれる。

ジェームス・タケナカという単独株主の名前を控える。やっと、何かを捕まえたという手ごたえを感じた。

玄関のインターフォンが鳴った。透が、「はーい」と応じながら駆けていく。ちゃんと、魚眼レンズで相手の様子を見てから開錠するようにと教えこんである。

インターフォンのスピーカーから、聞き覚えのある声が流れてきた。

『おはようございます。三崎でございます。突然ですが、桃花お嬢様に、スープをお持ちいたしました』

どうやら三崎まで、我慢できずに横浜から出てきてしまったようだ。


「今日は、どのようなご依頼でしょうか」

しのぶは笑顔をつくった。

その男が押しかけてきたのは、彼女たちが透のクラブハウスサンドイッチを食べ終え、三崎の冷製スープを飲み、アイスティーを片手にくつろいでいた時だった。前日に電話をかけてきて、かけ直してほしいと伝言を残した男だ。

「申し訳ない。どうしても会ってもらう必要があったので、電話では依頼と言いましたが、実は依頼じゃないんです。私はこういうものです」

四十代前半に見える男は、まだ外は蒸し暑いというのに、ワイシャツにネクタイを締め、上着まで抱えていた。太い眉が記憶に残るが、ほかはまったく印象に残らない不思議な顔だちをしている。昼食の最中に電話をかけてきて、いま階下の喫茶店にいるので、ぜひとも面談をお願いしたいと言ったのだった。

男の名刺には、「榛名探偵事務所　榛名太郎」とあった。住所は横須賀だ。パソコンのプリンターで印刷したような、安っぽい名刺だ。彼の探偵事務所も、経費を削減しているのだろうか。

「——私立探偵？」

応対はしのぶが引き受け、スモモはいつもの通りプライベートルームに逃げてしまった。透はキッチンでコーヒーを用意しているし、三崎は執事然と事務所の隅に立っている。狭い事務所がよけい狭苦しく感じるのだが、意に介していないようだ。榛名はちらちらとそちらを気にしている様子だった。いや、誰でも気になる。

「僕がここに来るのは、探偵の守秘義務からいえば、本来はＮＧなんです」

「——と言いますと」

「藪内氏をご存じですよね」

思いがけない名前が榛名の口から飛び出し、しのぶは自分を落ち着かせるために、深呼吸して心の中で十数えた。三崎も無表情を保つ努力をしているようだ。

「——もちろん知っています」

「昨日、遺体で発見されました。あなたがたは警察にも呼ばれたようだから、当然知っているはずですが」

「あなたはいったい——」

「藪内氏は、僕の依頼人でした」

この男が帰るまでに、いったい何回、深呼吸しなければいけないのだろう。

絶妙のタイミングで、透がコーヒーを運んできた。

「――失礼します。どうぞ」

上客相手なら「バルミ」の出前を取るのだが、わけのわからない来客には、透のコーヒーでももったいないくらいだ。

「ありがとう。君、高校生？」

「ここのアルバイトです」

透が微笑み、キッチンに戻った。

「そして、あちらは――」

榛名がおそるおそる三崎を窺う。

「お嬢様方の執事でございます」

――やれやれだ。

「榛名さん。守秘義務についてはもちろん知っていますが、どんな依頼だったか教えてもらえませんか」

「それは言えません。しかし、依頼を受けたのは、彼が海に落ちて亡くなったと言われている日の午前中です」

それなら、しのぶたちの事務所を出て数時間後のことだ。

「僕はずっと、依頼人と連絡を取ろうとしてきたんです。しかし、携帯に電話しても出ないし、自宅に電話しても帰っていないという。困惑していたら、遺体が発見されました。警察は酔って海に落ちたというんですが、たしかに僕のところに依頼に見えた時点で、アルコールの臭いをさせていました」

「──待って。あなたはどうして、藪内さんと私たちを結びつけたんですか？　ここの住所や電話番号は誰から聞きました？」

榛名がため息をついた。

「藪内氏ですよ」

「ひょっとして、藪内さんは私たちの調査を、あなたに依頼したんですか？」

「ノーコメント」

榛名が憂鬱そうに首を振る。しかし、答えられないということがすでに答えだ。

「榛名さん。藪内さんが、うちの事務所のスモモ──東條桃花の両親の失踪事件に関わっている可能性があると、ご存じですか」

「何ですか、それは」

十数年前の事件についてざっと説明したが、ガリー貿易や外人部隊の件は伏せた。榛名は黙りこんでしまった。彼の背後を、ジャスティス三号が悠然と横切っていく。あいかわらず、「わが道を行く」ロボットだ。榛名は、ロボットに気づくと、一瞬ぎょっとした表情になりロボットから身体を遠ざけようとした。そんなに怖がらなくてもいいのに。

「榛名さん。私たちは、藪内さんが殺されたんじゃないかと疑っています」

「――」

「同業者には話せないのなら、警察に話してもらえませんか。所轄の警察署でもいいし、私たちと一緒に藪内さんの自宅を訪ねた遠野警部をご紹介してもいいです」

考えこんでいた榛名が、両手を挙げた。

「正直、警察は勘弁してもらいたいですね。いいでしょう。つまり、あなたがたを監視しろと頼まれたんです」

「監視？」

「どこに行き、誰に会うか。どんな人と交流を持っているか、調べろと言われました。とはいえ、依頼された翌日には、依頼人と連絡がつかなくなり、前金も振り込まれていなかったので、仕事には着手していませんがね」

――道理で。

この男に尾行されたり、監視されたりしていれば、妙な気配を感じたはずだ。万が一、事務所に侵入していれば、藪内と同じように三号の制裁を受けただろうし。

「だけど、あなたは私たちが昨日、警察に呼び出されたことを知っていた」

「こんな仕事をしていると、警察の内部にも知り合いがいますから」

「私たちについて知っているのは、それだけですか」

「——昨日、藪内さんの家族にも会いましたよね。何か、見つかりましたか」

「いいえ、なんにも」

嘘だが、アルバムと手帳を預かったことは伏せた。大事なものは、事務机の引き出しに隠してある。

「藪内さんに頼まれたのはそれだけですか」

「それだけです」

「それで、今日はなぜうちの事務所に来られたんですか。最初は藪内さんの依頼内容を話すつもりはなかったんですよね。着手金も受け取っていないのなら、依頼されてないのも同じではないですか」

「ええ、もちろん——。しかし、依頼の直後に依頼人が死ぬなんて、気になるじゃないですか。ひょっとすると——」

榛名が言いよどみ、探るような目つきでこちらを見つめた。

「ひょっとすると？」

「あなたがたが彼を——と、考えないでもなかった」

「まさか」

事務所の隅で、三崎が「失礼な」と言いたげに目を光らせた。

「僕の考えすぎだったようです」

榛名はため息をつき、立ち上がった。

「これで失礼します。もうひとりの、東條さんはどちらに？　こちらは事務所兼ご自宅なんだそうですね」

「彼女は風邪ぎみなので、失礼して寝ております」

これも嘘だが、そういうことにしておけば角が立たない。

「そうでしたか」

なぜか名残惜しそうに彼は言った。玄関を出る直前にもう一度振り返り、透のいるキッチンにもちらりと視線を注いだ。

「美味しいコーヒー、ごちそうさまでした」

「そう言っていただくと、あの子が喜ぶわ」

「いいアシスタントですね。住み込みですか」

「まさか。十代の子どもですから」

「なるほど。執事は住み込み？」

「ご冗談でしょう」

では、と頭を下げ、榛名は去った。ドアに鍵をかけ、振り返ってぎくりとした。

——廊下に光る物体が。

いや、三号だ。三号の目が、不気味に赤く点滅している。

「もう、何なのよ三号！　驚かせないでよ」

叱りつけたとたん、三号のボディから細い棒がニュッと飛び出したので、さらに仰天した。あれは藪内を気絶させた電撃棒だ。彼女らの留守中に、泥棒などが侵入した際に使うものではないのか。

「ちょっと三号！　なに考えてるの！」

まさか、回路が故障したのだろうか。あれで自分に電撃を与えるつもりなら、やられる前に、うまくスイッチを押して電源を切ることはできるだろうか。

睨んでいると、三号が電撃棒を出したり、引っこめたりを繰り返し始めた。その姿はまるで、何かに迷っているかのようだ。

「あんた、ほんとに——何をやってるの？」

どうも、ロボット相手に調子が狂う。

『コケツニイラズンバコジヲエズ』

「はあ？」

客が帰ったと気づいたのか、スモモが部屋からぬっと現れた。

「ちょっとスモモ！　三号の様子が変よ。あんたが改造したんでしょ。なんとかしてよ」

「改造、ちがう」

つまり、これはもともとの機能の一部だというのか。呆れて、まだ電撃棒の出し入れを繰り返している三号を睨んだ。

――いっそどこかに捨ててきたいけど。

しかし、三号がいたおかげで、藪内の侵入に気づくことができた。悔しいけれど、三号にも利用価値があると認めざるをえない。

「――しかたない。筏を呼ぶしかないわね」

三号が届いて以来、スモモは組みこまれたプログラムを逆アセンブリして人間に読める言語に戻し、機能を分析しようとしていたようだ。しかし、なにぶん仕事と並行しての作業になるし、ここしばらくは忙しかったので、分析はあまり進んでいないだろう。三号の機能をすべて知る人物はただひとり。開発した張本人しかいない。

タキシードを着てバラの花束を抱えた筏が、マンションの廊下に突っ立っていた。彼が妙なことを口走る前に、しのぶは首根っこを摑んでさっさと事務所に押しこんだ。

「いてててて！」

「あんた、馬鹿じゃないの！　どうしてタキシードなの！　そのかっこうでタクシーに乗ってきたわけ？」

「痛い、痛い。あん、痛くて気持ちがいい――！」

相手が妙な声をあげたので、ぞっとして手を放した。

――ああもう、蹴とばしてやりたい。

筏が満面の笑みとともに万歳する。

「やあやあ、僕のお姫様たち。お姫様に会うのに、タキシードを着ないという法はあるかね。いや、ない！　嬉しいなあ、三号のおかげでついに僕も事務所に参上できたよ」

――うんざりする。

今日はさすがに、ウルトラマンのお面をかぶっていない。黙って澄ましていれば、筏は超のつく美男だった。三十代半ばで、ちょっと、韓流スターの誰かに似ている。インドアすぎるくらいインドア派だから日焼けせず色白で、不精で髪を切るのもめんどうだからサラサラの長髪で、親からもらった端整な顔立ちに、これまた親からもらったスマートな長身ときた。

――どうして神様はこのよくできた器に、この中身をインストールしたのかしらね。

我知らずため息が出る。

――いたずらに美男すぎる。

それが筏だ。だが、この容姿に女性が騙される心配はない。口を開けば、頭のネジがふたつ三つ、ふっ飛んだ男だとすぐわかる。

「いったい、何事でございますか」

珍妙(ちんみょう)な会話を聞きつけて、キッチンから三崎が怖い顔をして現れた。ひと目で筏を天敵とみなしたのか、互いにバチバチと火花を散らしている。

スモモがひょっこりと自室から顔を出した。

「スモモくん！」

筏がいかにも嬉しそうに駆け寄って、無表情な彼女とハイタッチした。スモモは筏のお気に入りなのだ。目を怒(いか)らせる三崎に、しのぶは離れた場所から「こらえて」と視線を送った。

「――三号がおかしな動きをするの。故障じゃないかしら」

「僕が作ったマシンが、そう簡単に故障などするはずがない」

製作物をけなされたと思ったのか、筏が不本意そうに頰(ほお)をふくらませ、充電中の三号に近づいた。今はもう、電撃棒を出し入れする不穏な動きはやめている。

「やあ、三号」

筏が人間に話しかけるように声をかけると、ジャスティス三号は心なしか嬉しそうに目を輝かせた。

『ハイ、マスター』

しのぶは私立探偵の榛名が去った時の、三号の行動について説明した。

「——それはまあ、迷っていたんだろう」

「迷う？　ロボットが迷う？」

——いくら筏が作ったロボットでも。

「確率の問題だ。電撃をくらわすべき相手かどうかを判断するアルゴリズムがあって、それが発動したんだが、短い間隔で百パーセントと九十九パーセントの間をいったりきたりしていれば、三号はそういう状態になる。まさに迷っているわけさ」

技術的な話題になると、筏の口調はまともになる。

「何パーセントなら電撃するの」

「百パーセントだよ。たとえ一パーセントでも誤認の可能性があれば、電撃しない」

筏のくせに、今日はもっともらしいことを言うではないか。

「相手は事務所に初めて来た客なのよ。攻撃すべきかどうかを判断するロジックって、どうなってるの」

「基本は、君たちが不在の時に、三号のデータベースに登録されていない人物が侵入した時。それから、明らかに君たちを攻撃していると判断された人物を見た時だね」

「どちらでもなかったわよ。やっぱり故障じゃないの？」

ふむ、と首をひねった筏は、いきなり三号のスイッチを切って、頭部の外郭をはずしはじめた。

「ちょっと調べてみよう。――いやいや、どうぞおかまいなく。美味しい紅茶とケーキがあれば最高だが、贅沢は言いません」

「十分、贅沢だわよ」

だが、いくら筏が三号を勝手に送りつけてきたとはいえ、呼びつけてお茶の一杯も出さないのも大人げない。「バルミ」に電話をかけ、紅茶とケーキを奢(おご)ることにした。三崎は「執事がご一緒にお茶とケーキだなんて」と固辞するので、三人前だ。今月は、実入りは少なく出費の多い月になりそうだ。今日は妙なやつが来るからと、透を先に帰らせて正解だった。あやうく四人分になるところだ。

「スモモくんの改造は強引だな。そこが魅力的なんだけどね」

筏はタキシードの上着を脱ぐと、床に座りこみ、ケーブルや部品をはずしながら、たわごとを呟(つぶや)いた。スモモは、そのそばに同じようにぺたりと座り、彼の手元を見つめている。ああして監視している限り、おかしな改変はしないだろう。三崎も見張っている。

「故障を修理するの？」

「いや、別に故障はしていない。三号にはビデオの録画機能があって、同時に音声も録音できるようになっていたんだが、改造した時にマイクとの接続が切れたんだな。それで、音声は別の場所に録音されているようだ。三号は、録画と録音を人物のチェックに利用しているから」

　ぶつぶつ言いながら、筏は録音された音声を自分のパソコンに移そうとしている。そうと気がついたので、しのぶは急いで筏の手にボールペンの尖った先を押し当てた。

「ちょっと待って。あんたのパソコンに、映像をコピーするのやめてくれる？」

「くそ、バレたか」

　筏が心底悔しそうに言った。まったく、油断も隙もないやつだ。しのぶが差し出した事務所のパソコンに、いかにも面白くなさそうにデータをコピーしている。

「メモリの容量に余裕があったので、音声も録画も、まだ上書きされていないようだね。僕が送った日からのデータがすべてあるよ」

「榛名が帰る間際に、三号がどんな判断をしてああいう動きになったのか、再現させることはできるの？」

「もちろん。三号のプログラムは僕の端末に入っているから、この端末に問題のデータを読みこませて、何が起きたのか見てみればいい。きっちり再現させるためには、やっぱりすべてのデータが必要だけどね」

　筏がにっこり笑って「データをくれ」と両手を差し出す。しかたがない。背に腹は替えられない。

「後で消してもらうわよ」

「おおせのままに」

しのぶは筏を睨み、データをコピーする許可を出した。うきうきと嬉しそうな筏が、正直にデータを消すとは思えない。彼が帰るまでに、もうひと悶着ありそうだ。

「まいど！　紅茶とケーキ、三人前ですよ」

「バルミ」のデラさんが、玄関先から声をかけた。

「デラさん、こっちに持ってきてもらってもいい？」

「あいよ」

巨大な紅茶のポットに、三人分の紅茶茶碗、それにケーキが三つトレイに並ぶと、そうとうなボリュームになるのだが、体格のいいデラさんが持つとおもちゃのようだ。彼は筏がいることに気づくと、「珍しく客がいる」と言わんばかりの顔をして、応接のテーブルに紅茶とケーキを並べ始めた。三崎がすかさず手伝う。デラさんは、三崎とは以前も会っているから知っているが、筏とは初対面だった。

「よし、データのコピーがすんだぞ。三号が妙な行動をしたというのは何時ごろかね？」

しのぶが指定した時刻を中心に、少し幅を持たせてプログラムに指定している。こういう時の筏は、実に生き生きしている。スモモだって、ふだんなら真っ先にケーキに飛んでいくのに、今日は筏の手元に視線が釘(くぎ)づけだ。お茶とケーキのセッティングを終えたデラさんと三崎も、彼らの熱気が異様なので、なにごとかと言わんばかりに近づき、画面を覗(のぞ)いている。

「さて、三号のプログラムに問題の時刻の録画を読みこませてみよう──スタート！」

ノートパソコンの画面に、小さな録画映像が開いた。玄関に向かう榛名を、三号はしのぶの後ろからずっと追いかけていたらしい。

『美味しいコーヒー、ごちそうさまでした』

『そう言っていただくと、あの子が喜ぶわ』

『いいアシスタントですね』

榛名としのぶの会話が再現される。プログラムの窓の一部は、ずっとせわしなく点滅している。

「あれ、こいつ、さっきうちに来た客じゃないか」

デラさんが榛名の映像を見て眉をひそめた。そういえば、榛名は階下の喫茶店で待っていたと言っていた。

「──これは興味深い」

筏が何かを調べ、首を振った。

「何かわかったの？」

「三号は、この男性の声に反応しているんだ。顔を見たことはないようだが、一週間くらい前に、この声を聞いたことがあったんだよ。その時の録画と音声を再生してみよう」

いきなり、誰もいない事務所を物色する藪内が映った。

「これは――藪内さまではありませんか」

三崎が眉をひそめている。

――あの夜だ。

この映像はスモモが見せてくれたが、あの時は音声がついていなかった。今は音声も入っており、藪内がぶつぶつひとりごとを言いながら、何かを捜しているのがわかる。

『くそ――どこかにあるはずだ。あいつらふたりだけじゃない。仲間がいるはずだ』

――どういう意味？

しのぶは藪内の言葉に顔をしかめた。藪内は、いったい何を捜していたのだろう。

その時、別の男の声が聞こえた。

『おい、まだか。連中が帰ってくるぞ』

『大丈夫だ。今日は帰らないと言っていた』

もうひとりの男は、玄関の外に立っているようだ。廊下にいるので三号のカメラには映らなかったが、音声は録音されていたのだ。

「――榛名の声だわ」

愕然(がくぜん)とした。榛名は、この日の翌朝、藪内から電話を受けて、初めて会ったと言っていた。あれも嘘だったのか。本当は藪内とグルで、事務所を調べに来ていたのか。

筏が、気難しい表情でパソコンを操作した。

「うん——つまり、こういうことだな。私立探偵が、事務所から廊下に出ただろう。応接スペースで話していた時は、音声比較による一致の可能性が八十パーセント程度で推移していたんだが、廊下に移動したとたん、同一人物の可能性が九十九パーセントと百パーセントの間をいったりきたりし始めたんだ。たぶん、同じ場所に立って反響が一致したからだ。映像があれば百パーセントになっただろうな」

榛名も、まさかこんなふうに自分の正体を明かす手がかりが残っていたとは思うまい。

デラさんがふいに顔をしかめた。

「ちょっと待て——こいつが私立探偵？」

「どうかした？」

「今朝、うちの店にいた時には、そんな話じゃなかったぞ。どこかから電話がかかってきて、商談してるのが聞こえたんだ。こそこそ喋っていたけど、俺は地獄耳だからな」

「商談ってどんな？」

「ボーキサイトの輸入がどうとか言ってたから、てっきり商社マンか何かだと思った。それに、貿易会社の名前を名乗っていたから」

「貿易会社？　何て名乗っていたか、思い出してくれない？」

「なんとか貿易だ。カリー？　違うな」

「まさか、ガリー貿易？」

「それだ！　ガリー貿易の今井と名乗っていたんだ」

──榛名という名前も、私立探偵だと名乗ったのも嘘なのか。名刺まで作って身分を偽装するとは。

つまり、整理するとこういうことだ。藪内と今井は、ガリー貿易の同僚だ。藪内はしのぶたちの事務所を調べる際に、今井の助けを求めた。今井は事務所の外で見張っていたが、藪内が突然、三号の電撃を受けて意識を失った。今井は驚き、しかし三号がいるので藪内を救出できず、ひとりで逃げた。

「そういえばあの男、三号を見て妙に怖そうにしていたわね」

藪内の遺体が見つかった後、今日になって今井がまたここに来たのは、なぜだろう。しのぶたちがどこまで調査したか、探りを入れに来たのだろうか。

「あの男、事務所の間取りを探りに来たのかもしれんぞ。夜中に侵入するつもりかも」

「ちょっと、やめてよデラさん」

「いや、あながち杞憂とも言いきれないね。藪内という男は、ここの鍵をピッキングして侵入したのだろう」

デラさんと筏が、口々にひとを脅すようなことを言う。心配性の三崎が卒倒しそうな顔色になり、本牧和田のスモモの実家に、ふたりとも泊まれと言いだしそうだった。

「もちろん、姫たちが怖いとおおせなら、この僕が命がけで泊まりこむ手も！」

「そっちのほうが危険！」

「そうです！　お嬢様たちはご実家へ！」

——とりあえず、筏と三崎は放置して。

榛名と名乗る男、今井が現れたおかげで、新しい手がかりを得られそうだ。

デラさんが眉間に皺を寄せた。

「なあ、しのぶ。真面目な話、そいつは本気でお前らの命を狙う気かもしれん。もし、ここに来た時に、もっと深く事情を知っていると思われていれば、危ない目に遭っていたかもしれないぞ。もっとも、昼間は例のアルバイトがいたし、『バルミ』でコーヒーを飲んで俺に顔を覚えられたから、あいつも危ない橋を渡るのはよしたんだろう。ふたりしかいない夜に、もう一度来る可能性は高い」

デラさんの心配も、もっともだ。あの男はスモモがどこにいるのか尋ねていた。はっきり彼女の部屋を教えたつもりはないが、しのぶの視線を観察していれば、玄関を上がってすぐのドアがスモモの私室だと気づいたかもしれない。

「藪内は、あの男に殺されたのかもしれない」

しのぶは呟いた。

「警察に通報するべきだ。この動画が証拠になるじゃないか」

デラさんの言葉にも心を動かされる。たしかに、三号の音声データは、藪内とともに

「榛名」がここにいた証拠になるだろう。

——どうしよう。

警察は十数年間も、東條夫妻の件を追いきれず放置してきた、という思いがある。今また警察を頼って、せっかくここまで自力で進めた調査が無駄にならないだろうか。

ふと、気がついた。

「——アルバムだわ」

「なにが」

「あの男がここに来た理由。昨日、藪内の奥さんから、アルバムと手帳を借りたの。あいつ、それを取り返したかったのかも」

教えてもらった連絡先に電話をかけた。電話に出たのは、藪内の息子だった。

「昨日、お邪魔した出原です」

挨拶もそこそこに、本題に入る。

「あれから、誰かそちらに、私たちのことを尋ねた人はいませんでしたか」

『ええ、警察から問い合わせの電話がありましたよ。誰も来なかったかというので、警視庁の刑事さんと、東京の探偵事務所の女性がふたり来られたと話しました』

「アルバムのことも聞かれましたよね」

『そうです、何か渡したかというので、アルバムと手帳をお渡ししたと話しました。どうかしたんですか』

「いえ――」

思った通りだ。あの男は、藪内の遺族が遺品をしのぶたちに貸したと聞いて不安になり、探りを入れるために来たのだ。

「あの、藪内さん。まだお母さまとはお話しできませんか」

おずおずと尋ねると、彼はしばらく背後にいる人物と話していたようだった。

『母に代わります。少しお待ちください』

藪内の妻が電話口に出るまで、どう話せば彼女を傷つけないですむかと、考えていた。相手は夫をなくした直後なのだ。

『――はい。藪内の家内です』

近ごろあまり聞かれなくなった言葉を使う女性だった。彼女の低めの声は、思ったよりもしっかりしている。

「たいへんな時に申し訳ありません。いくつか、お尋ねしたいことがありお電話させていただきました」

藪内の妻は、気丈に『どうぞ』と質問を促した。

「ご主人が、ガリー貿易に転職された理由をご存じでしょうか。昔、傭兵部隊におられたと息子さんから伺ったのですが――」

『ええ、その通りです。ガリー貿易は、主人の昔の仲間が作った会社で、主人は前の会社にいた時から、ずっとそちらに誘われていたようでした』

「ひょっとして、ガリー貿易の出資者の、ジェームス・タケナカという人が——」

『その人です。オーストラリアでも日本でも、よくうちに遊びに来ました。お預けしたアルバムに、ふたりで写っている写真があります。外人部隊の旧友が集まって、パーティを開いた時の写真です』

パーティで、藪内が誰かとふたりで写っているのは、例の写真しかない。

——あの男がタケナカか。

ガリー貿易の社員は、藪内が転職した当時のことを知る人間はいないと言ったが、またしても嘘だった。タケナカ社長が藪内を誘ったのだから。

「ガリー貿易のダン・オークランドと、今井という男性の名前に聞き覚えはありますか」

『もちろんです。ふたりとも、主人の部下でした。彼らがどうかしましたか?』

立て続けに質問を受け、彼女はだんだん不安になってきたようだ。

防犯カメラに残された、藪内と今井の会話を聞いていると、とても「元上司と元部下」の関係だとは思えない。今井のほうが、どことなく偉そうにしていたくらいだ。それに、藪内は社外勤務社員だった。そのことも、藪内は妻に隠していたようだ。

「たいしたことではないのですが——そういえば、いま今井さんが日本に来ていることは、ご存じでしたか」

『あら、知りませんでした。知っていたら、主人が亡くなったことを連絡したんですが』

声を聞く限り、彼女は本当に驚いているようだ。

「今井さんの連絡先を、ご存じなんですか」

勢いこんで尋ねる。

『携帯電話の番号は聞いてます』

「失礼ですが、それを教えていただけませんか。調査の関係で、どうしても今井さんと連絡をとる必要がありまして」

ためらったようだが、結局は電話番号を教えてくれた。丁寧に悔やみと礼を言って、今井には連絡しないように頼み、しのぶは通話を終えた。もし「あなたが日本に来ていると聞いた」などと言われれば、自分たちが彼の正体に気づいたことがばれてしまう。

「――で、どうするつもりだ？」

デラさんの問いかけに同調するように、スモモと筏も仲良く床から見上げている。

今井の電話番号を見つめた。この番号が、まだ生きているとは限らない。榛名探偵事務所と印刷された名刺もあるが、こちらはまず偽造だろう。

――どうしようか。

今井の狙いがアルバムと手帳だったのなら、自分たちが気づいていないことが、まだ写真に隠されているのかもしれない。そう考えて、デスクにアルバムを広げた。

「これが藪内のアルバムと手帳?」

デラさんと筏たちが近づいてくる。三崎も遠慮がちにアルバムを覗いた。

「そう。彼が本当にこれを取り返すために来たのなら、よっぽど重要なことが、隠されているんじゃないかと思って」

三冊あるぶ厚いアルバムのほとんどは、藪内と妻のオーストラリア観光旅行写真で占められている。手帳もほぼまっさらの状態で、見るべき点などなさそうだ。

「ちょっと、お待ちください」

三崎が、一枚の写真を見て、目を細めた。ポケットからルーペを出し、覗いている。

「どうかした? 三崎さん」

ルーペの距離を調節していた三崎は、何かをじっくり観察した後、ため息をついた。

「これを、ご覧ください」

彼が指さしたのは、藪内と妻がオーストラリアの観光地、エアーズロックを背景に、並んで肩を組み、笑顔を見せている写真だった。

「これが――?」

「藪内さまがかぶっている帽子は、二年前に、東條精密機械の五十周年記念式典で、従業員と親密取引先に配られたものです。私もひとつ持っているので、よく知っています」

驚いて写真を見直した。なんの変哲もない紺色の野球帽だが、ひさしの上に、アルファベットが金糸で刺繍されている。三崎にルーペを借りて拡大すると、たしかに東條精密機械と英語で書かれているようだ。

「――藪内は、東條夫妻と連絡を取らなくなった後も、東條精密機械と関係があったということ？　それなら、夫妻が行方不明だと、知らなかったはずないわよね」

三崎が深くうなずき、やるせないため息をついた。

「それだけではございません、出原さま。さらに恐ろしいのは――東條精密機械の内部に、藪内さまと通じていた人間がいるということではございませんか？」

誰かがこの帽子を藪内に渡した。東條夫妻を拉致した黒幕が、東條精密機械の内部にいたかもしれない。

みんなの視線が、スモモに集まった。彼女は無表情に、藪内の写真に視線を落としている。その瘦せた肩が、わずかにこわばっているようだった。

最終話　黙ってついていらっしゃい！

そのニュースが流れたのは、スモモの両親を拉致した犯人が、東條精密機械の関係者だったかもしれないと、しのぶらが突き止めた日の翌日だった。

光顕病院のハッキング事件を解決してから、一週間と少し経っている。

国内有数のIT企業K社が、急激に株価を下げた。創業家でもある社長の危篤説が囁かれていた。「日本のジョブズ」と呼ばれる社長に万一のことがあれば、将来に陰りが見えるのは確実だ。

株価は下げ止まらず、ついには創業社長が公の場に現れて、健在ぶりをアピールするなど噂の払拭に必死だったが、妙な説が流布した原因を調査したところ、四国にある某投資助言・投資代理業者が、会員宛ての情報誌でスクープした情報が、全国的に広まったものとわかった。K社の対応は早く、業者を告訴した。この業者は、同じ情報誌で、ある汚職事件の弁護団に名前を連ねる高齢の弁護士ふたりが、余命わずかとも書いて、彼らからも訴えられている。

「これって、ハッキング犯の正体がわかったってことですよね。光顕病院に教えて、告訴するんですか?」

新聞を机に広げ、バイトの笹塚透（ささづかとおる）が興味津々（しんしん）で記事を眺めている。

「何言ってるの。だからあんたはお子ちゃまなのよ」

「だって本当にお子ちゃまですもん」

透がふくれている。

「いい？　病院側は、ハッキングされた事実を伏せたいの。顧客が不安になるし、外聞が悪いでしょう。犯人はこれで、金銭的・社会的な制裁を受けるし、投資助言・投資代理業を続けられるかどうかも怪しい。やり手の弁護士から訴えられてるしね」

「ていうか、それを狙（ねら）って弁護士に関するデマを流したんですよね」

「その通り」

光顕病院の件は、これで完全解決したと言っていいだろう。

「で、今日のお昼は何？」

待ってました、と言いたげに、透がキッチンに飛んでいく。

「まだ暑いので、ヴィシソワーズと、ほうれん草のキッシュにしてみたんです」

ヴィシソワーズといえば、じゃがいもの冷製スープだ。経費削減と健康のために、エアコンの温度を高めに設定してあるので、事務所内は蒸している。ひんやりとしたスープの喉（のど）ごしを想像し、しのぶはうっとりした。

「もう食べる。スモモを起こしてくるから」

正午を過ぎたが、スモモはまだ事務所に出てきていない。もともと人間が苦手なのに、誘拐犯が両親の関係者かもしれないとわかって以来、さらに顔色がすぐれないようだ。

——そりゃ、ショックが大きいわよね。

スモモの自室をノックすると、くぐもった声が返ってきた。

「お昼ご飯、食べないの？」

数秒の沈黙の後、ドアが勢いよく開く。半分眠ったような顔のスモモが、くしゃくしゃの髪のまま部屋から飛び出してきた。彼女を起こすには、食事の話が一番だ。

「ちゃんと着替えてね。透お手製のヴィシソワーズに、ほうれん草のキッシュだそうよ」

あっという間にバスルームに姿を消した。

しのぶは玄関のドアを開き、マンションの廊下を眺めた。

——特に怪しいものは見当たらない。

昨日、三崎やデラさん、筏らにさんざん脅されたのだ。ガリー貿易の今井という男が、藪内とふたりで事務所を探っていたことがわかった。藪内は死んだが、今井はまた現れるかもしれない。

(お嬢様方は、横浜の家に避難してください。何かあったらどうするんですか)

(同志たちには用心棒が必要だ)

三崎と筏がこもごも言っていた。三崎はともかく、筏はどこか嬉しそうだったが。

（——ダメよ。いつ現れるかもわからないのに、ずっと事務所を留守にできない）

だいいち、逃げ隠れするのはしのぶの性分に合わない。

——来るなら来なさい！

スモモは午前一時を過ぎると電池が切れるので、寝ずの番の役には立たない。昨夜、しのぶは事務所のソファで眠り、襲撃に備えた。手元には金属バットと、護身用のペッパースプレーを置いていた。

ぶうぶう文句を垂(た)れる三崎と筏を自宅に帰らせ、腕に覚えのあるデラさんは、何かあれば駆け付けられるように、携帯を手元に置いて寝ると言ってくれた。

——結局、昨夜は何もなかったけど。

デラさんは、昨夜遅くまで外の様子を窺(うかが)ってくれたらしい。今朝は起きてすぐ彼に電話したが、特に不審な点はなかったそうだ。

今井は三号を恐れている。藪内が侵入した際に、三号の電撃をくらったせいで、計画が狂った。夜間に侵入して、同じ轍(てつ)を踏むのを避けたのかもしれない。

その三号は、今朝ものんびりと事務所を走り回っている。

「しのぶさん、お昼のしたく、できましたよ」

透が呼んだ。食卓にはすでに、涼しげな空色のランチョンマットの上に、スープ皿が並んでいる。どうやら透は、こんなところまで凝(こ)りはじめたようだ。

「――うーん、これは美味しいわね」

濃厚なじゃがいものポタージュをすすり、しのぶは思わず唸った。

「お酒か何か、入れた？」

「シェリー酒を入れるといいって、ネットで読んだものですから。香りづけ程度ですけど、入れてみました」

――うーん、生意気。でも美味しい。

先に食卓につき、無言でせっせとスープを口に運んでいたスモモが、印刷した紙をこちらに滑らせてよこした。

「なあに、これ」

読めということらしい。食事の合間に目を通すうち、しのぶの手は止まった。

「まさか、昨夜はずっとこれを調べてたの？」

印刷されているのは、東條精密機械の社員名簿と、創立五十周年の記念品を贈った先のリストだった。東條夫妻が行方不明になった当時と、創立五十周年の記念式典が開催された当時の両方に、在籍していた社員の一覧まである。

「――意外と少ないのね」

東條精密機械の現在の従業員数は、単独で六千人ほどだ。夫妻が行方不明になった当時も在籍していたのは、うち二百名弱だった。

「急成長、した」

透が切り分けるキッシュに熱い視線を注ぎながら、スモモが呟く。調べてみると、現在の売上規模は、スモモの両親が行方不明になった当時の十倍以上になっている。

――夫妻がいなくなって、会社が急成長したの？

二百名の中には、現社長で、スモモの叔父にあたる東條智弘の名前もある。もちろん、忠実な執事の三崎市郎も載っている。

創立五十周年の記念品は、従業員と親密取引先に配られていた。もちろん、営業担当がそれ以外にも配ったに違いない。親密取引先には、むかし藪内が勤めていた総合商社のテイロクも含まれている。

リストにパシフィック電装の名前を見つけた。鷲田がいる会社だが、取引があってもおかしくないし、そう言えば鷲田は東條夫妻と面識があったと言っていた。

ガリー貿易は、リストに名前がない。

「東條夫妻がいなくなって、得をした人間がいるわけよね」

透は、キッシュと熱い紅茶を出してくれた。香りが、睡眠不足の頭に活を入れる。

スモモが、プラスティックのカードを一枚よこした。

「これは何？」

スモモの顔写真と名前が印刷されている。よく見ると、東條精密機械のロゴマークが模様のように印刷されていた。ＩＣチップも埋め込まれている。

「社員証？　いえ違うわね、ひょっとすると大株主だから？」

「入れる」

スモモがこくりとうなずき、大きく切ったキッシュをひとくちで頬張った。

――そうか。

両親の失踪から七年経った時に、株式の一部はスモモの手にも渡ったのだ。そのあたりは、無頓着かつ無関心なスモモに代わって、三崎が弁護士に相談して相続の手続きをしてくれたと言っていた。

「行く」

スモモが突然、高らかに宣言したので、しのぶは面食らった。

「行くって、どこに？」

「カイシャ」

――東條精密機械に乗り込むつもりか。

「やけくそみたいにも見えるけど、それって案外、良いアイデアかもね」

藪内が死に、今井の行方がわからない上に、ガリー貿易はオーストラリアの会社なので、調査は行き詰まっている。せっかく今井の携帯電話の番号を突き止めたのに、遠野警部に事情を話すと、理由もなく警察が携帯の位置を探知することはできないと言われた。

「——ＯＫ、行ってみるか」

虎穴に入らずんば虎子を得ずと、先日、ジャスティス三号も言ったではないか。

「もし、犯人が東條精密機械の内部にいるのなら、突然現れたスモモを見て、何か手を打とうとするかもしれないし」

「あのう」

透が不安そうにこちらを見ている。犯人との対決に不安を感じているのかもしれない。

安心させようとしのぶが口を開きかけた時、透が言った。

「キッシュ、お口に合いませんでしたか？　なんだか、おふたりとも難しい顔をされているので——」

——そっちか。

「美味しかった。ますます腕を上げたようね。でも、わかってると思うけど、勉強もちゃんとするようにね。約束でしょ、アルバイトしながら高卒認定試験に通って、ご両親の希望通り大学まで行くって」

「ありがとうございます！　もちろんです」

満面の笑みで皿を下げる透を見送る。スモモといい透といい、世話の焼ける奴らだ。

「お待ちください！　ただいま、社長がこちらに参りますから！」

受付の女性が慌てて追いかけてくるのに、しのぶは軽く手を振った。

「おかまいなく。東條さんと一緒に上がりますから」

東條精密機械の本社ビルは、今も日本橋にある。スモモの入館証で、入り口にあるセキュリティシステムは問題なくパスし、スモモが受付で記入した来客カードのおかげで、しのぶの入館も無事に認められはした。

――スモモの入館証がシステムを通過した瞬間に、受付と警備担当者が目を丸くしたことを除けば。

スモモは、受付の女性を無視して、勝手知った様子でエレベーターホールに向かった。一台のエレベーターの扉が開いた。

スモモが乗り込む前に、グレーの背広姿の中年男性が降り、ハグしようとするかのように両腕を広げた。

「桃花じゃないか。どうしたんだ、急に」

――この男か。

しのぶは、スモモにするりと逃げられて空振りしている男性を観察した。

東條智弘。

スモモの両親が健在なら、六十歳前後だったはずだ。その弟だから、五十代後半あたりだろうか。年齢より若く見える。腹周りに贅肉がついているが、それ以外は痩せている。

背丈は百七十センチもないだろう。ハイヒールを履いたスモモのほうが、背が高い。

「そちらはお友達ですか？」

智弘がこちらを見て、苦み走った笑みを浮かべた。三崎に聞いた話では、スモモから自宅と資産を取り上げようとした張本人だ。自信に満ちた表情といい、他人に向ける視線の鋭さといい、野心家と見た。

「『S&S　IT探偵事務所』の出原と申します。東條さんの同僚です」

しのぶは高飛車に言って智弘を見つめた。

「同僚？」

智弘の目に軽侮の色が見えた。引きこもりだったり、ほとんど口をきかなかったりするスモモが、まともに働けるはずがないと考えているからだろうか。

――こいつ、嫌いなタイプね。

しのぶはますますつんとした。

「おや、ご存じないんですか。彼女は日本有数のセキュリティ・スペシャリストです」

「桃花が？」

どうやら彼は、しのぶとスモモが先年のサイバー戦争で重要な役割を果たし、その結果として防衛省と警視庁から追い出されたことを知らないらしい。

――知らなくて幸いだったけど。

「それはともかく、突然会社に来られても困る。もちろん、桃花も社外取締役だが」

──そうか、社外取締役なのか。

納得した。スモモがそんな政治力を発揮するとは思えないので、三崎が手を回して、彼女が社外取締役として、何かの折に自分の意思を表明できるようにしてくれたのに違いない。それらしい仕事をしているところは見たこともないから、おそらく本人は意識していないだろう。

しのぶは智弘に向き直り、冷ややかな表情をつくった。九センチヒールを履いているので、相手を見下ろすようになる。

「私たちは、桃花さんのご両親──東條前社長夫妻の拉致事件を調べています。調査の過程で、御社の関係者の氏名が浮かんだのです」

智弘が顔をしかめた。

「ちょっと──よしてくださいよ。拉致事件？　おまけに弊社の関係者ですって？」

「失踪当時、御社と取引をされていた総合商社テイロクの、藪内という方が、先日変死したことはご存じですか？　ふたつの事件に絡んで、御社の取引先と従業員に関するデータを見せていただきたいのです。もちろん、ご協力願えますよね？　御社の前社長夫妻──あなたのお兄様に関することなんですから」

「待ってください。協力したいのはやまやまですが、個人情報保護というものが──あっ、桃花はどこに行った！」

　いつの間にか、スモモが姿を消している。慌てふためく智弘を、しのぶは穏やかに諭しながら、内心ではにんまりしていた。

「どうぞお静かに。彼女のことですから、サーバールームかもしれません。コンピュータを使える場所はありますか？　拉致事件の調査にご協力ください」

　わざと大声で言った。個人情報保護を盾に取り、智弘や社内の人間が、データへのアクセスを断ることは目に見えている。あっさり内部に侵入したスモモが正解だ。

　通りかかる社員たちが、みんな社長と見知らぬ女性の会話に興味津々で、ちらちらと見ていく。変死したという言葉や、東條前社長夫妻の拉致事件などと耳にして、彼らはきっと、社内にいろんな噂を広めてくれるだろう。

「行かないんですか？」

　しのぶは、開いたエレベーターに乗りこんで、微笑みかけた。

　東條精密機械の取引先は、国内外あわせて百社を超える。この十数年間で、売上規模が十倍以上になったというスモモの調査結果から、真っ先にしのぶが調べたのは、取引金額が急激に増えた取引先だった。

「――藪内氏が勤務していたテイロクは、東條夫妻の失踪後、御社の売り上げの二割を占めるまでになりましたね。これは、どういう事情ですか」

サーバールームにはアクセス権がないので入れないと言われ、しのぶたちが通されたのは、社長室の隣にある応接室だった。そこで、スモモは持ち込んだ端末を広げている。LANに接続したいという希望は、今のところかなえられていない。何をされるかわからないと、心配しているのだろう。

「私も、兄の代理として社長業を引き継いだばかりのころだから、当時のことはよく知らないんだ。だが、テイロク社とは、今もハンディPOS端末とか、業種別のPOS製品などで取引がありますよ。売り上げが増えたと言えば、たしかにそうかな」

社長の東條智弘は、今日の予定をすべてキャンセルして、ふたりに付き添っている。

「ガリー貿易というオーストラリアの企業に聞き覚えはありませんか」

「知りませんね。何の会社ですか」

「藪内氏は、テイロクを辞めてガリー貿易に転職し、先月、定年退職したばかりだったそうです。つい先日も、ガリー貿易の今井という人と会っていたことがわかっています」

「その件ではお役に立てないようだ」

当初は泡を食っていたが、智弘はだんだん落ち着いてきた。秘書に命じてコーヒーとお茶を用意させたり、薄着のスモモのためにエアコンを緩めたりと、気を遣っている。

「私たちは、殺された藪内氏の未亡人から、彼の手帳とアルバムを借りました。その中に、藪内氏がつい最近まで、御社と関わりを持っていたことを示す証拠があったんです」

「わが社と？」

　智弘が顔をしかめる。

「社長は、東條夫妻の失踪について、まったく心当たりはないんですか」

「もしあれば、すぐに警察に知らせたよ」

「言いにくいかもしれませんが、会社が脅迫を受けたようなことは？」

「まさか。そんなことがあれば、真っ先に兄夫婦の失踪との関係を疑った」

　今のところ、智弘に疑わしい点はない。

　膝（ひざ）に載せた端末で、なにやら調査を進めているらしいスモモに、彼は身を乗り出した。

「──なあ、桃花。おまえがそんなスキルを持っているとは知らなかったよ。わが社も、セキュリティの担当者は常に人材不足だ。おまえさえ良ければ、うちのシステム部門に来ないか」

　ちらりとしのぶの様子を窺う。

「それが嫌なら、おまえたちの事務所とわが社との間で、契約を結ぶ手もある」

　──ぐらりと来るようなことを。

　常に銀行の口座残高を気にしている、零細探偵事務所の共同経営者としては、魅力的な申し出と言えるだろう。

スモモは何も言わず、見透かすような瞳で叔父を見返した。彼は、たじろいだようだ。

「――桃花が言いたいことはわかってる。兄さんたちがいなくなった後、私がお前を無理やり、あの家から引き離そうとしたと思っているんだろう。あの時は、そうしたほうがいいと考えたんだ。お前はたった九歳だった。もともと口数の少なかったお前は、それを境にあの豪邸に引きこもろうとしていたし、身の回りの世話をする人間もいなかった。まあ、後になって、三崎が見かねて住み込んだがね。私たち夫婦の手元において、兄夫婦が戻るまで育てたほうがいいと思ったんだよ。財産を奪うとか、そんなつもりはなかった。三崎には邪推されて、さんざん嫌われたが。あいつは兄さんの親友だったからな」

しのぶは、注意深く智弘の言葉に耳を澄ました。十何年も昔のことだ。当時、ほんの子どもだったスモモになら、何とでも言える。

「だが言っておくが、三崎だって当時、兄さんたちとあまりうまくいってなかったんだ」

「それは――どういうことでしょうか」

目に入れても痛くないくらい、スモモを可愛がっている、忠実な三崎の姿を知るだけに、意外に感じて身を乗りだす。

「三崎は堅実で、経営判断は慎重だった。ちょうど、会社の経営方針を大きく転換しようとしていたころだったから、あまりに慎重な三崎を、兄も少々もてあましていたのさ」

「三崎さんは、具体的に前社長といさかいがあったんですか?」

「いさかいというわけではないが――。兄は、三崎を財務部長から別のポストにつけることも検討していたようだった。本人が気づいていたかどうかは知らないがね」

――あの三崎が、スモモの両親を誘拐したなどということが、ありうるだろうか。

しのぶはしばらく可能性を考えてみて、首を横に振った。三崎は、ひとりぼっちになったスモモを、ずっと支えてきた。それが、両親に対する罪悪感からだったなんて、考えたくもない。

「三崎さんはあの後スモモの執事になりましたが、会社経営に関する権利は、あなたが手に入れたわけですよね」

しのぶが口を挟むと、彼はやれやれと言いたげに振り向いて眉をひそめた。

「あなたも私を疑っているのか。繰り返すが、当時、桃花は九歳だった。そして会社は、すぐにでも社長の決裁を必要とする案件を、数多く抱えていたんだ。私は業務部長だった。誰かが会社の仕事を回さなきゃいけなかった。それには権限を手に入れる必要があった。だから、株式の持ち分も変更したし、兄夫婦の失踪宣告も急いだよ」

そして、スモモの東條精密機械に対する影響力は最小限に低下した。彼女がそれを残念がっているとは思えないが、事実は事実だ。

彼が深いため息をついた。

「――もう、兄夫婦は戻らないだろうな」

「諦めておられるんですか？」

「諦めたくはないが、二十年近くも経つんだ。本人が自分の意思で姿を消したのならともかく、そうでなければ戻るはずがない。無駄な期待はしたくない」

　ふと、ある疑問が脳裏に浮かんだ。

「仮定の話ですが、もし、お兄さん夫婦が行方不明になっていなければ、この会社やあなたはどうなっていたと思います？」

　智弘は何度か瞬きし、首をかしげた。

「――どうかな。考えたこともないが、兄は三崎ほどではないにしろ堅物だったから、堅実に会社を運営したんじゃないだろうか。私は今も業務部長をしていたか、あるいは別の会社を立ち上げていたかもしれないね。兄より山っけが強いからな」

　智弘がにやりと笑った。スモモの無茶な性格は、堅物の両親より、叔父に似たのかもしれない。この十数年で、智弘は経営者として成果もあげている。

　しかし、スモモの両親が消えて得をしたのは、弟の智弘だと言えなくもない。富と権力を、丸ごと手に入れたのだ。

「――システム部門、どこ」

　いきなりスモモが立ち上がった。

「どこって――おい、桃花」

「働く」

「ひょっとして、うちのシステム部門に勤めると言ってるのか？」

「どうやらそうらしいですね」

まったく、いちいち意表をついてくれる。スモモが一般企業で勤務するなんて、ムリだとは思うが――とはいえ、以前は警視庁に勤めていたのだった。

――うちの事務所、どうすんのよ。

「場所、どこ」

「待ちなさい、お前がわが社で働く気になってくれたのは嬉しいが、今すぐ社員にというわけにはいかないよ。人事部門に話を通すから、採用の手続きをして、人事関係の書類を集めて――少なくとも数日は」

スモモが、泥人形を見るような目で、叔父を見た。そのまま、自分の端末を鞄に投げ込むと、すたすたと会議室を出ていった。あれは帰るという意思表示だ。

「おい、桃花！　お前はいったい」

しのぶも立ち上がった。

「すみません、彼女は気が短いので、採用の件は準備が整い次第、ご連絡お願いします」

あっけにとられている智弘を残し、エレベーターを待っているスモモに追いつく。

「――ちょっと！　何を考えてるのよ」

「ひょっとして、社内を引っかきまわして、何が出るか見ようとしてると言いたいの？」

スモモがこくりと真剣にうなずく。しのぶは脱力し、ショルダーバッグを持ち直した。どうやら自分も、執事の三崎と同じ道をたどりつつあるようだ。スモモの言葉を、先回りして補うようになってしまった。

「カキマゼタ」

引っかきまわすのはいいが、敵がどこに潜んでいるのかわからない。これでは、敵の正体を確かめるまで、気を抜く暇もない。

「──まあいいわ。何が出るかは、お楽しみってことね」

犯人の関係者が社内にいるなら、行方不明になった前社長のひとり娘が勤務すると聞いて、どう思うだろう。しかもその娘は探偵で、警視庁に勤務したこともあるというのだ。

──調査に来たと思うに決まってる。

藪内の妻から、アルバムや手帳を借りたことも、智弘に話した。うまくいけば、彼の口から周囲に伝わるかもしれない。

つまりこれは、スモモをおとりにした罠だ。

開いたエレベーターのかごには、きちんとスーツを着た社員が数名、乗っていた。もう噂が広まっているのか、彼らは一瞬まじまじとスモモを見つめ、しのぶたちが乗り込んだ後も、気になってしかたがない風情で、ちらちらと様子を窺っている。それでも誰も話しかけてこないのは、互いに牽制しあっているからだろう。

――勤務先の創業者一族で、社長の姪の大株主が、こんなに若くて美人ときてはね。

おまけに着ているものときたら、ピンクのラメ入りのホルタートップに、黄色いホットパンツときた。バイトの透が鼻血を出しそうな顔をして目をそらしたほどだ。

スモモが勤め始めれば、若手社員の間で血を見るような騒動が勃発するのではないか。

罪作りなスモモは、素知らぬ顔で階数表示を見上げている。

「だからって、アルバイトもしばらく休みだなんて、横暴すぎます！」

透が唇を尖らせたが、想定の範囲内だ。しのぶは腕組みして、冷ややかに透を睨みかえした。

「うるさいわね。遊びじゃないの。事務所を襲撃される可能性だってあるのよ。あんたがいたら邪魔なの」

「だって、その間、しのぶさんたちは何を食べるんですか！　僕がアルバイトに来るまで、栄養補助食品やカップ麺ですませていたって、あれだけ愚痴っていたのに」

「しばらくの間じゃない。それくらい我慢できるわよ。大人なんだから」

透がキッと悪びれずにこちらを見上げた。

「いいえ、僕が嫌なんです！　しのぶさんたちには、とびきり美味しいものを食べてもらいたいんです。美味しいものを食べて、幸せそうに笑っててほしいんです！　僕はまだ何の力もない子どもだけど、助けてくれたしのぶさんたちに、僕ができる唯一の恩返しなんですから！」

――なに言ってんのよ、生意気に。

そう言い返しそうになり、透の涙目を見て口をつぐむ。

人差し指でピンとおでこをはじくにとどめた。透が額(ひたい)を押さえて、ハトが豆鉄砲をくらったような顔で見上げている。

「――わかった。あんたの気持ちに免じて、休業がそう長く続かないことは約束する」

「本当ですか」

「たぶん、ほんの数日よ。その間に、あんたは高卒認定試験の勉強を進めて、新しい料理のレパートリーでも増やしておいて」

「――約束ですよ」

「あら、生意気」

透が一瞬ひるんだが、そんな場合ではないと思ったのか、身を乗り出した。

「しのぶさんたちも、絶対に危ない真似(まね)をしないでくださいよ。『バルミ』のマスターや、三崎さんだっているんですから。ちゃんと頼ってくださいね」

「大丈夫よ。三号もいるし」

子どものくせに、よけいな心配をするやつだ。透は、「こんなことなら、スープの作り置きくらいしたのに」などとぶつぶつ文句を言いながら、事務所を出て行った。

ジャスティス三号に頼るのは、筏の手前ありがたくないが、この際、使えるものは何でも利用する。

三崎は、横浜の東條邸に避難するようにとしつこくスモモに迫っていたが、それでは罠の意味がない。横浜がダメなら三崎がこちらに泊まり込むとも言ったが、それは丁重にお断りした。六十を過ぎた三崎に無理をさせるわけにもいかない。

それに、智弘の言った、三崎と東條社長の仲がこじれていたという話が、ちらっと脳裏をよぎらなかったと言えば嘘になる。

——三崎さんまで疑わなければならないとはね。

因果な商売だ。

「バルミ」のデラさんが、夜だけ事務所に泊まりこんでくれることになっている。そう言って、三崎を説得したのだ。

「——来たぞ。寝袋ひとつあればいいよな」

アウトドア用の寝袋を抱えたデラさんが、夕方になるとやってきた。どすんと音をたてて、寝袋を床に落とす。

「うん、ありがとう」

侵入者に対応する警報装置もつけた。

「本当に、日中はいいのか？　しばらく店を閉めて、ここに詰めたっていいんだぞ」

「ありがとう。だけど、そういうわけにはいかないから。昼間は私たちだけで、なんとかするから心配しないで」

「遠慮はするなよ」

デラさんは、店を開けている時は、注意して通りの様子を見るとも言った。腕っぷしには覚えがあるらしい。

──前は何をする人だったんだろう。

少なくとも、単なる喫茶店のマスターとは思えない。

しのぶの腕をつかむと、彼は顔を寄せ、じっと目を見つめた。

「いいか、出原。おまえもスモモも、どんなことでも自分たちだけで解決しようとする心意気はすごいと思う。なにしろ、サイバー戦争を自分の手で止めようとした奴らだからな。しかし、こんな時には、他人の厚意に甘えていいんだ。危ない時はいつでも言えよ」

「ありがとう」

デラさんに言われて初めて、自分たちがサイバー戦争を止められると本気で信じていたことを思い出した。他人を頼るという発想は、あの時も今も、しのぶにはない。

ただし、がむしゃらに走っているうちに、誰かが差し伸べてくれる手を、振り払いはしない。それだけ自分も大人になったのだ。

遠野警部にも状況を報告して、万が一の時には警察が駆け付けやすいように、パトロールの経路を調整してもらった。

筏は、しのぶたちの携帯電話の位置情報を、自分の研究所で取得できるようにしたいと申し出たが、冗談じゃないと断った。親切で申し出ているのかもしれないが、事態がおさまれば、悪用するに決まっている。「ちっとも信用してくれない」と筏が拗ねていた。

「明日からカイシャ、行く」

スモモが涼しい顔で告げた。

「智弘さんと話がついたの？」

予想外に早い展開だった。

しのぶは、スモモの肩をつかんで自分のほうをしっかり振り向かせた。

「スモモ、いいわね。会社の中までは一緒に行けないからね。気をつけるのよ」

こくりと子どものようにうなずく。こういうときは素直だ。

スモモが自室に閉じこもったのを見計らい、様子を窺っていたらしいデラさんが眉をひそめた。

「そこまで危ないのか？」

「──正直、わからない。だけど、デラさんも気をつけてね。相手はすでに、ひとり──

いいえ、スモモの両親を含めると、三人殺してるかもしれないの」

「本当か、それ？」

しのぶがうなずくのを見て、デラさんの表情が、すっと凍る。彼の中で、何かのスイッチが入ったような印象だった。

「容疑者のあたりはついているのか？」

「いいえ。スモモの両親がいなくなって、結果的に得をしたのは現社長――スモモの叔父さんの智弘さん。その智弘さんは、スモモの執事の三崎さんが、スモモのお父さんの不興を買っていたと暴露していた。だけど、三崎さんの場合、事件で得をしたとは思えないし――。東條精密機械の社員や取引先だって、どうかかわってくるのかわからない。容疑者を絞り込むには早い段階ね」

こんな話、スモモには聞かせられない。特に、三崎も容疑者のひとりだなんて。

「容疑者が絞れないから、スモモがおとりになるってのか。お前らのやることは、あいかわらず無茶だな」

しのぶはため息をついた。

「あたしがおとりになれるものなら、代わりになるわよ」

しかし、犯人の目は東條前社長夫妻の娘であるスモモに向くだろう。

「まあ、スモモはああ見えて、体術にも長(た)けてるからな」

デラさんは安心させるようにそう言ったが、問題はそっちではない。逆だった。

——心配なのは、スモモが誰かに大けがでもさせないかってことなんだけど。

デラさんにそう言うわけにもいかず、しのぶはただ肩を落とした。

「まあ、そう気をもむな。会社への行き帰りは、問題ないだろう。あいつが会社に行ってる間、お前は図書館とかそういう、公共の場にいたほうがいい。人目があれば、そいつらもおかしな真似はできないだろう」

「事務所にいれば大丈夫だと思うけどね」

「——お前は生き抜く力が強い。そうやって、スモモを守ってきたんだな」

デラさんがにやりと笑い、しのぶの肩を叩いた。

——そりゃ、守ってきたつもりだけどさ。

「デラさんも、誰かを守ってるの？」

自分たちではない。彼とは、このマンションに事務所を開設して以来の知り合いだ。マンションの一階で、美味しいコーヒーを丁寧に淹れてくれる喫茶店のマスターが、何かにつけて心配してくれるのは、他に理由があるような気がしていた。

デラさんは黙って事務所の床に寝袋を広げ、もぐりこんだ。

「俺はもう寝る。お前らも、さっさと休んで明日に備えたほうがいい」

——ちぇ。だんまりか。

スモモが、スマホのメールを見ながら、自室から現れた。

「スマホ」

「は？　あたしのスマホを貸せって？」

手をこちらに差し出している。何ごとかと興味を引かれながら渡すと、そのまますたすたと再び自室に入ってしまった。

「ちょっと、スモモ！　スマホなんて、個人情報の塊（かたまり）なんだからね。早く返してよ」

いくらスモモでも、スマホを好きに使わせるなんて、考えられない。パスワードでロックをかけて、保護していてもだ。彼女はすぐに部屋から出てきて、目をきらきらさせながら、スマホを返してよこした。

「ちょっとスモモ、いったい何をしたの？」

「おそろい」

「げっ、何よこれ！」

スモモがふたつのスマホを並べてこちらに見せた。どちらも裏側に、キラキラ光るスマイリーマークが輝いている。無断でシールを貼ったらしい。

「あんたねえ、あたしがこういうの大嫌いだって知ってるくせに」

今どきの「女子」が好むような、光りものやキャラクターグッズは好きになれない。とはいえ、スモモの嬉しそうな顔を見ていると、文句を言う気が失（う）せた。

「まあいいわ。とにかく、デラさんの言うとおり、もう休みましょう。勝負は明日以降に持ち越しよ」

　こくりとうなずいたスモモが、機嫌よく自分の部屋に消えていく。

　デラさんのために照明を消して自室に入ろうとした時、寝袋の中で彼が身じろぎした。

「俺は守りそこねたんだ」

「――え」

　聞き返したが、答えはなかった。しのぶはそのまま静かに、扉を閉めた。


　朝、デラさんは階下の「バルミ」に戻り、スモモが出勤していく。電車に乗るそうだ。彼らを見送り、しのぶは事務所で電話番だ。

　このところ、いくつか大手企業の仕事をこなして、少しは依頼の電話も入るようになった。とはいえ、今は東條精密機械の件に集中したい。

　迷い犬捜しは丁重にお断りしたが、パシフィック電装の鷲田が、また顧客に紹介してくれたらしく、六本木のＩＴ企業から、機密資料の情報洩れを調査してほしいと頼まれた。スモモが戻るまで、着手を待ってもらうしかない。鷲田には、丁重に紹介のお礼と、着手を待ってもらうしかなかった事情をメールで送った。スモモが東條精密機械に勤め始めたと書くと、鷲田の返信がすぐに届いた。喜んでくれたようだ。

十一時過ぎにデラさんから電話が入った。

『俺は店にいるが、そっちは問題ないか』

「ありがとう、今のところ大丈夫。後でコーヒー飲みに行くね」

スモモが、今ごろどんな顔をして仕事をしているのか想像すると、笑いが漏れる。叔父の智弘とはうまくやれているのだろうか。

スモモと透がいないと、手狭なはずの事務所がだだっ広く感じる。しばらく前まで、自分はサイバー防衛隊と呼ばれる部隊で仕事をしていた。あの頃のことは、まるで前世の記憶のようだ。

――アノニマスの一員だったこともあるし。

自分の人生には何度か転機があった。ひとつめが、海外留学から帰国した際に、スモモと出会ったことだ。ふたつめは、セキュリティの専門家として仕事を始め、名うてのハッカーになっていたスモモと再び出会ったこと。サイバー防衛隊に入り、サイバー戦争から本物の戦争が始まるのを食い止めるために、スモモと組んで策略をめぐらせたこと――。

そして最後に、この事務所を開いたことだ。

――事務所とスモモは、必ず守ってみせる。

三崎がどれだけ横浜に戻れと勧めても、スモモがうんと言わなかったことが、正直、しのぶは嬉しかった。

スモモにとっても、この事務所がホームなのだ。憩いの場所であり、くつろげる家。

事務所を滑るように行ったり来たりしていたジャスティス三号が、こちらに近づいてきた。目の位置の赤いランプが、キラキラと輝いている。

「どうしたのよ、三号」

人懐(ひとなつ)こい犬のようにすり寄ってきた三号に、つい声をかけてしまい、しまったと思った。良くない傾向だ。いくら誰もいないからといって、ロボットに話しかけるとは。

三号は、ただ目をキラキラさせただけで、離れていった。妙なロボットだ。しかし、今ではすっかり事務所の風景に溶け込んでいる。

——こうやって、日常生活ができあがっていくのかもしれないけど。

この生活を変えたくない。この事務所が、しのぶ自身にとっても、もはや代えがたいものになっているのだ。


その電話が事務所にかかってきたのは、午後八時過ぎだった。

勤務の初日なのに、スモモの帰宅が遅い。だんだん心配になり始めていた。

『エスアンドシット探偵事務所の方ですか？』

若い女性の声が読み上げた名前に、顔をしかめる。いちばん嫌いな読み方だ。

「『S&S　IT探偵事務所』です。どちらさまでしょうか」

『こちらは、東條精密機械の総務課です。東條桃花さんから、こちらにお電話するようにと言われまして。そちらに出原さんはいらっしゃいますか』

「出原は私です。スモモが――いえ、東條さんがどうかしたのでしょうか」

胃のあたりを冷たい手でつかまれたような嫌な感触をこらえる。

『十五階の会議室に閉じこもって、出てこないんです。出原さんに来てほしいと言っています』

「なんですって」

――いったい何があったのだろう。

しのぶは腰を浮かせた。

そもそも、スモモは引きこもり体質だ。横浜の自宅の一室にこもり、学校にも行かず、ハッキング三昧の暮らしを送っていた。無理やり引っぱり出したのは、遠野警部だ。彼はコンピュータのセキュリティに造詣(ぞうけい)が深い引きこもりの少女がいると知って、警視庁のセキュリティ対策部隊に推薦してくれたのだ。はじめは興味を示さなかったスモモを気長に説得し、警視庁に就職するところまで持っていった。警部がいなければ、今でも彼女は横浜の自宅に引きこもっていたに違いない。そんな彼女が、何かをきっかけに、急激な環境の変化に耐えられなくなったとしても、おかしくはない。

「わかりました。すぐそちらに向かいます。東條社長はいらっしゃいますか」

『社長は外で予定がありまして、先に退社しました。もう、社員がほとんど帰宅して、正面玄関は閉まっているんです。夜間の出入り口から入ってください』

「では、すぐに伺います」

受話器を置き、ショルダーバッグに必要なものだけ投げ込んで、事務所を飛び出す。この時刻、東京の道路は混むはずだ。地下鉄で行ったほうがいい。

──しばらく、調子が良さそうだったのに。他人ともうまくつきあっていたし。

事務所を開いてからは特に、少々遠巻きではあったにせよ、知らない人間にも会ってみようという努力を感じた。会議室に閉じこもるなんて、嫌なことでも起きたのだろうか。

スモモのスマホに電話してみたが、電波の届かない場所にいるか電源が入っていないというメッセージが流れるばかりだ。

地下鉄の駅から会社まで、帰宅途中の会社員の流れに逆らうように走った。スーツにピンヒールを履いた彼女が駆けると、みんな、何事かという顔で振り向いていく。

夜間の出入り口は、すぐにわかった。午後九時だが、東條精密機械本社の窓は、ほとんど真っ暗になっている。

夜間出入り口は閉まり、鍵がかかっていたが、脇にインターフォンがあった。

「『S&S　IT探偵事務所』の出原と申します。東條桃花さんのことでご連絡をいただきまして、伺いました」

インターフォンの呼び出しボタンを押して話すと、『どうぞ』という男性の返事とともに、鍵が開いた。総務課の女性は、夜間出入り口に連絡してくれたらしい。

入ってすぐ守衛室があったが、覗(のぞ)くと誰もいない。しかも、目の前にあるセキュリティゲートはしっかり閉まっている。ICチップつきの入館証がないと、ゲートが開かない。

「ちょっと――誰か迎えに来てくれるんでしょうね？」

イライラしながらしのぶはこぼし、あまりに静まりかえってひと気のないビル内に、ふと不穏な気配を感じた。

――どうして誰もいないの。

さっき電話してきた女性はどこにいるのだろう。ドアを開けてくれた男性は。

もう一度、スモモのスマホに電話をしたが、やはり電波が届いていないらしい。あるいは、何かの理由でスモモが電源を切ってしまったのかもしれない。

「誰かいらっしゃいます？」

大声で呼んだが、内部はひっそりとしている。

――ままよ。

これでも、思いきりはいいほうだ。

「ごめんあそばせっと」

しのぶは、膝上のタイトスカートで、ひょいとセキュリティゲートのバーを乗り越えた。とがめる守衛の姿はどこにもない。

——変ね。ひょっとすると、罠かも。

行かないという選択肢はない。スモモが捕まっているかもしれない。ショルダーバッグから、護身用のペッパースプレーを取り出す。

——警察を呼ぶべき？

しかし、まだ具体的な事件が起きたわけではない。呼ばれたのに、社員が誰もいなくて中に侵入できてしまった——では、警察も相手にしてくれそうにない。

デラさんに声をかけてくれれば良かった。スモモが会議室に閉じこもったと聞いて——いかにもありそうなことだけに——慌ててしまったのだ。

照明はこうこうと点いている。エレベーターのボタンを押すと、すぐにかごのひとつが開いた。ずっとそこで待っていたかのようだ。

乗りこんで十五階のボタンを押した。到着してドアが開く瞬間、しのぶは身体を壁際に寄せ、ペッパースプレーをいつでも噴射できるようにかまえて待った。ドアの向こうに、暴漢がいるかもしれない。

——誰もいなかった。

十五階のフロアは、エレベーターホールも廊下も含め、非常口を示す緑の照明が点いているだけだった。自動ドアが開くと、その向こうはがらんとしたオフィスだ。

「もうみんな帰ったの？」

明かりをつけたかったが、スイッチの場所がわからない。机が並ぶ真っ暗なオフィスに、腰に手を当てて仁王立(におうだ)ちし、しのぶは眉間(みけん)に皺(しわ)を寄せた。

誰もいない理由はすぐわかった。暗さに目が慣れてくると、壁に「本日はノー残業デー」と印刷した紙が貼られているのが見えたのだ。つまり、今日は多くの社員が、定時で会社を出たわけだ。

——あの電話は嘘だったのか。

ひそやかな話し声が聞こえて、耳を澄ませた。フロアの奥の、ガラス扉の向こうから聞こえてくる。男と女の声だった。用心して、しのぶは隅(すみ)のデスクの陰に隠れた。しびれが切れるくらい、物音ひとつ立てずに待った。

ふいに、しのぶがいま入ってきた側の自動ドアが開いた。奥のガラス扉も開き、男が入ってきた。相手は二方向に分かれ、しのぶを挟み撃ちにする気だ。暗いが、スーツ姿の男女のようだ。警備員ではないが、手に棒のようなものを持っている。男がスーツの上着を脱ぎ、デスクの上に放った。シャツの袖をまくりあげている。

「いたか」

「いいえ」

しのぶはペッパースプレーのボトルを握りしめた。声に聞き覚えがある。男はガリー貿易の今井だ。しのぶたちの事務所を訪問した時は、探偵事務所の榛名と名乗っていた。女は、さっき電話してきた声だった。

「そんなはずはない。エレベーターは十五階にしか止まらなかったし、さっき自動ドアが開く音がした。この中にいるはずだ」

「誰もいないわ」

「捜せ。見逃すなよ。頭の回る女だ。そいつさえ捕まえれば、もうひとりは引きこもりだから、どうにでもなる」

「明かりのスイッチはどこ？」

ぼそぼそと話し合っている。数瞬の後、真っ暗だったフロアが、思わず目を閉じるくらい爆発的な光に包まれた。

しのぶはますます身を縮めた。彼らが諦めてフロアを出るまで隠れているのは無理そうだ。何かを引きずる音がした。「これでいい」という声がしたので、こっそり覗いてみると、表と裏のドアの前に、椅子が並べられていた。しのぶが出るには、まずあれを退けなければならない。

「出原さん！　そこにいるんでしょう」

今井が声を張り上げた。

「あなたは誤解している。僕は味方ですよ」

──なにが味方だ。しらじらしい。

しのぶは舌打ちをこらえ、バッグの中からスマホを取り出した。一一〇番して事情を説明する余裕はない。助けて、と叫んで電話をつないだままにしておけば、駆け付けてくれるだろうか。警察官が到着してオフィスに飛び込んでくるまでに、どのくらい時間がかかるだろう。

──デラさんなら。

メールで場所を知らせ、簡単に事情を書いておけば、警察をつれてきてくれるかもしれない。今すぐメールを打てば──。

みしりと床のきしむ音がして、ハッとした。奴らは、足音を忍ばせながら、フロア中を歩き回って捜すつもりらしい。こちらに近づいてきている。助けを呼ぶのは後回しだ。

──ええい、もう、自力本願よ！

自分はいつもそうだ。他人を頼るのを潔しとしない。唯一、頼りにしているのはスモモだけ。自分はスモモを守っているつもりだが、それと同時に頼ってもいる。

──立派な共生関係ね。

こちらの武器が、ペッパースプレーひとつでは心もとなかった。周囲を見回しても、普通のオフィスに、格闘用の武器に適したものはない──いや、あった。

しのぶは、部屋の隅に鎮座（ちんざ）している、真っ赤な消火器に目を留めた。相手が拳銃でも持っていない限り、あれなら使える。ショルダーバッグを床に置いた。

あと少し相手が近づいてきて、角を曲がれば確実にこちらの姿が見えるはずだ。しのぶは、足音と気配で相手との距離を測った。手持ちのペッパースプレーは、相手が五メートルほどの距離にいなければ効果がない。

十メートル、九、八――。

――今だ。

立ち上がり、スプレーのノズルを相手に向けて、ボタンを押す。

「きゃっ」

女のギョッとした顔が、泡状のペッパースプレーを噴霧されて、痛みに歪んだ。目に入ると激痛が走り、長時間にわたって行動不能になる。目を閉じて床に座りこみ、真っ赤な顔で唸りながらハンカチを探している。

その隙に、しのぶは消火器に走った。まだもうひとり――今井がいる。

「こいつ！」

今井が駆けてくる。長い特殊警棒を握っている。しのぶは急いで消火器のホースと、安全装置のピンをはずそうとした。焦るせいか、なかなかはずれない。

今井が振り下ろした警棒を、消火器本体で受け止めた。ガンと低い金属音が響く。身体をひねって膝の下に蹴りを入れたが、ピンヒールでは効果がなかった。

「おとなしくしろ！」

「スモモはどこ！」

「暴れるとあの女を殺すぞ！」

「どこにいるのか、言いなさい！」

接近戦になると不利だ。ひたすら走って逃げ、焦りながらも安全ピンに手をかけた。

「しぶといな！」

「あたりまえでしょ！　あんたの仲間が、東條夫妻をさらったのね！　どこにやったの」

「知るか！」

ホースの筒先を今井の顔に向け、持てる力をすべて握力にこめてレバーを握る。

「うわっ」

真っ白な消火剤の泡が、今井の頭から上半身をずぶ濡れにする。目と口に入ったのか、咳きこんだ。両手を上げて顔を隠そうとしたが、噴出の勢いに負けたらしい。顔をそむけて背中を向ける。泡で手が滑ったのか、特殊警棒を取り落とした。その頭に、消火器を振り上げて叩きつけた。もう消火剤が残っていないので、カンという軽い音がした。

しのぶは消火器を捨て、落としたバッグを拾い上げて走った。途中で今井の上着を見つけ、思いつきでひっつかんだ。

――どっちに行こう。

表から来たのだから、表に出るべきだ。奴らが並べた椅子を、急いでどかす。エレベーターか階段か。あの様子では、ふたりともすぐに行動には出られないと思うが、仲間がいるかもしれない。

十五階のエレベーターホールには、しのぶが乗ってきたかごが、まだいた。飛び込んで、ドアを閉めるボタンを連打した。フロアの自動ドアが開く音がする。足音が聞こえる。今井が追ってきた。

──早く、早く早く！　閉まって！

連打の効果かどうか、扉が閉まりかけた。そこに、今井の指がぐいと扉をつかんだ。閉まりかけた扉が、また開こうとする。

「しつこい男はモテないんだからね！」

ショルダーバッグの角を指に叩きつける。指が離れた。しのぶはいつも、バッグにノートパソコンを入れている。硬くて重い。

危ないところで扉が閉まった。階数表示が下がりはじめるまで、安心できなかった。ペッパースプレーはもう残っていない。

ショルダーバッグの中をかき回し、スマホを見つけた。とにかく誰かに助けを求めなければ。警察？　そうだ、ビルの外に出て警察を──。

かごが一階に止まり、扉が開く。誰もいないことを確かめて、ホールに飛び出す。やはり、一階は森閑としている。夜間出入り口に向かって駆けだした。

――スモモは、スモモはどこにいるの？

自分だけ逃げてきてしまったのなら、どうしよう。彼女がもし本当に、このビルの会議室のどこかにいたら。

――ううん、違う。

しのぶは先ほどの今井とのやりとりを思い出し、首を振った。彼らはスモモの身柄を押さえていない。もし押さえていれば、鬼の首を取ったように連れてきたはずだ。あるいは写真を見せたかも。できなかったのは、スモモが連中につかまっていないからだ。

今井の仲間は見当たらなかった。来た時と逆に、セキュリティゲートを飛び越え、夜間出入り口を飛び出す。やはり、誰も咎めるものはない。

「おい、出原！」

急に声をかけられて、仰天した。

「大丈夫か！」

Tシャツの袖をまくりあげて、バットを握ったデラさんが目の前にいた。

「デ、デラさん？」

「同志出原！」

向こうから、白衣の男も走ってくる。降りたばかりのタクシーが走り去った。

「筏？」

まだ誰にも知らせていないのに、なぜ彼らがここにいるのだろう。おまけに、パトカーのサイレンまで近づいてくる。

「ど、どういうこと？」

「筏君のお手柄だ！　お前のスマホの位置情報を、監視していたそうだ」

「そう、それに、スマホで盗聴もしていたのだよ、同志出原！」

――なにドヤ顔で言ってんの、こいつ。

ハッキングさせた覚えはないのに、いったいどうやって――。

「ああーっ！」

そう言えば、スモモが、しのぶのスマホにスマイリーマークのシールを貼ったことがあった。――あの時か。

「でも、そんな設定をするには、あたしのスマホのパスコードを知らないと」

「君のパスコードなど、とっくにお見通しだとスモモ君は言っていた」

――なんだと。

つまり、スモモの助けを借りて、筏はしのぶのスマホにウイルスを忍ばせた。位置情報を見ていたら東條精密機械に入るのがわかり、盗聴してみるとどうやら敵におびきだされたようだ。

「俺は筏君から電話をもらって、バイクで駆けつけたんだ」

デラさんが路上に停めてあるバイクを指さす。

「お前、大丈夫か？」

「大丈夫——だけど、ビルの中に、ガリー貿易の今井がいるの！　あいつと仲間の女を捕まえなきゃ」

「もうすぐ警察が来るから、警察に任せたまえ。盗聴した内容は録音してあるので、同志出原を襲撃した証拠になるだろう」

しのぶはまじまじと筏の顔を見た。

——ただの変な男かと思っていたが、たまには役に立つこともあるのか。

「もうじきスモモ君もここに来るから、安心させてあげなさい。まったく同志出原は鉄砲玉だから、スモモ君の心配も絶えないね」

——逆だ、逆！

「それじゃ、スモモと連絡がついたの？」

「うん。叔父さんたちと飲みに行っていたようだ」

——なんてこと。

ふと、自分が握りしめている今井の上着に気がついた。

「何だそれは」

デラさんが不思議そうに目を留めた。

「今井の上着。身元がわかるようなものを、持ってるんじゃないかと思って」

ポケットを探ると、財布や携帯はなかったが、胸ポケットにＵＳＢメモリが入っていた。さっそく、ショルダーバッグからパソコンを出し、ＵＳＢメモリを差してみた。フォルダはひとつしかなく、ドキュメントが何枚か入っている。開いてみると、しのぶやスモモの写真と、住所や電話番号、簡単なプロフィールなども書かれていた。

フォレンジックの観点からは、自分がＵＳＢメモリを勝手に触るのは良くないが、警察より先に自分たちが事件解決への道筋をつけたという自負もある。

「――つまり、実行犯は今井だけど、私たちを調べろと命令した奴がいるのよ」

「誰だそれは」

ＵＳＢメモリに入っているのは、そのフォルダだけだ。

――他にもあるかもしれない。

しのぶはデータ復活ツールを起動させ、ＵＳＢメモリの削除されたデータを復活できないか、試してみた。表向きは消えたように見えても、これで復活するケースもある。

「何かあるわね」

動画だった。復活したデータを起動させて、しのぶは凍りついた。

――まさかそんな、信じられない。

すぐそばにパトカーが停まり、制服警官が降りてきた。ビル内に襲撃犯がいるとデラさんが説明している。ビルに駆け込んでいく警官を、しのぶは呆然と見送った。

——だって、そんな。

「ぎゃっ」

いきなり背後から首に飛びつかれ、しのぶは悲鳴を上げた。

——こ、この香りは。

パッションフルーツの香り、スモモがつけている香水だ。

スモモは、ぎゅうぎゅうと全身を押し付けてきた。無言で、しのぶの首ったまにかじりついている。

——く、苦しい。

「よしなさい、スモモ！　あたし無事だったんだから」

ようやく彼女の腕を引きはがして振り向き、ぎょっとした。マスカラとアイラインが溶けて、真っ黒な涙の筋を頰に残したスモモが、恨めしそうにこちらを見つめている。

「——イキテル」

「当たり前でしょ！　今井を見つけたの。もう大丈夫。警察が捕まえてくれるから」

スモモはまだ、子どものように涙を流し続けている。彼女は声をあげて泣かない。大きな目で凝視して泣くのだ。親に捨てられたヒナが、二度と親鳥を見失うまいとするかのように。

　ずきりと胸が痛んだ。

　スモモにここまで心配させるとは、なんて罪深いことをしてしまったのだろう。こんなに賢くて、こんなに強くて、こんなにピュアな人間はほかに見たことがない。他人にはめったに心を開かないが、一度なつくと、その愛情はみじんも揺るがない。

　しのぶはスモモの頭を抱き寄せた。

「ごめん――ごめんね、スモモ。心配かけたね。あたし、どこにも行かないから。スモモを置いて行ったりしないから」

「ほんと？」

「うん」

　ぐすんと子どものように鼻を鳴らしたスモモの頭を撫で、その向こうにいる男たちに気がついた。

「これはいったい、何事だね？　わが社に何者かが侵入して、女性を襲撃したと聞いたんだが、女性とは君のことなのか？」

　東條智弘が不安そうにこちらを見ている。

「スモモ、今日は会社が終わってから、どこにいたの？」

　しのぶはスモモを抱き寄せたまま尋ねた。

「飲んでた」

「智弘さんと?」

こくりとうなずく。

「携帯がつながらなかったけど——」

「地下の店」

なるほど、つながらないわけだ。しのぶはスモモの背中を叩いて離れ、智弘にゆっくりと歩み寄った。

「スモモをおとりにして、私をここにおびき寄せた奴がいたんです。私がスモモと連絡を取れないようにして」

「地下にいたからだね。連絡しなくて悪かったよ。今日は、桃花の初出勤を記念して、食事に誘ったんだ。取引先にも勧められて」

——取引先ね。

それは、智弘の隣に立つ男だ。自分を凝視するしのぶの視線に気づいているはずだが、穏やかな笑みを崩していない。その男だった。さっき、USBメモリの中で見つけたものは、その男が今井に指示を出した張本人だと告げていた。

——どうして。

どうして彼なのだろう。

しのぶは彼と向かい合った。

「鷲田さん――あなただったんですね」

パシフィック電装の鷲田が、困ったように微笑んだ。

「無事で良かったよ、出原さん。東條精密機械で事件が起きたらしいと聞いて、店から駆けつけてきたんだ」

鷲田の言葉に、智弘も同調する。

まさか、この男を糾弾することになるとは思わなかった。「S&S　IT探偵事務所」の、もっとも優良な顧客だったのに。

「鷲田さん。こんな話をしなければならないなんて、心の底から残念です。ですが、考えてみればあなたは、スモモの両親を知っていました。スモモのお母さんを、きれいな人だったと誉めてましたよね。最初の依頼をもらった後、いろんなお客さんに紹介してくれたのを、私たちがいい仕事をしたからだとうぬぼれてましたけど、それだけではなかったんですね。あなたは私たちとの接触を保ちたかった。私たちの調査がどこまで進んだか、さりげなく聞くつもりだったのかもしれない」

「――出原さん、何の話だか私には」

「今井に指示を出したのはあなたですね。私たちを殺せと言ったんですか？　東條夫妻の失踪の秘密に迫ったから。藪内の死や、ガリー貿易のことまで調べはじめて、このままでは自分にも調査の手が伸びるかもしれないと不安になったから。考えてみれば、藪内を紹介してくれたのも、あなたでしたね」

「——待ってくれ。なぜ私が、君たちを殺せと命じるんだ？」

「あなたが、東條夫妻の拉致事件に関わっていたから。ひょっとすると、藪内を殺せと今井に命じたのもあなただったのかも」

「まさか——」

穏やかに反駁(はんばく)しようとする鷲田の前に、しのぶはＵＳＢメモリを掲げて見せた。

「これ、今井が持っていました。私とスモモの個人情報が入っています。問題は、あなたが削除したつもりだったけど、消えたのはインデックスだけで、データの中身そのものは残っていたあるものです。今お見せしますね」

しのぶはＵＳＢメモリをノートパソコンに差し、動画を起動した。

『父さん、誕生日おめでとう』

鷲田翔太が、まっすぐ正面を向いて告げた。以前、鷲田と知り合うきっかけになった、元引きこもりの息子が制作した動画だ。

——それだけで充分だ。

しのぶは動画を止め、凍りつく鷲田をふりむいた。

「もう、おわかりですね。あなたは、息子さんが作った動画を、たぶん誰かに見せるために、USBメモリに保存していた。削除したつもりだったので、今井に渡す時にうっかりこのメモリを使ってしまったんですね。それが証拠になってしまうとは、夢にも思わず」

鷲田はUSBメモリを見つめ、画面に映った息子の顔を見つめた。

「――違う。今井という人も知らないし、USBメモリなんて知らないよ」

「あなたは今夜、今井に私をおびき出させるため、東條精密機械に出向き、智弘社長に会った。私が、スモモが就職したことを教えたので、こんなことを考えついたのでは？　智弘さんに、お祝いしようと声をかけたんじゃないですか？　それは、スモモを携帯の電波が届かない地下に連れこんで、連絡が取れないようにするため。スモモが捕まったんじゃないかと、私に信じ込ませるため」

図星だったらしいことは、智弘が驚く顔を見てわかった。

「あなたは遠野警部と高校時代からのつきあいだと言われてましたよね。自分のコンピュータがハッキングされていると疑って、あなたは遠野警部に相談をもちかけた。そして私たちを紹介されたんです。そこまではおそらく、偶然だった。びっくりしたでしょう。東條夫妻の娘が、成長してIT探偵になっているなんて。驚いたあなたは、私たちを監視しなければならないと考えた。それで、日本に戻ったばかりの藪内と、ガリー貿易の今井に命じて、事務所を調べさせようとしたんじゃないですか。ガリー貿易は、こんな時に危ない橋を渡る会社なんでしょう」

「――君は、想像力が豊かなようだが」

「鷲田さん、もうよしましょうよ」

しのぶは、相手が哀れになった。この男は、まだ自分が逃れられると思っている。今井と仲間は逮捕されるだろう。USBメモリという証拠もある。今井がいつまで持ちこたえるか知らないが、いずれは鷲田の存在が明らかになる。しのぶたちが調べたガリー貿易の情報もある。

「息子さんがお気の毒ですよ。あなたが本当のことを話さないと」

怒号が聞こえ、東條精密機械のビルから、警察官らが出てきた。手錠をかけられた今井と女を、警察官が両側から抱えるように連行している。デラさんが、しのぶの姿を隠そうとしたのか、今井との間に立ちはだかった。

「――」

鷲田がそちらを見た。うっかり今井と視線が合ったようだが、今井のほうが苦い表情で視線を逸らした。

藪内の死やしのぶの襲撃について警察に追及されれば、今井は自分が指示されただけで、真犯人は別にいると白状するだろう。

パトカーがもう一台、サイレンを鳴らしながら近づいてきた。

「出原！　無事か！」

助手席から飛び出してきたのは、遠野警部だった。筏が「こっち！」と手を振る。

遠野警部を見て、鷲田が顔色を変えた。

「あれ、鷲田じゃないか？　どうした、こんなところで会うとは」

返事をしかねている。高校時代からの大事な友達だと、鷲田が以前紹介したのは嘘ではないはずだ。遠野の前では、鷲田はいいかげんな嘘やごまかしを重ねられないのだ。

怪訝そうにしている遠野に、鷲田は何か言おうとして、苦しげにうつむいた。その鷲田に、しのぶはそっと近づいた。

「――どのみち、私はこれから警察に行き、今夜起きたことを話してＵＳＢメモリを証拠として提出します。今夜のところは、あなたを捕らえる人はまだいないでしょう。だけど、今後のことはあなた次第です。悪いことは言わないから、自首してください」

遠野警部に聞こえないように小声で口早に囁き、呆然と立ちつくす鷲田を置いて、パトカーに向かった。スモモが小走りに追いかけてくるのがわかった。

それからの一週間は、飛ぶように過ぎた。

今井と仲間が逮捕され、藪内の殺害容疑と、しのぶに対する暴行・拉致未遂容疑で取り調べを受けた。

——鷲田が死んだ。

あの翌朝、自宅からさほど遠くない、自然教育園の庭園で倒れているところを発見され、救急搬送されたが亡くなっていたそうだ。死因は薬物の過剰摂取だったというが、薬物の種類までは教えてもらえなかった。

「誰にも迷惑をかけたくなかったのね。気の毒な鷲田さん」

鷲田が選んだ死に場所が、会社でも自宅でもなかったことが、彼の性格を表しているようにしのぶには思えた。会社で死ねば、大型提携を発表したばかりの会社に迷惑をかける。自宅で死ねば、最愛の妻と息子が遺体の第一発見者になってしまい、衝撃が大きい。ようやく引きこもりを脱して働き始めた息子は、今度こそ立ち直れないかもしれない。列車に飛び込めば莫大な賠償金を要求され、車の前に飛び出せば運転手に迷惑をかけ、海に飛び込めば腐乱死体になって検視の際に迷惑をかける。無関係なマンションから飛び降りれば、それは事故物件になってしまう。

——現代人って、他人に迷惑をかけずに死ぬのも難しいのよね。

しのぶは、遠野警部からもらった、鷲田の遺書のコピーを前にため息をついた。

スモモと、もう何度も読み返している。

『東條精密機械と取引をするために、藪内が私に目をつけたのが、きっかけでした』

鷲田の遺書はそんな言葉で始まっていた。当時、パシフィック電装と東條精密機械は、いわば同業のライバルとして張り合っていたが、東條社長夫妻は年齢の近い鷲田と話が合い、時々外で会っては親しく情報交換を行っていたそうだ。

当時、テイロクにいた藪内が、東條精密機械に本当に作らせたかったのは、リナックスをOSにしたPOS端末ではなく、戦場で兵士ひとりひとりに持たせる情報端末だった。当時すでにテイロクを辞めてガリー貿易に移るつもりで、テイロクの案件で東條精密機械に食い込めたのを幸い、ガリー貿易への移籍の手土産にするつもりだったのだ。

藪内は元傭兵（ようへい）で、戦場における情報の重要さを知りつくしている。今のスマートフォンのような端末を兵士に持たせることができれば、戦闘で優位に立てると考えていたそうだ。通信衛星まで活用した先進的なアイデアだったが、東條社長はその開発を断った。武器輸出三原則の問題もある。藪内は社長夫妻と仲の良い鷲田に目をつけ、鷲田から東條社長を説得させようとした。鷲田には別のうま味のある仕事をテイロクから依頼し、その見返りとしての頼みだったらしい。

東條精密機械は、通信機器に関わる重要な特許をいくつか持ち、その特許が藪内のアイデアには必要だったそうだ。

ところが、東條社長は鷲田の説得にも耳を貸さず、さらに態度を硬化させた。そのあたりから、藪内は東條社長夫妻の排除に動いたのだという。

『藪内は、ガリー貿易のタケナカ社長と同じ戦場で戦った仲で、兵士用の情報端末のアイデアも、彼とふたりで練ったらしいのです。タケナカは非常に荒っぽい性格で、東條社長夫妻さえいなければ、弟の智弘氏ならこの案件に乗ってくると考えたんです。それで、藪内と組んで、東條夫妻を拉致しました』

当初は身代金目当ての誘拐だと思わせるつもりだったが、警察が藪内を疑わないように、行方不明を装ったのだという。

現社長の智弘も事情聴取を受け、鷲田の遺書の内容を裏付けたそうだ。ただ、情報端末のアイデアは、実現する前にスマートフォンが実用化され、アイデアそのものが自然消滅した。つまり、東條夫妻の拉致は、結果的にまったく無意味になったのだ。

――馬鹿げている。

そのために、九歳の女の子が両親を失ったというのに。

『私は、拉致事件には関わりませんでしたが、何が起きたか知っていました。しかし、自分の胸にしまっておくしかありませんでした。驚いたのは、今年になってハッキングの件で遠野に相談をもちかけて、紹介されたのが東條夫妻の遺児、桃花さんだった時です。驚きとともに恐怖を感じ、藪内に「S&S　IT探偵事務所」の件を話しました。藪内とは、彼がオーストラリアに行った後、すっかり切れていたのですが、二年前に私が仕事でオーストラリアに行き、再会したのです。その時、東條精密機械の五十周年記念の帽子を持っていた私は、「君は東條夫妻を覚えているか」と言って、嫌がらせのつもりで藪内にプレゼントしました。彼はおそらく、トロフィーだと思って受け取ったと思いますが。その後、彼がタケナカの命令で事務所に侵入したのは、出原さんの推理通りです。あのUSBは、タケナカの指示で、おふたりの情報を集めたものです』

しのぶとスモモが、ふたりだけで事件を追いかけているとは、彼らには信じられなかった。しのぶたちの事務所には、他にも仲間がいて、調査を進めているのではないか。思わぬ証拠を握っているかもしれない――。

『問題は、藪内が定年後、仏心を出すようになっていたことです。あの帽子を見るうちに、自分がひどいことをしたと悔いるようになったそうです。夜間、事務所に侵入したでしょう。あの後、昔の罪を悔いて、桃花さんに両親の最期を教えてやりたいと言いだしたのが、タケナカの心を決めさせたのだと思います』

日本にいた今井に命じ、藪内を事故に見せかけて殺させた。

藪内は、強いアルコールを飲んで、足元が危ないほど酔わされ、後頭部を殴られて意識のない状態で海に投げこまれたそうだ。

その今井は、鷲田が遺書を残して自殺したと知り、警察の事情聴取に応じて、すべての罪をタケナカ社長になすりつけようと告白を始めたそうだ。タケナカは国際指名手配されたが、まだ捕まっていない。

「――鷲田さんが、死ぬ必要なかったのに」

しのぶはため息をつき、コピーをデスクに戻した。

「あの人は、誰も殺してない。事情を知っていたのに、黙っていただけなのよね」

そして、タケナカの求めに応じて、しのぶとスモモの情報をＵＳＢメモリに入れて、今井に渡した。それが、事件への関与を証拠づけてしまうとは夢にも思わずに。

「恥ずかしかったから」

床に座りこんだスモモが、分解したジャスティス三号を組み立てながら、ぼそりと呟いた。そう、彼女はなかなか鋭い。

鷲田は、こんなことを家族や会社の同僚や、遠野警部に知られたら、恥ずかしくて生きていくことができなかったのだ。バカだが、ある意味、不器用で真面目だった。

「──死ぬべきじゃない人を、死なせちゃった気がする」

キッチンと事務所を区切る衝立の陰から、笹塚透がひょいと顔を覗かせた。

「しのぶさん、用意するのは、食事とケーキだけでいいんですよね。飲み物は──」

「デラさんがコーヒー持参で来てくれるそうだから。お茶は用意してくれる？」

「わかりました！」

透が張りきった声を出し、キッチンに消えた。事件が落ち着いたので、昨日から透のバイトも復活させたのだ。

──やっと、美味しいご飯が食べられる。

ハッとした。まずい。透は高卒認定試験と大学受験がうまくいけば、早晩、事務所を卒業するのだ。いつまでも透の作る食事を食べられるわけではない。

――なんだかんだ言って、あたし近ごろ、めちゃくちゃいろんな人に依存してない？

がっくりと肩を落としたとたん、チャイムが鳴った。

「おーい、来てやったぞ」

「ハハハハハ、同志諸君、美味しいピザの差し入れを持参したよ！」

「ピザが何ですか。お嬢様方、松阪牛（まつさかうし）のステーキ肉をお持ちしました。三崎が美味しく焼いてさしあげますからね！」

いきなり玄関の外がにぎやかになった。スモモが身軽に立ち上がり、鍵を開けにいく。

今日は、事件解決を祝うため、デラさん、筏、三崎の三人が事務所に来てくれることになったのだ。遠野警部は、鷲田の死にまだ衝撃を受けている。とても、彼に声をかける気にはなれなかった。

――でもきっと、立ち直ってくれるよね。

スモモの父親代わりに、警視庁での就職を勧めてくれた男だ。このまま別れることにはならないと、信じている。

「スモモ君、なぜ三号を分解しているのだ」

筏が、哀れな状態の三号を見て、悲鳴を上げた。

「ヒミツ」

しのぶは吹き出しそうになるのをこらえた。スモモは、三号の警備能力を高めるつもりらしい。完成した暁(あかつき)には、パワーアップした三号にお目にかかれるはずだ。ただし、相手を殺さない程度にと、スモモにはきつく言ってある。

「オードブル、できました！」

透が頬を上気させ、ガラスの大きな器に盛られた、涼し気なオードブルを抱えてキッチンから現れた。筏らがどよめく。花びらの形にしたスモークサーモンだの、ローストビーフだの、素人(しろうと)の腕とはとても思えない、ホテルのシェフが作りそうな料理だ。

三崎が透にライバル心を燃やすのがわかった。少しでも彼を疑ったことがあるなんて、自分でも信じられない。

あとで三崎にさりげなく尋ねたところ、彼が財務部長を辞める話は出ていたそうだ。しかしそれは、米国支社の支社長として赴任するためだったという。智弘はそんな事情を知らなかったのだ。

「皆さん、乾杯はシャンパンでいいですか？　しのぶさんが、モエ・エ・シャンドンを冷やしてますよ」

車で来た三崎以外は、みんなシャンパンという言葉に食いついたようだ。いちばん食いついたのはスモモだった。改造中の三号をそっちのけで、ウサギのように耳をぴくりと立て、いそいそとシャンパングラスを手にする。

――結局、東條夫妻の遺体がどこに埋められたのかは、わからなかったのだけど。

実行犯のタケナカは逃亡中で、藪内は死んだ。事情を知っていたかもしれない鷲田も何も言わずに自殺し、タケナカが捕まらない限り、遺体の場所はわからない。

しかし、そのほうがスモモにとっては、幸せなのかもしれなかった。

――まだ生きているかもしれないと、ほんの少しでも考えることができるから。

「そう言えば、スモモ君は東條精密機械を一日で辞めたのだって？」

筏が軽薄な口調で尋ねている。

「前代未聞の早さだな」

「智弘社長は、本気で勤めてほしかったようですよ。お嬢様から、会社を取り上げたような罪悪感がおありなのでしょう」

三崎が頭を振り、「今さらですが」とぼやいた。スモモが子どもの頃に、智弘から彼女を守らねばと刷り込まれた責任感は、そうたやすく消えないらしい。

――スモモ、本当にうちの事務所で仕事していて、いいの？

聞いてみたいが、尋ねる必要などない気もする。あいかわらず事務所は流行（はや）ってないし、有力な顧客は思いがけない形で失ったが、自分たちは最高のコンビだ。

「それじゃ、みんなグラスを持って！　さあ持って！」

妙にハイテンションな筏が、勝手に音頭を取っている。やれやれと言いながら、みんな言われるままにグラスを手に取った。

「ご唱和ください！　事件解決おめでとう！　エスアンドシット探偵事務所の、今後ますますの発展に乾杯——！」

「ちょっと筏！　うちは、『S&S　IT探偵事務所』よ！」

しのぶは目を吊り上げて叫んだ。

まずは身近なところに事務所の名前を憶えてもらうところから、始めなければならないようだ。

ひとことだけの短いあとがき

お待たせしました、『S&S探偵事務所　最終兵器は女王様』文庫版です。

このシリーズは、すでに祥伝社文庫から刊行されている『サイバー・コマンドー』に登場した、出原しのぶとスモモこと東條桃花のセキュリティ技術者コンビを主人公にした、スピンオフです。

『サイバー・コマンドー』では主役をつとめた明神海斗が脇役にまわり、探偵事務所をとりまく新たなキャラクターも登場します。

『最終兵器は女王様』『キボウのミライ』『いつか夜は明けても（仮）』と、シリーズ全三巻を予定しております。

ぜひ皆さま、しのぶとスモモ、そして賄い担当の透、異色の研究者・筏、「バルミ」のマスターことデラさん、そしてロボット一匹がにぎやかに物語を彩るS&S探偵事務所を、ごひいきに願います。

（この作品『S&S探偵事務所　最終兵器は女王様』は、平成二十九年二月、小社から単行本で刊行されたものです）

S＆S探偵事務所　最終兵器は女王様

一〇〇字書評

切・り・取・り・線

購買動機（新聞、雑誌名を記入するか、あるいは○をつけてください）	
□（　　　　　　　　　）	の広告を見て
□（　　　　　　　　　）	の書評を見て
□ 知人のすすめで	□ タイトルに惹かれて
□ カバーが良かったから	□ 内容が面白そうだから
□ 好きな作家だから	□ 好きな分野の本だから

・最近、最も感銘を受けた作品名をお書き下さい

・あなたのお好きな作家名をお書き下さい

・その他、ご要望がありましたらお書き下さい

住所	〒				
氏名		職業		年齢	
Eメール	※携帯には配信できません	新刊情報等のメール配信を 希望する・しない			

この本の感想を、編集部までお寄せいただけたらありがたく存じます。今後の企画の参考にさせていただきます。Eメールでも結構です。

いただいた「一〇〇字書評」は、新聞・雑誌等に紹介させていただくことがあります。その場合はお礼として特製図書カードを差し上げます。

前ページの原稿用紙に書評をお書きの上、切り取り、左記までお送り下さい。宛先の住所は不要です。

なお、ご記入いただいたお名前、ご住所等は、書評紹介の事前了解、謝礼のお届けのためだけに利用し、そのほかの目的のために利用することはありません。

〒一〇一-八七〇一
祥伝社文庫編集長　坂口芳和
電話　〇三（三二六五）二〇八〇

祥伝社ホームページの「ブックレビュー」からも、書き込めます。
www.shodensha.co.jp/bookreview

祥伝社文庫

S＆S探偵事務所　最終兵器は女王様

令和2年8月20日　初版第1刷発行

著者　福田和代

発行者　辻　浩明

発行所　祥伝社

東京都千代田区神田神保町3-3
〒101-8701
電話　03（3265）2081（販売部）
電話　03（3265）2080（編集部）
電話　03（3265）3622（業務部）
www.shodensha.co.jp

印刷所　堀内印刷
製本所　ナショナル製本
カバーフォーマットデザイン　芥　陽子

Printed in Japan ©2020, Kazuyo Fukuda　ISBN978-4-396-34653-9 C0193

祥伝社文庫の好評既刊

伊坂幸太郎　陽気なギャングは三つ数えろ

天才スリ・久遠はハイエナ記者火尻にその正体を気づかれてしまう。天才強盗四人組に最凶最悪のピンチ！

石持浅海　扉は閉ざされたまま

完璧な犯行のはずだった。それなのに彼女は――。開かない扉を前に、息詰まる頭脳戦が始まった……。

石持浅海　Rのつく月には気をつけよう

大学時代の仲間が集まる飲み会は、今夜も酒と肴と恋の話で大盛り上がり。今回のゲストは……!?

石持浅海　君の望む死に方

「再読してなお面白い、一級品のミステリー」――作家・大倉崇裕氏に最高の称号を贈られた傑作！

石持浅海　彼女が追ってくる

かつての親友を殺した夏子。証拠隠滅は完璧。だが碓氷優佳は、死者が残したメッセージを見逃さなかった。

石持浅海　わたしたちが少女と呼ばれていた頃

教室は秘密と謎だらけ。少女と大人の間を揺れ動きながら成長していく。名探偵碓氷優佳の原点を描く学園ミステリー。

祥伝社文庫の好評既刊

佐藤青南　たとえば、君という裏切り

三つの物語が結実した先にある衝撃とは？　二度読み必至のあまりに切なく震える恋愛ミステリー。

中田永一　百瀬、こっちを向いて。

「こんなに苦しい気持ちは、知らなければよかった……！」恋愛の持つ切なさすべてが込められた小説集。

中田永一　吉祥寺の朝日奈くん

切なさとおかしみが交叉するミステリ的表題作など、恋愛の〝永遠と一瞬〟がギュッとつまった新感覚な恋物語集。

中山七里　ヒポクラテスの誓い

法医学教室に足を踏み入れた研修医の真琴。偏屈者の法医学の権威、光崎とともに、死者の声なき声を聞く。

中山七里　ヒポクラテスの憂鬱

全ての死に解剖を――普通死と処理された遺体に事件性が？　大好評法医学ミステリーシリーズ第二弾！

畑野智美　感情8号線

目の前の生活に自信が持てない六人の女性。環状8号線沿いに暮らす彼女たちのリアルで切ない物語。

〈祥伝社文庫　今月の新刊〉

福田和代
S&S探偵事務所　最終兵器は女王様
最凶ハッカーコンビがIT探偵に？　危険なバディが悪を討つ、痛快サイバーミステリ！

あさのあつこ
天を灼く
父は切腹、遺された武士の子のひたむきな生を描いた青春時代小説シリーズ第一弾！

黒崎裕一郎
必殺闇同心　四匹の殺し屋　新装版
特異な業を持つ〝殺し人〟を始末せよ！　法で裁けぬ悪を〈闇の殺し人〉直次郎が成敗す！

有馬美季子
はないちもんめ　福と茄子
話題の二枚目の四人が、相次いで失踪。現場には黒頭巾の男の影が。人情料理&推理帖！

辻堂　魁
残照の剣　風の市兵衛　弐
二十五年前の闇から浮かび出た、市兵衛をつけ狙う殺生方の正体とは！

今月下旬刊　予定

安達　瑶
内閣裏官房
忖度、揉み消し、尻拭い、裏取引——超法規的措置でニッポンの膿を〝処理〟する！

今村翔吾
襲大鳳（上）　羽州ぼろ鳶組
父を喪った〝大学火事〟から十八年。新庄藩火消頭・松永源吾は、再び因縁と対峙する。